1€

rororo

rororo

Herausgeber Jan Seghers alias Matthias Altenburg wurde 1958 in Fulda geboren. Er studierte Literaturwissenschaft und Kunstgeschichte und lebt heute als Schriftsteller, Reporter, Kritiker und Essayist in Frankfurt am Main. In der Reihe um den Frankfurter Hauptkommissar Robert Marthaler erschienen bisher «Ein allzu schönes Mädchen» (rororo 23624), «Die Braut im Schnee» (rororo 24281) und «Partitur des Todes».

Kurzbiographien aller Autorinnen und Autoren finden sich am Ende des Bandes.

JAN SEGHERS (HG.)

Der Tod hat 24 Türchen

Ein mörderischer Adventskalender

Rowohlt Taschenbuch Verlag

2. Auflage November 2009

Originalausgabe
Veröffentlicht im Rowohlt Taschenbuch Verlag,
Reinbek bei Hamburg, November 2008

Umschlaggestaltung any.way, Sarah Heiß
(Abbildungen: getty images)
Satz Fleischmann PostScript, InDesign,
bei Pinkuin Satz und Datentechnik, Berlin
Druck und Bindung CPI – Clausen & Bosse, Leck
Printed in Germany
ISBN 978 3 499 24864 1

JAN SEGHERS

Gespenster

Lektorin *(nimmt den Hörer ab, spricht schlaftrunken ins Telefon)* Ja?

Herausgeber *(heiser)* Ich bin's.

Lektorin *(nach einer kurzen Pause)* O Gott, Sie! Wissen Sie, wie viel Uhr es ist? Seit Tagen versuche ich, Sie zu erreichen; morgen muss das Vorwort in der Druckerei sein, aber jetzt … mitten in der Nacht …

Herausgeber Psst, hier passiert gerade etwas. Sagen Sie jetzt nichts!

Lektorin Also hören Sie, Sie haben mich angerufen, nicht umgekehrt. Sind Sie etwa betrunken?

Herausgeber Mein Telefon hat gerade geklingelt.

Lektorin Meins auch.

Herausgeber Niemand war dran. Nichts. Nur ein Atmen, ein Keuchen, dann …

Lektorin Dann?

Herausgeber Aufgelegt!

Lektorin Na, sehen Sie, dann gehen Sie wieder schlafen.

Herausgeber Ja.

Lektorin Nein, warten Sie, jetzt bin ich sowieso wach. Lassen Sie uns über das Vorwort …

Herausgeber Ich schreibe keine Vorworte.

Lektorin Warum nicht?

Herausgeber Weil niemand Vorworte liest. Und weil ich nicht wüsste, was ich dort schreiben soll. Außerdem … jetzt, bei dieser Hitze … ich habe sämtliche Klamotten von mir geworfen …

Lektorin Keine Einzelheiten!

Herausgeber Wie soll mir bei diesem Wetter etwas zu Weihnachten einfallen?

Lektorin Also hören Sie, die anderen Autoren haben sich ja auch die Mühe machen müssen …

Herausgeber Ja.

Lektorin Eine Anthologie braucht ein Vorwort. Schreiben Sie, was Sie von einem Krimi erwarten, welche Regeln er hat, welche Fehler man vermeiden sollte. Ein intimer Einblick in die Werkstatt … Das interessiert die Leute.

Herausgeber Tut es nicht. Außerdem macht es jeder Autor anders.

Lektorin Nämlich? Wie?

Herausgeber Es gibt solche, die in der dritten Person erzählen, andere schreiben aus der Sicht der Opfer, die Nächsten nehmen die Perspektive des Täters ein. Manche verzichten auf jede Form von Humor, andere parodieren …

Lektorin Prima! Herrlich! Es gibt also wieder eine große Vielfalt der Krimikultur. Einen Reichtum der Erzählformen … Schreiben Sie das …

Herausgeber Nein!

Lektorin Warum nicht?

Herausgeber Weil es langweilig ist. Pluralismus ist schön, aber man kann nicht darüber reden.

Lektorin Verdammt, dann schreiben Sie, worauf es ankommt!

Herausgeber *(schweigt)*

Lektorin Also?

Herausgeber Was?

Lektorin Worauf kommt es an? Was macht einen guten Krimi aus? *Sie* sind der Autor …

Herausgeber Dass er spannend ist.

Lektorin Sehen Sie! Dann erzählen Sie das den Lesern. Ein guter Krimi braucht Action, braucht Gewalt, braucht rasante Dialoge …

Herausgeber Ja … Nein.

Lektorin Was jetzt?

Herausgeber Spannung entsteht, wenn etwas Rätselhaftes geschieht und wenn die Leser dieses Rätsel unbedingt lösen wollen. Spannung entsteht, wenn wir eine Figur mögen, wenn wir sie ins Herz geschlossen haben und diese Figur plötzlich in eine bedrohliche Situation gerät. Spannung entsteht, wenn die Uhr tickt, wenn eine Gefahr sich nähert, wenn es einen Wettlauf mit der Zeit gibt, wenn wir nicht wollen, dass unsere geliebte Heldin blind in die Falle tappt. Dann möchten wir ihr am liebsten zurufen: Stopp! Halt ein! Mach die Augen auf! Dreh dich um! … Ich glaube, Sie mögen mich nicht!

Lektorin Was …? Was reden Sie denn da?

Herausgeber Sie mögen mich nicht! Sie haben mich nicht in Ihr Herz geschlossen. Ihnen ist egal, wer hier vorhin angerufen und in mein Telefon gekeucht hat. Ihnen ist egal, was ich jetzt dort drüben im Haus gegenüber hinter dem dunklen Fenster sehe.

Lektorin *(leicht genervt)* Also? Was sehen Sie?

Herausgeber Ein Gespenst!

Lektorin Jetzt machen Sie mal halblang …

Herausgeber Sehen Sie!

Lektorin Nein … ich meine, es gibt keine Gespenster … Lassen Sie uns über die Fehler sprechen. Welche Fehler sollte ein Krimiautor auf jeden Fall vermeiden? Er sollte ein glaubwürdiges Ende anbieten, stimmt's?

Herausgeber Stimmt!

Lektorin Er sollte keine losen Fäden herumliegen lassen, stimmt's?

Herausgeber Stimmt!

Lektorin Alles, was er schreibt, sollte nachvollziehbar sein, also nichts Unwahrscheinliches, keine billigen Lösungen, nichts Übersinnliches, keine Hirngespinste! Stimmt's?

Herausgeber Stimmt!

Lektorin Also – keine Gespenster!

Herausgeber Verdammt! Sie sehen nicht, was ich sehe. Etwas Weißes huscht dort hinter dem dunklen Fenster hin und her. Da! Da ist es wieder. Bleich, weiß, fahl. Ich sehe es genau. Es ist …

Lektorin Was? Ein Rätsel?

Herausgeber Ein Gespenst! Es schaut direkt in meine Richtung …

Lektorin Gespenster haben keine Augen. Gehen wir schlafen. Ich rufe Sie später wieder an …

Herausgeber Warten Sie. Da ist noch etwas …

Lektorin Hören Sie auf, sonst lege ich auf.

Herausgeber Ein Auge … Sie müssen mir helfen!

Lektorin Ich lege auf.

Herausgeber Ein glühend rotes Auge …

Lektorin *(legt auf)*

Stunden später.

Herausgeber *(nimmt den Hörer ab, spricht schlaftrunken ins Telefon)* Ja?

Lektorin Eine Frage habe ich noch …

Herausgeber Hören Sie, wissen Sie, wie viel Uhr es ist …

Lektorin Warum haben Sie sich standhaft geweigert, selbst einen Beitrag für diese Anthologie zu schreiben?

Herausgeber Weil ich keine Kurzkrimis schreibe.

Lektorin Warum nicht?

Herausgeber *(lacht)* Weil ich faul bin.

Lektorin Jetzt werden Sie nicht spitzfindig!

Herausgeber Werde ich gar nicht.

Lektorin Also bitte, Sie schreiben 500-Seiten-Romane, da werden Sie doch so ein kleines Stückchen …

Herausgeber Von wegen kleines Stückchen! Einen ganzen kompletten Plot braucht man für so eine kurze Erzählung. Eine ganze Dramaturgie, Konflikte, Figuren, Dialoge, eine wunderbar glaubwürdige Auflösung ohne lose Fäden …

Lektorin War ja nur eine Frage … Und …?

Herausgeber Was … und?

Lektorin Das Gespenst?

Herausgeber Eine Braut!

Lektorin Was?

Herausgeber Eine Braut. Konnte wohl vor Aufregung nicht schlafen. Ist die ganze Nacht mit ihrem Brautkleid durch die Wohnung gegeistert. Vorhin hat eine Freundin sie im offenen Cabriolet abgeholt …

Lektorin Sehen Sie …

Herausgeber Ja!

Lektorin Das Auge?

Herausgeber *(kleinlaut)* Wahr… Wahrscheinlich das Stand-by-Licht des Fernsehers.

Lektorin Und der Anruf? Wer hat bei Ihnen angerufen? Und ins Telefon gekeucht?

Herausgeber Keine Ahnung!

Lektorin Also … ein loser Faden.

Herausgeber Ja.

Lektorin Schlecht!

Herausgeber Ja.

Juni 2008

GISA KLÖNNE

1 Frohe Botschaft

Die Wolken hatten die Bergkuppen den ganzen Tag lang nicht freigegeben. Feuchtgrauer Nebel kroch hinter Arnd Ruprecht auf die Hochebene, verschluckte das Licht und das Blöken der Ziegen. Es störte ihn nicht, inzwischen würde er den Weg in das Bergdorf selbst mit verbundenen Augen finden. Er dachte an das Olivenholz, das er am Morgen im Kamin bereitgelegt hatte, und an die Suppe, die er gleich aufwärmen wollte. Dezember. Das große Innehalten. Die dunkle Zeit, selbst auf einer Insel in der südlichen Ägäis. Seine Stiefelsohlen knirschten auf dem holprigen Pfad. Die Luft schmeckte salzig. Irgendwo schrie ein Esel, sehnsüchtig wie ein vernachlässigtes Kind. Arnd Ruprecht schritt kräftiger aus. Anfangs hatte er das Alleinsein kaum ausgehalten. Inzwischen hatte er sich daran gewöhnt. Er genoss es sogar, im Winter der einzige Bewohner des Bergdorfs zu sein, jedenfalls der einzige lebendige.

Er bemerkte die Veränderung erst, als er die Steinkate erreichte, die er seit einigen Jahren sein Zuhause nannte. Etwas Rotes lag auf der Eingangsstufe. Schimmernd im letzten Tageslicht. Fremd. Es kann nicht sein, darf nicht sein! Sinnlose Gedankenfetzen jagten ihm durch den Kopf. Das rote Ding aber blieb, entpuppte sich als Weihnachtsmann aus Schokolade. Grinsend. Etwa zwanzig Zentimeter groß.

Ein Geschenk, ein Gruß zum Advent. Jemand vom Hafen war hier oben gewesen und wollte ihm eine Freude machen. Einen Moment lang war Arnd Ruprecht davon überzeugt, dass es so war. Er trug das unverhoffte Präsent in seine Kate, betrachtete es genauer. Der Weihnachtsmann hielt eine Rute im Arm und stammte aus der Produktion eines bekannten deutschen Süßwarenherstellers. Auf seinem Rücken klebte ein Kuvert. Kein Absender, keine Anschrift. Arnd Ruprecht entfaltete den Briefbogen. Ein Name in Druckbuchstaben stand darauf. Und ein Befehl: «Töte ihn.» Zwei Worte nur. Genug, um alles wieder zurückzubringen. Den dritten Advent vor fünf Jahren. Das Heulen der Alarmanlage. Die Linse der Überwachungskamera. Den Prozess und die Kommissarin Maria Binder. Bluthund-Binder hatten sie im Gefängnis gesagt. Und wie ein Bluthund hatte sie ihn tatsächlich gejagt. Ich krieg dich dran, hatte sie geschworen. Bis er ihr doch noch entkommen war.

Es kann nicht sein! Er schleuderte Brief und Schokoladenfigur von sich. Er rannte nach draußen, rüttelte an den Türen der Nachbarkaten, schlug sich die Fäuste an den verriegelten Holzläden blutig. Jemand war im Dorf gewesen, verbarg sich vielleicht noch immer hier, so unwahrscheinlich das auch erschien. Jemand hatte ihn erkannt, entdeckt, aufgespürt und ihm die makabre Botschaft vor die Tür gelegt. Ein Journalist vielleicht, der ihn provozieren wollte, vor denen war man letztendlich nirgendwo sicher. Arnd Ruprecht wollte nicht daran denken, dass es noch andere Möglichkeiten gab. Dass dieser Schokoladenweihnachtsmann möglicherweise erst der Anfang war, Vorbote eines Unheils, kein geschmackloser Scherz. Er suchte den Eindringling lange, leuchtete mit der Stablampe hinter Bruchsteinmauern und Scheunen, sogar in die Brunnen und Steinöfen. Vergebens. Nichts regte sich, nichts war ungewöhnlich, niemand war hier. Dennoch glaubte er, eine fremde Präsenz zu spüren. Körperlich. Lauernd. Viel zu nah.

Töte ihn. Den Rest der Nacht hockte er in seiner kalten Kate und rauchte. Er dachte an die Vergangenheit, dann an die Zukunft, die er nun wohl nicht haben würde, jedenfalls nicht so, wie er es geplant hatte. Peter Landauer hieß der Mann, den er töten sollte. Er kannte ihn nicht, hatte nie von ihm gehört, verstand nicht, warum dieser Landauer sterben sollte und warum gerade durch ihn. Wer hatte ihm diese Botschaft gebracht? War sie ein Scherz oder ernst gemeint? Er spielte die Möglichkeiten durch: jemand aus dem Gefängnis. Der Angehörige eines Opfers. Binder der Bluthund, um ihn auf diese perfide Art doch noch zu überführen? Nichts ergab einen Sinn. Er verstand nicht einmal, wie man ihn hier überhaupt hatte finden können. Niemand auf Karpathos wusste von seiner Vergangenheit. Er galt als Aussteiger, Sonderling, hielt sich zurück, und wenn er im Sommer doch hin und wieder mit einer Touristin schlief, achtete er strikt darauf, dass sie nicht aus Deutschland kam.

Advent. Etwas naht, wird geschehen. Früher hatte er dieses Gefühl geliebt, ja regelrecht herbeigesehnt. Erst neulich im Kafenion am Hafen wollte er es Jorgos erklären. Die freudige, fast heilige Erwartung des Kindes, das er einmal gewesen war. Die Lust auf Naschwerk und Tannenduft und Geschenke und die absurde Hoffnung: Alles wird gut. Aber dann war er erwachsen geworden, hatte den Glauben an frohe Botschaften verloren. Lernte von Tag zu Tag zu leben, ausschließlich in der Gegenwart. Und Jorgos hatte seine Kindheitsreminiszenzen ohnehin nicht verstanden. Wie allen Griechen galt ihm das Osterfest als höchster Feiertag: Tod und Auferstehung, die Überwindung des irdischen Lebens – nicht die Geburt eines Säuglings in einem Stall.

Die Nacht hing zäh vor den Fenstern der Kate. Er saß da und wartete auf etwas, ohne zu wissen, worauf. Die rote Metallfolie des Weihnachtsmanns glühte in der Dunkelheit, wenn er an seiner Zigarette zog. Er drückte sie aus, widerstand der Versuchung, sofort eine neue zu drehen. Saß auf der Holzbank und konzentrierte sich auf den Wind. Das trockene Schaben, wenn eine Böe die Äste des Feigenbaums an die Steinwand drückte. Das entfernte Geläut der Ziegenglocken. Das Rütteln und Pfeifen. Das Ächzen der Balken.

Knecht Ruprecht hatte die Boulevardpressemeute ihn nach seiner Verhaftung genannt. Die Schlagzeilen, die sich damit bilden ließen, waren einfach zu schön, als dass man sich um Persönlichkeitsrechte scherte oder darum, dass in diesem Prozess noch längst kein Urteil gesprochen war. Knecht Ruprecht, der Todbringer. Knecht Ruprecht, der Giftmischer. Knecht Ruprecht, der am dritten Advent pelzvermummt zu seinem wehrlosen Opfer geschlichen war und seine tödliche Gabe überbrachte. Knecht Ruprecht, der vermutlich noch weitere Menschen getötet hatte. Die Wahrheit hatte niemanden interessiert. Giftmischer nannten sie ihn selbst dann noch, als er freigesprochen wurde. Ein Freispruch zweiter Klasse: aus Mangel an Beweisen. Weil die Zeugen letztendlich doch nicht schwören wollten, ihn gesehen zu haben, und die Überwachungskamera des Pflegeheims zu aller Erstaunen keine brauchbaren Fotos lieferte. Weil die DNA-Spur vom Tatort auf mysteriöse Weise verschwunden war. Doch selbst ein überzeugenderes Urteil hätte Arnd Ruprecht nicht zu rehabilitieren vermocht. Seine Frau reichte die Scheidung ein, die Apotheke verkaufte er, denn wer wollte schon mit einem Mann zu tun haben, dessen Mixturen töteten?

Er musste eingedöst sein, schrak plötzlich hoch, weil er glaubte, das Gesicht der Kommissarin am Fenster der Kate zu sehen. Er packte Messer und Taschenlampe, stürzte nach draußen, fand dort abermals nichts als den Wind. Binder der Bluthund, sie verfolgte ihn bis in seine Träume. Er fluchte laut, schrie ihren Namen zu den stummen Bergen. Eine schöne Frau, er war nicht der einzige Insasse des Untersuchungsgefängnisses gewesen, der das bemerkte. Aber etwas stimmte nicht mit ihren Augen, sie waren zu ernst, zu traurig, zu hart. Ein Schicksalsschlag, munkelte man. Irgendetwas in ihrem Privatleben hatte nicht funktioniert. In den Verhören drängte sie ihn immer mehr an die Wand, brachte ihn dazu, Dinge auszusprechen, die er sonst höchstens dachte.

Sein Freispruch musste sie unglaublich wütend gemacht haben, es konnte nicht anders sein, viel zu verbissen hatte sie ihn zu überführen versucht und sein Leben zerpflückt. Er drehte sich zu ihr um, als der Richter das Urteil verkündete, suchte ihren Blick inmitten der murrenden Meute. Sie zuckte nicht einmal mit der Wimper. Sah ihn einfach an. Steinern, ohne Gefühl.

Töte ihn. Der Befehl hatte sich in sein Bewusstsein gebohrt, schwelte, wütete, je mehr er versuchte, ihn zu verdrängen. Er begann zu packen, als das Morgenlicht kam, entschlossen, anderswo wieder von vorn zu beginnen, der Vergangenheit und all ihren Konsequenzen einmal mehr zu entfliehen. Aber er wusste nicht wohin, wollte nicht fort von dieser kargen griechischen Insel, hatte bereits zu vieles probiert. Jemand beobachtet mich, jemand ist hier. Die Unruhe trieb ihn dazu, Dorf und Hochebene erneut zu durchkämmen, die nagende Gewissheit des drohenden Verlusts hetzte ihn weiter, hinunter zum Hafen. Aber auch dort schien alles wie immer. Es gab keine deutsche Tageszeitung und wie so oft keine Verbindung zum Internet am altersschwachen Rechner im Kafenion, keine Möglichkeit also, etwas über sein Heimatland oder einen Mann namens Peter Landauer zu erfahren.

Morgen vielleicht, nuschelte Jorgos. Die Stürme, das Wetter, die Telefongesellschaft, er kenne das ja …

Hat jemand einen Brief für mich gebracht oder nach mir gefragt? Ist jemand Fremdes hier auf der Insel? Arnd Ruprecht fragte im Kafenion, im Supermarkt und bei den Fischern an der Mole. Man antwortete ihm freundlich, ehrlich bemüht. Nur: Das Ergebnis war wenig brauchbar. Ja. Nein. Mag sein. Zwei Reisende aus Kreta waren vor ein paar Tagen hier. Ein Mann war auf der Hochebene gesehen worden. Nein, eine Frau. Nein, doch nicht. Vielleicht …

Schließlich gab er es auf, kehrte zurück in die Entlegenheit seines Dorfs, schrie seine Wut in den Nebel, als er die rote Filzsocke an der Türklinke seiner Kate sah. Er stolperte darauf zu, schüttete den Inhalt drinnen auf den Tisch. Ein Handy flog heraus. Ein Briefumschlag. Äpfel, Nüsse, Marzipan. Ganz offenbar hatte sein Widersacher einen makaberen Sinn für Humor. Arnd Ruprecht fegte das Naschwerk beiseite, riss den Briefumschlag auf. «Töte ihn.» Wieder der Befehl in Druckbuchstaben, nun war er schon ganz vertraut. Doch diesmal steckten auch zwei Fotos in dem Kuvert. Auf dem ersten grinste ein Mann in die Kamera, im Hintergrund sah man die Glühweinbude eines Weihnachtsmarkts. Peter Landauer stand auf der Rückseite des Fotos. Ein Mann um die vierzig. Er sah gesund aus, selbstbewusst, ganz und gar nicht so, als wolle er sterben.

Arnd Ruprecht legte das Foto beiseite, fischte das zweite aus dem Briefumschlag, keuchte. Sein eigenes Gesicht blickte ihm entgegen, sein eigenes, fünf Jahre jüngeres Gesicht. Es konnte dieses Foto nicht geben, durfte es nicht geben, und doch lag es vor ihm, schien ihn zu verhöhnen, ein Fluch aus einem roten Nikolausstrumpf. Das Foto, das beim Prozess gefehlt hatte. Das Foto, das ihn überführte und damit vollkommen dem Willen seines unbekannten Gegners unterwarf. Knecht Ruprecht, der Todbringer, im Auge der Überwachungskamera des Pflegeheims, kurz nach dem Besuch bei seinem letzten Klienten. Die Augen waren vor Schreck geweitet, die Pelzkapuze drohte zu verrutschen, sodass er eindeutig zu identifizieren war. Es gab keinen Zweifel, das Foto war echt und detailliert genug, seinen Prozess neu aufzurollen. Sogar das korrekte Datum war aufgedruckt. Die Frage war nur, wer es ihm geschickt hatte und – noch wichtiger – wie viele Abzüge es davon gab und wer die besaß.

Das Handy fiepte. Mechanisch griff Arnd Ruprecht danach, hielt es an sein Ohr, begriff erst verspätet, dass der in seiner Kate so ungewöhnliche Piepton den Eingang einer SMS signalisierte. Die Botschaft war kurz: Der Buchungscode eines Fluges von Rhodos nach Köln. Die Ankündigung weiterer Anweisungen per SMS. Die Rufnummer des Absenders wurde nicht angezeigt.

Erpressung. Ein hässliches Wort für eine noch hässlichere Sache. Arnd Ruprecht war immer ein freiheitsliebender Mensch gewesen. Er tötete nicht gern, tat es nicht oft, hatte lange gezögert, sein pharmazeutisches Wissen anderen überhaupt auf diese Weise zur Verfügung zu stellen. Es war eine Stammkundin seiner Apotheke gewesen, die ihn schließlich davon überzeugte, ihren Letzten Willen zu erfüllen: den selbstbestimmten Tod. Dann kam eine weitere Anfrage, und irgendwann war Arnd Ruprecht in gewissen Kreisen bekannt. Doch jetzt sah die Sache anders aus. Jetzt wollte ihn ein Unbekannter zum Killer eines Dritten machen. Wenn er den Auftrag ablehnte, würde ihn das zurück ins Gefängnis bringen. Wenn er ihn ausführte, wahrscheinlich auch.

Nebel hing in den Bergen, als er zum letzten Mal zu den Ziegen hinaufstieg, wieder schrie ein einsamer Esel. Nebel hüllte ihn ein, als er wie in Trance auf dem Steinpfad zum Hafen stolperte. Die Fähre nach Rhodos war leer, über der Bar blinkte ein Tannenbäumchen aus bunten Glühbirnen mit den Spielautomaten um die Wette. Arnd Ruprecht kaufte sich einen Ouzo, starrte aufs Meer. Das ewige Auf und Ab der Wellen, keiner menschlichen Macht unterworfen. Erst jetzt verstand er, wie lieb ihm das in den letzten Jahren geworden war.

Niemand behelligte ihn beim Einchecken am Flughafen, auch in Köln war sein einziger Empfang eine weitere SMS, die ihn zu einem Billighotel in der Altstadt dirigierte. Sah sein unbekannter Gegner ihm zu, beobachtete ihn? Arnd Ruprecht war sicher, dass es so war. Selbst in seinem Hotelzimmer glaubte er eine fremde Präsenz zu spüren. Er wich vom Fenster zurück, durchsuchte das schäbige Zimmer akribisch, fand jedoch weder Kamera noch Richtmikrophon. Er zog die Gardinen zu. Das Geschnatter glühweinbeseelter Städter und das leiernde Gedudel der Karussells und Imbissstände vom nahen Weihnachtsmarkt sickerten trotzdem durch. *Odufröhlichemorgenkommtderweihnachtsmannstillenachtohtannenbaumlasstunsfrohundmuntersein.* Die meisten seiner früheren Kunden hatten in den Wochen vor Weihnachten sterben wollen, den Versprechungen der Adventszeit entkommen, die sich dann doch niemals erfüllten.

Das Fiepen des Handys riss ihn aus seinen Gedanken. «Eislaufbahn.» Nur ein einziges Wort. Am ersten Stand des Weihnachtsmarktes kaufte er sich eine rote Zipfelmütze. Die Krempe blinkte, lenkte von seinem Gesicht ab, machte ihn zu einem Weihnachtsmarktbesucher von vielen. Er erkannte Peter Landauer sofort, und wie auf dem Foto sah der auch in Natur nicht so aus, als sei er krank oder wolle gern sterben. Lässig lehnte er an einem Stehtisch, trank einen Glühwein und sah den Kindern zu, die auf der Kunsteisfläche kreisten und übereinander purzelten.

«Töte ihn.» Wieder eine SMS. Ruprecht wirbelte herum,

glaubte im Gewühl der Besucher die Binder hinter einem Stand mit gebrannten Mandeln zu erkennen. Binder der Bluthund! Er rannte los, rempelte und boxte sich eine Schneise, doch als er den Stand endlich erreichte, stand jemand anders dort. Hatte er die Kommissarin wirklich gesehen? Auf einmal war er nicht mehr sicher, vielleicht wurde er allmählich verrückt. Zwei Streifenpolizisten schoben sich auf ihn zu, dann an ihm vorbei, ohne ihn zu beachten. Töte ihn. Arnd Ruprecht blickte hinüber zu Landauer, der jetzt mit gesundem Appetit in eine Bratwurst biss. War er ein Lockvogel der Polizei, oder konnte es tatsächlich sein, dass jemand ihn ermorden lassen wollte? Konnte es sein, dass dieser Jemand die Binder war? Sie hatte die SOKO «Knecht Ruprecht» geleitet, hatte also die Gelegenheit, Fotos und DNA-Proben verschwinden zu lassen. Doch warum hätte sie das tun sollen? Es ergab keinen Sinn.

Arnd Ruprecht wartete, bis der Weihnachtsmarkt schloss, folgte Landauer dann über die Eisenbahnbrücke in den Stadtteil Deutz, wo dieser in einer Pension verschwand. Auf einmal wurde ihm bewusst, dass er immer noch die alberne Zipfelmütze trug. Er stopfte sie in die Jackentasche, glaubte aus den Augenwinkeln erneut einen Schatten zu sehen, wirbelte herum. Doch wie all die Male zuvor blieb sein Gegner unsichtbar.

Er schlief nicht in dieser Nacht. Er versuchte sich sein Leben im Gefängnis vorzustellen, den Blick von Mauerwerk begrenzt, dem Willen anderer unterworfen. Er schaffte es nicht, sehnte sich schon jetzt nach der Hochebene, der Stille dort. Das Mobiltelefon fiepte, ganz so, als könne sein Gegner seine Gedanken lesen. Wieder eine SMS, die längste bislang: «Du hast nur diese eine Chance.» Er floh in ein Internetcafé, recherchierte systematisch, was es über Peter Landauer zu erfahren gab, begann endlich zu verstehen. Ein Mord als seine einzige Chance. Vielleicht war das wahr.

Niemand ist so unauffällig wie ein Weihnachtsmann im Advent. Das Kostüm aus dem Kaufhaus kostete nicht viel und hielt ihn warm. Die Handschuhe und der Leinensack waren praktisch. Bart und Mütze versteckten sein Gesicht. «Deine Zeit läuft ab.» Die nächste SMS. Sein Gegner hatte ihn aus den Augen verloren, wurde nervös. Doch jetzt, da Arnd Ruprechts Entscheidung gefallen war, ließ er sich nicht mehr hetzen. Er schlenderte über den Weihnachtsmarkt und verteilte Süßigkeiten an die Kinder. Ein Held – nicht mehr Knecht Ruprecht –, hohoho!

Er erkannte sie von weitem, glaubte zumindest, sie zu erkennen. Binder den Bluthund mit den traurigen Augen. Lauerte hinter der Eislaufbahn mit den kreisenden Kindern, Peter Landauer fest im Blick.

Töte ihn. Es war sehr leicht, technisch gesehen. Ein scheinbar unabsichtlicher Schubs, der Landauer den Glühwein aus der Hand schlug. Ein neuer Becher, mit einer kleinen Verbeugung überreicht, angereichert mit einer Dosis Gift.

«Glühwein vom Weihnachtsmann.» Landauer grinste, schluckte, wandte sich wieder der Eisfläche zu. Man sah ihm nicht an, dass er vor Jahren ein Mädchen getötet hatte.

Arnd Ruprecht wartete nicht, bis Landauer zusammenbrach, schob sich vorwärts, Schritt für Schritt, nickend, lächelnd, durch die vorweihnachtstrunkene Menge auf den Platz hinter der Eislaufbahn zu.

Er hörte die Rufe hinter sich, irgendwo heulte ein Martinshorn. Was, wenn er sich irrte, seine Chance eine Falle war? Er drehte sich nicht um, zwang sich, sehr langsam weiterzugehen. Bedächtig, wie es sich für einen Weihnachtsmann gehört.

«Peter Landauer ist tot.» Erst vor der Binder blieb er stehen, sah ihr in die Augen.

«Danke, Ruprecht.» Zum ersten Mal huschte die Andeutung eines Lächelns über ihr Gesicht.

Das Geschrei auf der gegenüberliegenden Seite der Eislaufbahn wurde lauter. Das Heulen des Martinshorns auch.

«Meine Fotos.» Er streckte die Hand aus.

Sie schüttelte den Kopf. Wandte sich ab. Verschwand Richtung U-Bahn. Es war zu riskant, sie hier zu verfolgen, also ließ er sie ziehen.

Weihnachten war er wieder auf Karpathos. Versorgte die Ziegen und seinen Garten, lauschte dem Wind. Das Töten war leicht, das Weiterleben nicht. Nun hatte er einen Toten mehr, der ihm auf der Hochebene Gesellschaft leistete. Er dachte an die Berichte über Landauers Fall, die er im Internet gefunden hatte. Wie eine Löwin hatte die Binder darum gekämpft, dass Landauer für den Mord an ihrer kleinen Tochter lebenslänglich bekam. Doch das Gericht hatte anders geurteilt. Erst beim Prozess, dann erneut bei seiner vorzeitigen Entlassung. Vielleicht zu Recht, vielleicht auch nicht. Jetzt konnte das niemand mehr entscheiden.

Als das Fest vorbei war, stieg Arnd Ruprecht hinunter zum Hafen, brachte den Brief an die Binder auf den Weg. Ein brauner Umschlag, in dem sich eine Kopie der Tonaufnahme von ihrem Wortwechsel auf dem Weihnachtsmarkt befand. Er schrieb nichts dazu, war überzeugt, sie würde die Botschaft verstehen.

OLIVER BOTTINI

2 Ausgeknipst

Holger tötete seit Jahren nur noch an Weihnachten. Da sind die Leute so besinnlich, pflegte er zu sagen, da treten sie bereitwilliger ab; Jesus in der Krippe, die Heiligen Drei Könige, all die Engel und Hirten und die Musik und dieser Kram, da lassen sie leichter los, weißt du. Aber bring einen an Neujahr um oder an einem Freitag oder an einem Sommerabend, du meine Güte, das dauert, da haben sie noch was vor im Leben, da wollen sie *gar* nicht. Wenn ein Kunde anrief und sagte: Hör mal, Holger, kannst du den oder die ausknipsen?, antwortete Holger: Logo, wenn es bis Weihnachten Zeit hat.

Und manchmal hatte es Zeit.

Die Sache mit Pfeifer zum Beispiel hatte Zeit, die Sache mit Schneider und Aurichberger dagegen nicht. Schneider und Aurichberger übernahm ich, mir ist es ja egal, wann ich wen ausknipse und ob es dauert oder nicht. Pfeifer beendete sein Leben am 24. Dezember 2006 weihrauchumnebelt in einer mit Geschenkschleifen verzierten Drahtschlinge, während im Radio der Ansbacher Knabenchor *O du fröhliche* sang.

«Oder waren es die Windsbacher?», fragte Holger.

Ich pulte Maultaschenreste aus den Zähnen und schwieg.

«Oder Village People?» Holger schlug sich mit der Hand gegen die Stirn. «Die Konzentration lässt nach», flüsterte er mit brüchiger Stimme.

Ich nickte. Kannte ich. Fünfzehn Jahre derselbe Beruf, das Problem mit der Routine. «Mach dir keine Gedanken. Ist nur die Scheißroutine.»

«Noch zwei Bier», rief Holger.

«Neulich bei Aurichberger greife ich in die Jackentasche, um den Draht rauszuholen, und was hab ich eingesteckt? Einen Scheißgummi.»

«Und?»

«Hab sie totgeschnipst.»

Wir lachten. Die Biere kamen. «Scheißroutine», sagte ich.

Wir saßen in irgendeiner Pinte in irgendeinem Kaff irgendwo in Südwestdeutschland und warteten auf Ratibor und Marie. Ein paar Tische, ein langer Tresen, dunkles Holz, an den Wänden Spielautomaten, in den Gehörgängen Weihnachtslieder. Sieben Gäste an drei Tischen, einer saß allein, den hätte ich lieber nicht im Rücken gehabt, aber Holger hatte ihn im Blick, das genügte. Ein einsamer Kraftprotz mit Bier und düsterer Miene, der irgendwann mit dem Leben abrechnen würde, und das konnte durchaus zu Weihnachten in einem dunklen Loch wie diesem passieren. Dann würde er Biergläser werfen und Tische umstoßen und rumbrüllen, und Holger oder ich müssten ihm eine Kugel verpassen, und das würde auffallen, so was waren sie hier nicht gewöhnt, im Schwabenland.

«Hab ihn im Blick», sagte Holger.

Ich nickte und pulte wieder Maultaschenreste.

Wir gingen nie im selben Kaff Bier trinken, wir waren vorsichtig. Um acht im Blablabla in Blablabla, hab da in der Gegend einen Job, hatte Holger am Morgen gesimst. Um neun, hatte ich zurückgesimst, Baustelle auf der A8. Sieben Stunden Autofahrt für ein paar Weihnachtsbiere mit Holger und den anderen. Freundschaften musste man eben pflegen.

Gab ja nicht so viele von uns.

Gab in der ersten Liga ja nur Holger, mich, Marie und Ratibor, in dieser Reihenfolge. Dreihundertzwölf Pappnasen standen auf unserer Liste, das war spitze in Europa. Das war spitze in der *Welt*.

«Auf die Freundschaft», sagte ich und schunkelte zu *Ihr Kinderlein kommet*.

Holger hob das Glas, wischte mit der anderen Hand den Tresen trocken. «Auf die Freundschaft.»

Wir tranken.

Ein Bierrand auf dem Tresen. Bei Holger! Holger, der nie irgendwo eine Spur hinterließ. Der Augen im Hinterkopf hatte, Ohren in jeder Pore seines Körpers. Der im Hirn ein paar Millionen Zellen mehr mit sich herumtrug als wir anderen. Der alles und jeden registrierte und genauso, wo zu welchem Zeitpunkt weshalb *nichts* geschah und *niemand* was sagte. Holger, der Antennenmann. Der Meistermörder.

Holger, unsere Ikone.

Sie kennen *Mein Freund Harvey* mit James Stewart? Holger war Harvey.

Und jetzt hinterließ Holgers Bierglas einen Rand aus Feuchtigkeit auf dem Tresen. Gruslig. Da machte man sich schon Gedanken. Ich sah Holger besorgt an. «Vielleicht ist es der Stress, Holg.»

«Bei über dreihundert Tagen Urlaub im Jahr?»

«Hm. Und wenn's ein Burn-out ist? Elf Pappnasen in zwei, drei Tagen, da reichen auch dreihundert Tage Urlaub nicht, Mensch. Allein die Vorbereitung. Die Logistik. Die Fahrerei. Hinterher das schlechte Gewissen. Das kriegst du in dreihundert Tagen nicht wieder hin. Du hast 'nen Scheiß-Burn-out, Holg, glaub mir.»

«Nee», murmelte Holger.

«Wie viele sind es in diesem Jahr? Sag mir nicht, dass es *noch* mehr sind …»

Holger winkte ab. Nur drei, erwiderte er, und einer sei schon erledigt. Er sagte das leise und betreten, als würde er sich schämen, weil er mal kürzertrat. Dabei war das doch nur vernünftig.

«Ist doch nur vernünftig, mal kürzerzutreten», sagte ich.

Holger nickte und schaute zur Tür. «Wo Ratibor nur bleibt.»

«Und die Marie.»

«Und die Marie.» Holger sah mich sekundenlang mit einem Blick an, den ich an ihm noch nicht kannte. Irgendwie unruhig. Ratlos. Ein Hm-Blick. Ein Ich-weiß-nicht-mehr-weiter-Blick. Ein Karl-Heinz-hilf-mir-Blick. Du bist meine letzte Hoffnung. So ein Blick.

Freundschaft eben, dachte ich und sagte: «Oder es ist das andere. Diese Bore-out-Scheiße.»

«Nee», sagte Holger.

Ich schüttelte den Kopf. Burn-out, Bore-out … Da erfand so ein Psychodepp einen Zustand – klar, dass man sich das irgendwann einfangen musste. «Wenn du mich fragst, du hast einen Bore-out. Dreihundert Tage Urlaub im Jahr! Ich würde mich vor Langeweile in Scheiben schneiden.»

«Auf den Urlaub», sagte Holger und hob das Glas.

«In Scheiben, Holg. Mit dem Hattori HD-11 Carving 240 Millimeter … Auf den Urlaub.»

Wir tranken.

Holger wischte Feuchtigkeit vom Tresen.

Holger sah auf die Uhr.

«Zehn», sagte ich. Wir wechselten einen Blick. Eine Stunde Verspätung. Keiner von uns vieren würde je zu spät kommen, es sei denn – Abgang, Exitus.

In unserem Beruf gibt es keine Regeln, es dominieren Kreativität und Flexibilität. Aber es gibt kausale Zusammenhänge.

Wer zu viel nachdenkt, hat ausgeschissen.

Wer zu wenig nachdenkt, hat ausgeschissen.

Wer zu spät kommt, hat ausgeschissen.

Wer zu früh kommt, hat ausgeschissen.

Solche Zusammenhänge. Hat Holger einst formuliert.

Ich verdrängte die Gedanken an Ratibor und Marie. «Was macht der Scheißeinzelgänger?», flüsterte ich.

«Sitzt und grübelt», flüsterte Holger. Sein Blick flackerte. Der Hilf-mir-Blick.

Gruslig, dachte ich. Bei Holger! «Bore-out, Holg, jede Wette.»

Er schüttelte den Kopf. «Wie alt bin ich, Karl-Heinz?»

«Herrje, die beschissene Midlife-Crisis …»

Holger rückte dicht zu mir heran. «Macht einen blöd im Kopf. Plötzlich tauchen lauter Fragen auf: Wo stehst du, wo willst du hin, hat das alles einen Sinn, ist da wer?»

«Ist da wer?»

Holger zuckte die Achseln. «Ein Karussell aus blöden Fragen, und die Antworten werden nicht mitgeliefert, verstehst du?»

«Scheißblöde Fragen, Mann.»

«Ist mir wichtig, dass du das verstehst.»

«Ich versteh's, Holg.»

«Plötzlich sind sie da, die Fragen. Du wachst auf und fragst dich: Ist da einer?»

«Einer, den du nicht wegpusten würdest, meinst du?»

Holger nickte und hob den Daumen. «Da oben.»

«Und, ist da oben einer?»

«Ich glaub nicht.»

«Dachte ich mir, Holg. Willst du einen Rat?»

Er nickte wieder.

«Wenn du aufwachst und dich fragst, ob da einer ist, und da ist keiner, dann schlaf weiter.»

«Geht nicht», murmelte Holger.

«Weil du dich dann fragst, warum da keiner ist und ob da nicht einer sein sollte.»

Holger sagte nichts.

«Scheißblöde Fragen, Holg.»

Er zuckte die Achseln. Er sah jetzt sehr müde und sehr traurig aus.

Ich hob das Glas. «Darauf, dass es wieder besser wird.»

Wir tranken.

Zeit für ein Geständnis unter Freunden, dachte ich. «Ich kenn das», sagte ich leise. «Die Scheiß-Midlife-Crisis. Hatte ich mit dreißig.» Meine Nase juckte, Tränen stiegen mir in die Augen. Acht Monate Krise, von morgens bis abends und die halbe Nacht. Nichts half. Und ich probierte *alles* aus. Alles, Sie verstehen. Pappnasen, die nie auf unsere Liste kamen, weil niemand sie ausgeknipst haben wollte. Pappnasen, bei denen es *wirklich* lange dauerte. Sie verstehen.

Und irgendwann, eines Morgens beim Pflanzenumtopfen, war sie vorbei, meine Midlife-Crisis. Einfach so. Als wär nie was gewesen.

Ich wischte mir die Scheißtränen aus dem Gesicht. «Geht vorüber, Holg.»

«Nee», sagte Holger und rief: «Noch zwei Bier!»

«Noch einen Rat», sagte ich. «Gönn dir mal was. Du verstehst, was ich meine. Irgendwas, das nicht auf die Liste kommt. Irgendwas, das *richtig* Spaß macht. Was Verqueres. Irgendwas, woran du nie zu denken gewagt hast.»

Holger nickte. «Du verstehst das, oder?»

«Ich versteh das, Holg.»

«Dass es nicht immer so weitergehen kann. Immer und immer und immer so weitergehen.»

«Nein, das geht nicht. Wird man blöd von.»

«Dass man da rauswill. Das Ganze mal von einer anderen

Seite erleben will. Das Leben neu justieren. Sehen, was noch in einem steckt. So was.»

«Versteh ich, Holg.»

Die Biere kamen. «Auf die Freundschaft», sagte ich.

Holger sagte nichts.

«Stress, Burn-out, Bore-out, Midlife-Crisis», sagte ich. «Kommen alle Scheißzustände dieser Welt aus England?»

«Aber es sind nicht nur die Fragen …»

«Scheißengländer. Nicht nur die Fragen, Holg?»

«Es ist die Stille.» Holger starrte auf seine Hände. «Das Telefon klingelt nicht, an der Tür klingelt es nicht. Kein Geräusch in der Wohnung, wenn du dich nicht bewegst. Keine Stimme. Kein Rascheln. Nicht mal ein Furz von rechts oder links. Verstehst du? So eine Stille.»

Ich sagte nichts. *So* eine Stille also. *So* ein Problem.

Wir gingen nun mal keine Beziehungen ein. Wir waren vorsichtig. Wir lebten im Zölibat, Sex macht blöd im Kopf. Ein Leben ohne Sex, traumhaft. Da fallen viele Probleme einfach mal von vornherein weg.

Wer Sex hat, hat ausgeschissen.

Wer keinen Sex hat, überlebt.

Wer liebt, hat von vornherein aber auch so was von ausgeschissen.

Holgers kausale Zusammenhänge.

Und jetzt das. Holger und die Stille.

«Ratibor», sagte Holger und blickte zur Tür.

Ich drehte mich nicht um. Wenn zwei in dieselbe Richtung schauen, sind sie in der anderen Richtung ungeschützt. Wer nicht vorsichtig ist, hat ausgeschissen.

Ich spürte eine Bewegung neben mir, nahm Ratibors Körpergeruch wahr. Er roch wie immer nach Baby, nach glatter, weicher Haut, Niveacreme, Fruchtwasserresten, aufgeblähtem Darm und so. Aber heute kamen weitere Gerüche dazu –

frische Erde, Bärlauch, Hundepisse. Sein weißes, verkniffenes, knollnasiges Gesicht tauchte in meinem Blickfeld auf. Er sah Holger an, dann mich. Schlechte Nachrichten, das war offensichtlich.

Wir brachten die Köpfe zusammen, damit Ratibor nicht zu laut sprechen musste. Holgers Stirn war eiskalt. Ratibors Stirn war warm und verschwitzt. «Verseuchter Laden», flüsterte Ratibor.

Holger und ich schwiegen. Ich versuchte nachzudenken, aber es ging nicht, zu viel von dem Scheißbier.

«Sicher?», flüsterte ich.

Ratibor nickte.

«Der Scheißeinzelgänger?»

«Mikro unterm Kragen, Empfänger im Ohr.»

«Ein Schwabenbulle?»

«BKA.»

«Scheiß die Wand an ...»

Ratibor hatte drei Stunden lang neben dem Gebäude hinter einem Baum im Bärlauch gehockt und Funksprüche abgefangen. *Ich sitz am Eingang – Kaum was los – Ich geh jetzt pissen – Die Frau kommt – Unser Mann kommt – Die Frau geht pissen – Unser Mann folgt ihr – Unser Mann kommt zurück – Der Dicke kommt – Unser Mann und der Dicke reden – Scheißweihnachtslieder – Bürschle, was die zusammensaufen ...*

Solche Funksprüche.

Scheißroutine! Was man so alles nicht mehr mitbekam.

Holger zuckte einmal, zweimal, aber er tat und sagte nichts. Keiner von uns sagte was. Was gab's da auch zu sagen?

So war das mit der Freundschaft. Scheißfreundschaft.

Wir hoben die Köpfe.

«Ich bin nicht dick», flüsterte ich.

«Ich war auf dem Lokus», flüsterte Ratibor und sah Holger an.

Holger nickte.

«Hast ihr zwei von hinten verpasst und sie auf die Schüssel gesetzt.»

Holger nickte.

«Da sitzt sie jetzt, die Marie, tot auf dem Lokus.»

Holger nickte. Er war sehr blass um die Augen. Aber er tat und sagte nichts. Ich hatte ein wenig Mitleid mit ihm. Das fing ja richtig scheiße an, sein neues Leben.

«Zahlen die wenigstens gut?», fragte ich.

Holger schluckte und nickte.

Ich war beeindruckt. Die vom BKA hatten's inzwischen wirklich drauf. Die neue Generation, sensationell. Bezahlten den Meistermörder, damit er seine Mörderschüler ausknipste. Die Ikone wurde geschmiert, und schon waren vier größere Probleme auf einmal gelöst.

«Und wie geht's jetzt weiter?», fragte Ratibor.

«So», sagte ich, zog die Heckler & Koch mit der linken Hand, die Walther mit der rechten. Mit der H&K hielt ich Holger in Schach, mit der Walther verpasste ich dem Schwabenbullen drei Löcher.

Frauen schrien, Männer schrien. Tohuwabohu und *Es ist ein Ros' entsprungen*. Der Schwabenbulle war so scheißsparsam, dass er nicht mal richtig bluten wollte beim Sterben.

Ich schaute Holger an. Der schwieg und nickte noch immer, als hätte er einen Nickmechanismus eingeschaltet.

Nicknicknick.

«Mann, Holger», sagte ich.

Nicknicknick.

Wir sahen dem Tohuwabohu eine Weile zu, dann sagte ich: «Gehen wir.»

Wir brachten Holger zu dem Bärlauch- und Hundepissebaum. Er ging krumm, die Arme baumelten, aus jeder Pore quollen ihm die Midlife-Crisis und das schlechte Gewissen.

Vom Pintenparkplatz drangen Motorenlärm und Reifenkreischen herüber. Das Scheißschwaben-BKA in Bataillonsstärke. Da sparten sie dann nicht.

«Mann, Holger», sagte ich.

Nicknicknick.

Jetzt gab es zwei Möglichkeiten: 1. Ich tat es, 2. Ratibor tat es. Ich riss mich nicht darum, aber eines war klar: Wer es tat, würde zur Legende werden. Zum Mythos. Der Ikonenkiller. Er würde ein Buch schreiben – *Ich, Ikonenkiller* –, sich von den Tantiemen einen faulen Lenz machen und in der Verfilmung aus reiner Langeweile eine Nebenrolle als Barmann übernehmen.

«Lust, mal ein Buch zu schreiben?», fragte ich Ratibor.

«Ach, weißt du», sagte Ratibor ausweichend.

Ich nickte und lächelte. Ratibor nickte und lächelte ebenfalls. Denn noch etwas war klar: Der, der dem anderen beim Ikonentöten zusah, würde gleich danach ausgeknipst werden. Legenden entstehen nur ohne Zeugen.

In der Ferne hoben Dutzende Kirchenglocken zum Christmettenläuten an, als wollten sie die Weisen aus dem Morgenland herbeirufen. Ich zuckte die Achseln. Die H&K krachte, die Walther krachte, so war das eben mit der Freundschaft. Zum Glück war Weihnachten, da treten die Leute bereitwilliger ab.

RUTH BERGER

3 In der Falle

Nie arbeitet es sich so gut, wie wenn die Zeit stillsteht. Und nie steht die Zeit so still wie zu Weihnachten, hier, wo schon die Betriebsamkeit des Werktaglebens wie in Zeitlupe abläuft.

Es ist an diesem 25. Dezember völlig ruhig um mich herum. Seit vier, fünf Stunden habe ich kein Geräusch gehört außer meinem eigenen bisschen Papierrascheln und Rutschen auf dem Stuhl. Sonst nichts. Keinen Verkehr, keinen Tierlaut von draußen, keine gedämpfte Stimme, kein entferntes Trappen aus dem Treppenhaus oder Rauschen einer Toilettenspülung aus den Stockwerken unter mir. Vor dem runden, viergeteilten Fenster, an dem mein Schreibtisch steht, liegt einsame Düsternis. Die Stadt schaltet aus Sparsamkeitsgründen ausgerechnet hier draußen nur jede dritte Laterne an. Ein paar schummrige, traurige graue Flecken im Dunkeln, mehr ist das nicht.

Mein Büro liegt unterm Dach der Remise eines Schlosses. Anderswo hätte man den Bau irgendwann zwischen 1950 und 1980 abgerissen. Aber hier im Osten durfte er weiter Patina ansetzen und nennt sich heute Universität. Bis zur Stadt sind es drei Kilometer Parklandschaft. Will man nicht durch den Park, führt außenherum eine schmale Straße. Am Anfang habe ich, wie die Kollegen, mit Fahrrad oder Bus die Straße genommen – dann dauert der Weg eine Viertelstunde. Irgendwann habe ich die Entschleunigung für mich entdeckt: zu Fuß durch den Park, nicht etwa die Hauptallee entlang, sondern in Bögen und Schlangenlinien an den verwunschensten Ecken vorbei. Seit dem ersten Mal gehe ich immer zu Fuß. Obwohl mich das eine Stunde hin und eine zurück kostet. Auch abends, auch im Winter laufe ich. Vergessene Begabungen kommen wieder hervor, Kletterkünste aus Kleinmädchenzeiten: Bei Dunkelheit ist der Park geschlossen, wird zu meinem geheimen Garten, in den ich mich von den Zinnen des verriegelten schmiedeeisernen Tores fallen lasse. Ein paar Spitzen auf dem Zaun reichen nicht, um eine wiedererweckte Göre wie mich abzuhalten.

Im Park gibt es keine Laternen. Ich kenne meine Strecke nun fast blind. Es hat Nächte gegeben, bewölkte, verregnete, neumondige, da habe ich mit dem Fuß ertastet, wo noch Weg ist und wo schon Wiese oder Unterholz. Auf meinen verbotenen Nachtwegen sehe und höre ich manches, was ich vorher nur aus Volksliedern oder Märchen kannte: rufende, jagende Käuzchen, weißen Nebel, der aus den Wiesen steigt, das Licht von Vollmond auf Schnee. Einmal, in genau so einer kalten, schneeglitzernden Vollmondnacht, habe ich Wölfe heulen gehört. Einen Moment stand ich wie erstarrt, spürte eine Urangst in mir aufsteigen. Dann haben mich meine nachtgeschärften Sinne beruhigt: Das Heulen kam nicht aus dem Park, sondern wehte von einer weiter nördlich und höher gelegenen Stelle herüber. Vom Belvedere vielleicht. Später habe ich mich erkundigt: Es gibt tatsächlich wieder Wölfe in Brandenburg, von Polen her kommend.

Vor Menschen habe ich auf meiner nächtlichen Parkwanderung nur am Ende Angst. Ausgerechnet, wenn es durch die nahen Lichter der Stadt heller wird. Das Zwielicht reißt mich aus der einsamen Natur zurück in die Alltagswelt, in der es nicht als normal gilt, allein in einer dunklen Landschaft herumzulaufen. In der es Menschen gibt, die es vielleicht auf einsame weibliche Parkwanderer abgesehen haben, ihnen gerade hier am Rand der Einsamkeit auflauern könnten. Für die letzten paar hundert Meter fühle ich mich dann wie eine, die auszog, das Fürchten zu lernen. Jede wehende Weide ein Gespenst, hinter jedem Busch eine Bedrohung. Ich sage mir immer: Ein Sexualmörder sucht sich für seine Pirsch keine Winternacht aus, dem würde bei diesem Wetter seine Lust zusammenschrumpeln. Doch erst wenn ich übers Tor und Teil der Stadt bin, fühle ich mich wieder so sicher wie in den Tiefen des Parks.

An diesem ersten Weihnachtstag drängt sich gegen sieben der Gedanke auf, dass ich irgendwann meinen einsamen Heimweg antreten muss. Und heute ist mir gar nicht danach. Vielleicht deshalb, weil ich an diesem feierlichsten aller Feiertage schon hier, an meinem Arbeitsplatz, seit vielen Stunden sehr allein bin. Ich scheine heute die Einzige im Gebäude zu sein. Als ich mittags kam, war das ein gutes Gefühl. Jetzt nicht mehr. Wie in einer Vision sehe ich mich mit einem Mal aus der Vogelperspektive: im Zentrum eines menschenleeren Kreises von sechs Kilometern Durchmesser. Drei Kilometer Nacht in jede Richtung. Und ich einsam in der Mitte mit meinem warmen gelben Schreibtischlicht, mein Büro der einzige helle Ort weit und breit, als wollte ich Motten anlocken. Oder Mörder.

Lächerlich. Aber ich habe jetzt die Freude an der Arbeit verloren. Die Augen gleiten nur noch unkonzentriert über die Handschrift aus dem 18. Jahrhundert, die ich lesen muss, schweifen immer wieder zum Fenster.

Mein Büro ist eine Eckmansarde des bröckelnden Prachtbaus. Ein rundes Fenster geht nach Westen auf niedrige Nebengebäude und die leere Straße, hier steht mein Schreibtisch. Ein zweites Fenster ums Eck geht zum Nordrand des Parks. Die Decke der Mansarde ist niedrig, ich kann dranfassen, wenn ich mich recke. Man kommt über einen eigenen Aufgang hierher, der vom obersten Stockwerk abzweigt. Eine Wendeltreppe, knarrende, graugestrichene Holzstufen, dann ein Zwischengeschoss, noch eine Treppendrehung, eine Diele mit Waschbecken, ein Vorzimmer, dahinter mein Büro. Hier fühlt man sich wie am Ende der Welt, wie im Märchen, wo der Prinz immer höher und höher hinaufmuss, bis er endlich die schlafende Prinzessin findet. Wo die Prinzessin ganz oben im Turm, im allerletzten Zimmer, die Hexe mit dem Spinnrad traf.

Heute Abend fühle ich mich hier wie in der Falle.

Das Telefon klingelt. Ich zucke zusammen. Dann fällt die Spannung von mir ab. Gott, was hatte ich eben bloß für eine Anwandlung? Hoffnungsvoll greife ich nach meinem Draht zur Normalität, zur Welt jenseits des Parks. Eine Freundin ist in der Leitung. Weit weg in Westdeutschland, im Hintergrund Lärm. Eine alkoholisierte Feier mit Kollegen auf dem Flughafen. Meine Freundin ist Stewardess.

Leider hält die Erleichterung nicht an. Während ich noch spreche, merke ich, dass diese fröhliche Gesellschaft in der Ferne mein Gefühl der gefährlichen Isolation nur verstärkt. Ich wünschte, stattdessen hätte jemand aus der Umgebung, aus meiner Wohnung in der Stadt angerufen. Ein Rettungsseil von jenseits des dunklen Parks. Aber natürlich ist in meiner Wohnung niemand. Mein Freund ist heute zu seinen Eltern gefahren.

Was soll's. Statt zu laufen, werde ich heute einfach mal den Bus nach Hause nehmen. Ich stehe auf, irgendwo in der Ablage im Regal muss ich noch einen Fahrplan auf grün-weißgrauem Starkpapier haben. Tatsächlich, da ist er. Ich blättere. Sonn- und feiertags fährt der Bus nur stündlich. Der nächste geht in knapp fünfzig Minuten. Schade, ich würde lieber sofort losfahren. Trotzdem ein gutes Gefühl, dass ich bald in einen Bus steigen kann. Ich stelle mir den Wecker, damit ich rechtzeitig losgehe. Stopp, war da nicht eine kleine hochgestellte Zahl? Ich sehe nochmal nach. *Fährt nicht am 24., 25. und 31. 12.* Das hätte ich mir doch denken können. Dummerweise gilt das für sämtliche Busse heute Abend. Der letzte ging schon um drei Uhr. Ich bin hier wirklich in einem verschlafenen Kaff. Oder vielmehr drei Kilometer außerhalb eines verschlafenen Kaffs, mutterseelenallein.

Gott, warum bin ich nicht in meiner netten, frisch renovierten Wohnung in der warm erleuchteten Fußgängerzone voller Weihnachtskitschdeko geblieben? Eine dumme Idee, heute hier rauszukommen.

Das Telefon klingelt nochmal. Ich grinse. Meine Freundin ruft selten nur einmal an, wenn sie anruft. Kommt mir gerade recht. Jetzt werde ich mich beschweren, dass ich etwas Schiss habe, so allein hier draußen und vor dem Nachhauseweg.

Aber nicht meine Freundin ist am Telefon.

Schöne Weihnachten, Mäuschen. Na, so allein heut?

Ich knalle den Hörer auf. Muss das ausgerechnet jetzt sein? Diese tiefe, hauchige Halbflüsterstimme kenne ich. Irgendein armer Irrer, der mich seit Wochen immer mal wieder anzüglich anklingelt.

Ich merke, dass ich zittere.

Dann weiß ich plötzlich, warum mich heute Abend die Angst überfallen hat: eine Assoziation. Ein scheußliches Weihnachtserlebnis, das mir vor Monaten eine Kollegin erzählt hat. Passiert vor zwanzig Jahren. Sie war damals Studentin hier. Hatte ein Zimmer drüben im Studentenwohnheim, das nach Norden zu auf der anderen Seite der Straße liegt. Sie musste sich aufs Examen vorbereiten, war als Einzige über Weihnachten nicht nach Hause gefahren und allein im Gebäude. Ihr Zimmer lag im Erdgeschoss. Die Heizung, Fernwärme, lief auf vollen Touren. Um gute Luft zu haben, ließ sie das Fenster auf. Abends saß sie an ihrem Schreibtisch, da sah sie plötzlich, wie ein Mann wortlos zum Fenster einstieg. Sie war schreckstarr, bis er ein Bein über die Brüstung hatte, rannte dann zur Tür. Der Schlüssel klemmte, und er war bei ihr. Er hat sie vergewaltigt. Einige Jahre später hörte sie, dass einer Kommilitonin über Weihnachten das Gleiche passiert war. Der Mann wurde nie gefasst.

Unangenehme Geschichte. Klar, dass die sich heute Abend in meinem Unterbewusstsein regt. Jetzt ist ja *mein* Fenster das einzige helle hier draußen, sitze *ich* hier als einsamer, weihnachtlicher Köder. Und dann noch dieser behämmerte Anrufer.

In ein Mansardenfenster zwanzig Meter über dem Boden kann allerdings niemand einsteigen. Und die schwere Haupttür der Remise habe ich beim Hereinkommen am Mittag eigenhändig von innen zugeschlossen; an Feiertagen und abends sind wir angehalten, das zu tun. Ich bin hier sicher.

Das Telefon klingelt wieder. Mit ungutem Gefühl hebe ich ab.

Flüstern:

Süße Maus. Warte nur, ich mach es dir heut Abend noch.

Ich knalle den Hörer auf.

Nach und nach dringt ein Gedanke durch, den ich zuvor noch nicht herangelassen habe. Ich hatte schon öfter penetrante Sexanrufer in meinem Leben. Meist sind das, glaube ich, Leute, die Zufallsnummern wählen und dranbleiben, sobald sich eine Frauenstimme meldet. Diesen hatte ich auch für so einen Zufallswähler gehalten. Bis heute hat er mich nur zu Hause angerufen. Aber wenn er mich jetzt auch hier belästigt, heißt das: Der Mann weiß, wer ich bin. Und er weiß vor allem, wo ich bin. Und dass ich hier heute garantiert sehr allein bin.

Ich mach es dir heut Abend noch.

Mir wird kalt und ein wenig übel. Das Schloss unten an der schweren Eingangstür ist ein Witz: Der Schlüssel nichts weiter als ein simpler Bartschlüssel, wenn auch überdimensioniert, zwanzig Zentimeter lang, vorsintflutlich. Die Tür bekommt jeder mit dem einfachsten Werkzeug auf. Glücklicherweise habe ich wenigstens hier oben am Büro ein Sicherheitsschloss. Wir haben ja Wertsachen, von den Rechnern bis zu der Bibliothek historischer Kostbarkeiten, die meine Mansardenwände schmücken. Der Anrufer kommt zwar garantiert nicht hierher in die Uni. (Lächerlich, das anzunehmen. Der genießt bloß seine Macht, mir Angst machen zu können.) Doch ich werde mich jetzt zur Sicherheit erst einmal einschließen. Dann kann ich in Ruhe überlegen, wie ich nach Hause komme.

Fast habe ich Angst, dass vor meinem Büro schon einer lauert, als ich schnell durchs Vorzimmer und in die Diele husche. Hier an der Dielentür ist das Schloss für unsere Zimmerflucht. Ich drehe den Schlüssel bis zum Anschlag zu. So. Kaum habe ich abgeschlossen, fällt mir ein, dass ich hier oben keine Toilette habe. Hoffentlich muss ich nicht länger hierbleiben. Ach was. Lächerlich.

Zurück an meinem Schreibtisch, greife ich nach dem Telefonbuch. Ich denke, ich werde mich einfach von einem Taxi abholen lassen. Zu Hause soll der Fahrer mich dann bis in die Wohnung bringen. Dann kann wirklich nichts passieren.

Guten Tag. Hier hören Sie den automatischen Anrufbeantworter von Taxi-Paschke. Wir machen über Weihnachten Ferien. Ab 27. 12. sind wir wieder für Sie da.

Na toll. Ich probiere die Konkurrenz, bckomme nach einer minutenlangen Rufumleitung ein Handy.

Hallo? Ja, nee, ich habe hier eine Fuhre nach Leipzig gerade. Das wird heute Abend nüscht mehr, muss ich Sie enttäuschen.

Ich habe aber auch ein Glück. Soll ich ein Berliner Unternehmen anrufen? Das wird natürlich teuer. Für nichts und wieder nichts, bloß weil ich mich hier gerade in Angst steigere. Außerdem habe ich kein Berliner Telefonbuch zur Hand.

Der Apparat klingelt.

Warum hebe ich eigentlich ab?

Trotzdem tue ich es.

Atmen. Dann, gehaucht: *Mäuschen. Trägst dein Wollkleid heute. Find ich sexy.*

Diesmal legt er zuerst auf.

Scheiße. Ich lösche mein Licht, starre durch das runde Fenster, das bis zu meinen Füßen reicht, hinter dem ich und mein Schreibtisch sich klar abzeichnen müssen für jeden, der unten steht. Ich sehe dagegen draußen fast nichts, es ist zu dunkel.

Vor Angst meldet sich meine ohnehin volle Blase. Ich kann gar nicht mehr denken und bin über mich selbst schockiert, als ich in der Diele ins Waschbecken pinkele. Gut nachspülen. Und jetzt doch denken. Okay. Es reicht, das ist kein Spaß mehr. Ich werde die Polizei anrufen.

Da klingelt das Telefon schon wieder.

Ein metallenes Geräusch. Dann: *Mäuschen, haste das gehört? Das ist mein Messer. Das liebt dein weißes Fleisch. Damit streichle ich dich. Dann fick ich dich in den Arsch.*

Das darf doch nicht wahr sein. Wie kann ich mich von diesem Arschloch nur so tyrannisieren lassen?

Ich wähle 110. Werde zu einer Wache durchgereicht. Von Anfang an merke ich, dass mein Problem nicht auf Verständnis stößt. Ich bin noch am Erzählen, da unterbricht mich der Beamte in einem Ton, der gern als Berliner Schnauze bezeichnet wird und als attraktives Lokalkolorit gilt.

Erzählen Se nich so lange rum, gute Frau, wir ham hier ooch noch anderes zu tun. Haben Se nun eyn Verbrechen anzuzeigen oder nich?

«Ja. Ich werde bedroht.»

Dann kommen Se bei Gelegenheit auf die Wache, und wir nehmen das auf.

«Aber ich werde *jetzt* bedroht, der Mann treibt sich wahrscheinlich irgendwo hier rum, und ich weiß nicht, wie ich nach Hause kommen soll.»

Frollein, so 'ne Anrufer gibt es immer mal. Sie meinen doch nich im Ernst, dass die Polizei dafür da ist, Ihnen den Chauffeur zu machen. Wenn Sie zu Fuß am Feiertag in de Walachei spazieren, dann müssen Se selber sehen, wie Se da wieder rauskommen. Det is nich unsere Aufgabe. Auf Wiederhörn, schönen Abend noch.

Ich zittere. Kann es denn sein, dass mir in so einer Situation die Polizei nicht hilft?

Mir fällt das einzige andere Mal ein, als ich in meinem Leben bei der Polizei angerufen habe. Meine alleinstehende Nachbarin war gestorben, die Tür nach Abstransport der Leiche polizeilich versiegelt worden. Aber die Wellensittiche waren noch drin. Ich hörte sie drei Tage durch die Wand immer elender tschilpen. Dann rief ich auf der Wache an, bat, ein Beamter möge kommen, die Tür öffnen und mir erlauben, die verdurstenden und verhungernden Vögel herauszuholen. Ich stieß auf Unverständnis. Da war nichts zu machen. Dafür gab es keinen Paragraphen.

Dülüdülüdülü. Das Telefon. Ich klatsche fast an die Decke vor Schreck, gehe aber nicht dran. Stattdessen habe ich eine Erleuchtung, blättere im Telefonverzeichnis der Uni nach der Nummer des Hausmeisters. Müsste ein Hausmeister nicht auch privat auf dem Gelände wohnen? Da habe ich den Eintrag. Haustechnik, Hausmeister. Aber bloß die Nummer des Dienstbüros, in einem der Nebengebäude. Keine Handynummer. Wird vielleicht vom Dienstzimmer zur Privatwohnung durchgestellt?

Ein Anrufbeantworter. *Im Augenblick nicht zu erreichen.* Ich rede mir ein, das sei nicht gänzlich hoffnungslos, und hinterlasse eine Nachricht.

Verdammt. Wen kann ich denn anrufen und bitten, dass er mich abholt? Meine hiesige Kollegin, die mit der Vergewaltigungsgeschichte? Die hat kein Auto, ist außerdem garantiert in der Lausitz bei ihren Eltern. Die anderen Kollegen wohnen im hippen Berlin, leben außerdem wie ich meist autofrei oder sind über Weihnachten gen Westen gereist. Dito die Studenten. Mein Chef? Wohnt ebenfalls in Berlin. Hat ein Auto. Aber Gott, wie peinlich. Chef lässt an Weihnachten für Stunden alles stehen und liegen, um hysterische Jungfer in Not zu retten. Was für eine Scheißrolle für mich. Außerdem würde er wahrscheinlich nein sagen.

Das Telefon klingelt wieder. Jetzt muss ich drangehen. Auf die Hoffnung hin, dass es der Hausmeister ist.

Nein, das verhasste halblaute Hauchen. *Mäuschen. Freust dich schon auf mich?* Gefolgt von einem Schmatzen. Ekelhaft.

Dann fällt bei mir der Groschen. Die Sekretärin kann ich anrufen. Natürlich. Die ist nett und hilfsbereit, hat ein Auto und wohnt nicht einmal weit von hier. Für sie wäre es eine Sache von einer Viertelstunde, mich hier rauszuholen und nach Hause zu bringen. Am besten, sie nimmt Sohn oder Mann oder gleich beide mit.

Doch ich lande wieder bei einem Anrufbeantworter. Die Familie macht Urlaub in Polen.

Kaum habe ich aufgelegt, klingelt es. Als ich das Hauchen höre, reicht es mir. Ich ziehe den Stecker aus der Wand. Eine halbe Minute später klingelt das Telefon der Kollegin im Vorzimmer. O nein. Der weiß sogar, wer hier um die Ecke von mir sitzt. Das ist kein Fremder. Es kann nur jemand aus unserem Fachbereich sein. Der dunkle Student, der längst nachdem er fertig war, immer noch in meine Sprechstunde kam? Dieser

Theologe mittleren Alters, der so verschroben wirkt und dem ich offensichtlich gefalle?

Verdammt. Ich fasse einen Plan. Okay, es ist an sich nicht meine Art, vor lästigen Männern ängstlich den Schwanz einzuziehen. Wahrscheinlich wäre es am besten, Gelassenheit zu demonstrieren, die Anrufe zu ignorieren und wie gewohnt durch den Park nach Hause zu gehen. Wahrscheinlich würde gar nichts geschehen. Doch ich traue mich nicht. Zu riskant, wenn der wirklich hier ums Haus pirscht. Ich werde über Nacht im Büro bleiben. Aber um ihn irrezuführen, tue ich jetzt so, als würde ich gehen.

Ich packe also schön sichtbar am Fenster meine Sachen – sehr beruhigend, diese Tätigkeit in ihrer Normalität –, ziehe mir ohne Hetze den Mantel an, Handschuhe, Mütze, trinke noch den letzten Schluck aus der Tasse, kaue ein Plätzchen für den Weg, dann knipse ich die Schreibtischlampe aus. Und gehe nicht. Sondern husche im Dunkeln in die hinterste Ecke der Mansarde.

Kaum bin ich da, ahne ich mehr, als ich höre, von unten ein dumpfes Bum. Die Tür des Haupteingangs. Die Tür, die ich heute Mittag mit dem großen Bartschlüssel zugeschlossen hatte.

Bestimmt nur ein Kollege. Einer, der von mir unbemerkt auch im Haus war und jetzt gegangen ist. Oder kommt.

Ist das mein Herzklopfen, oder sind das Schritte unten im Aufgang? Ich stehe starr, das Herz hämmert. Ich bin mir nicht sicher, ob es wirklich Schritte sind und nicht mein Herz. Bis ich sie auch auf der Wendeltreppe zu unseren Mansarden höre. Trapp. Trapp. Schwere Männerschritte. Mein Gehirn schreit, dass es nicht wahr sein kann, was ich erlebe. Dann Geräusche am Schloss. Die Tür zum Vorraum geht auf wie Butter. Das Licht dort wird angeknipst. Vielleicht meine Kollegin? Bitte, Gott, lass es meine Kollegin sein. Aber zu schwere Schritte. Die Schritte gehen durchs Vorzimmer, meine Tür wird geöffnet, das Deckenlicht geht an.

«Frau Goldschmidt?»

Die Schritte kommen ums Regaleck.

Der Hausmeister.

«Gott sei Dank. Gott sei Dank, dass Sie das sind.» Ich pruste fast vor Erleichterung, die Hand vor dem Mund.

Er grinst.

«Na, Mäuschen, hab ich dich», sagt er sanft.

In der Hand blitzt das Messer.

JAN COSTIN WAGNER

4 Sonnenspiegelung

Als Martin Harford am Morgen den Vorhang zur Seite schob, um das Sonnenlicht eines strahlend blauen Wintertages hereinzulassen, stand ein Mann auf der anderen Straßenseite und blickte durch die Fensterscheibe direkt in seine Augen. Harford blieb eine Weile reglos stehen und wartete darauf, dass der Mann den Blick abwenden und weitergehen würde.

«Was ist denn?», fragte Lisa, die sich im Bett aufgerichtet hatte.

«Hm?»

«Was ist denn da draußen?», fragte Lisa.

«Nichts.» Er zog den Vorhang zu, beugte sich zu Lisa hinunter und gab ihr einen Kuss auf die Wange.

Er rasierte sich, putzte die Zähne, duschte und zog sich an. Dann ging er durch den Flur ins Wohnzimmer, setzte sich an den gedeckten Tisch und erwiderte Lisas Lächeln.

Er trank einen Schluck Kaffee, nahm ein Brötchen, bestrich es mit Butter, legte eine Scheibe Schinken darauf und überflog die Schlagzeilen auf der ersten Seite der Tageszeitung.

«Draußen steht jemand», sagte Lisa.

Er hob den Blick.

«Da steht ein Mann direkt gegenüber. Auf der anderen Straßenseite.»

«Ja …», erwiderte Harford.

«Du hast ihn schon gesehen?»

«Nein … nein, natürlich nicht», antwortete Harford.

«Dann guck doch mal. Der sieht zu uns rein, glaube ich», sagte Lisa.

Harford stand auf und trat an die Fensterfront heran. Auf der verschneiten Abdeckung des Schwimmbades spiegelte sich die Sonne. Im Schatten unter einem Baum stand der Mann.

«Er war die ganze Zeit da, schon als ich angefangen habe, den Tisch zu decken», hörte er Lisa sagen.

Harford kehrte zum Tisch zurück, setzte sich und biss in sein mit Schinken belegtes Brötchen. Er griff nach der Zeitung.

«Lauritzen kommt heute», sagte Lisa nach einer Weile.

«Ah.»

«Er will versuchen, den Bonsai zu retten, der mir sonst eingeht.»

«Gut, gut», sagte Harford.

«Und am Abend kommen Verena und Benny. Ich dachte, dass wir gegen acht essen. Schaffst du das?»

«Natürlich», antwortete er.

«Gänsebraten. Für Benny. Und ich übe schon mal für Weihnachten.»

«Wunderbar.» Er faltete die Zeitung zusammen, leerte die Kaffeetasse, stand auf und strich mit der Hand über Lisas Arm. «Bis heute Abend», sagte er.

«Bis dann», erwiderte Lisa.

Er spürte Lisas Lächeln.

Er trat hinaus und kratzte das Eis von den Scheiben des Wagens. Links unter einem Baum stand der Mann. Harford startete den Wagen und bog nach rechts ab. Er schaltete das Radio ein und schwebte über die Straße. Es begann zu schneien. Er parkte den Wagen auf dem für sein Nummernschild reservierten Parkplatz. Er stieg aus, lief durch den Flockenwirbel und ließ sich vom Aufzug in den 39. Stock tragen.

Der Flur war blass und blau und lag im Schatten. Im Großraumbüro surrten bereits einige Computer. Harford nickte den Kollegen zu und betrat sein Büro. Die Tür rastete sanft ein, als er sie schloss. Er trat ans Fenster und sah hinab auf das Chaos der Spielzeugautos am Boden. Er sah ihnen dabei zu, wie sie vorwärtskrochen.

Dann setzte er sich an den Schreibtisch und fuhr seinen Computer hoch. Der blecherne Weckruf des elektronischen Kalenders erinnerte ihn an den ersten Termin des Tages. Er hatte ihn ohnehin nicht vergessen. Zwei Japaner. Nakamura und Akimoto. Er hatte die Namen auswendig gelernt. Herr Nakamura … Herr Akimoto … setzen Sie sich doch. Er hatte noch eine Viertelstunde. Er schloss die Augen und legte die Hände flach auf die Tischplatte.

Dann saßen Nakamura und Akimoto in zwei Ledersesseln und schwitzten. Er wusste nicht, warum. War der Raum überheizt? Ihm selbst war eher kalt. Das Gespräch verlief reibungslos. Er führte sie durchs Haus, und am Ende standen sie mit wehenden Haaren im eisigen Wind auf der Dachterrasse. Die Wintersonne stand auf Augenhöhe. Nakamura und Akimoto froren und schüttelten sich und lachten, und sein Handy spielte eine klassische Melodie. Lisa.

«Lisa?», sagte er.

Nakamura tat so, als wolle er in die Tiefe springen, Akimoto lachte, und Lisa sagte, sie mache sich Sorgen.

«Was ist?», fragte er.

«Der Mann steht immer noch draußen und starrt hier rein», sagte Lisa.

Er nickte. Nakamura hatte die Arme weit ausgestreckt und wollte fliegen wie ein Vogel.

«Hörst du?»

«Hm, ja ... ja, natürlich.»

«Das macht mir Angst», sagte Lisa. «Der Mann starrt zu uns rein. Und er bewegt sich nicht.»

«Ja ...»

«Wir müssen doch irgendetwas dagegen machen können.»

«Ja ... Lass mich kurz überlegen.»

«Soll ich rausgehen und fragen, was das soll?»

«Nein!»

«Ich könnte ihn einfach fragen, was er von uns will.»

«Nein ... Wenn überhaupt ... Lass mich das machen.»

«Kannst du heimkommen?»

«Nein ... Folgendes: Wenn er in einer Sunde noch da ist, rufst du mich nochmal an.»

«Und dann?»

«Dann sehen wir weiter.»

«Gut», antwortete Lisa.

Akimoto deutete auf ein Flugzeug und hielt sich die Ohren zu. «Wie naaahhh», sagte er.

«Ja, ja ... Großer Flughafen ... Ganz naaahhh», sagte Harford, und Akimoto lächelte.

Bald darauf saß er mit Margraf aus der Rechtsabteilung und Larsson, dem Abteilungsleiter, in der Kantine. Margraf sah keine Probleme, die Fusion mit den Japanern betreffend, und ließ sich Gänsebraten mit Rotkraut und Klößen schmecken. Auch der Kantinenkoch übte für Weihnachten. Larsson sah ohnehin nie Probleme und riss Witze. Das Handy spielte seine klassische Melodie. Harford zog es bewusst ruhig aus der Tasche seines Jacketts.

«Er ist noch da», sagte Lisa.

«Ja», sagte Harford.

«Kannst du nach Hause kommen?»

Er schwieg eine Weile. Larsson erzählte einen Witz, obwohl er telefonierte und Margraf fast kopfüber in seinem Essen hing.

«Ja ... Ich fahre so bald wie möglich los.»

«Danke. Ich traue mich schon fast nicht mehr, durchs Fenster zu schauen.»

«Ja ... Bis bald», sagte Harford und unterbrach die Verbindung.

Larsson schien darauf zu warten, dass er endlich lachte.

«Ich fürchte, ich mache heute früher Schluss», sagte Harford.

Larssons Lächeln fror ein. «Was Unangenehmes?»

«Ja ... Halb so wild ... Lisa liegt mit Fieber im Bett.»

«Oh.»

«Ja ... Ich denke, ich sollte zu ihr fahren.»

«Natürlich, mach das», sagte Larsson und lächelte schon wieder.

Die Autobahn war breit und leer, als er nach Hause fuhr. Der Nachrichtensprecher sprach von einem gelungenen Raketenstart, einer gescheiterten Konferenz und einem spurlos verschwundenen Mädchen. Der Wetterbericht versprach weiße Feiertage.

Lisa stand in der Tür, als er ankam. Sie umarmte ihn. Eine Weile verharrte er reglos, dann löste er sich von ihr und ging durch den Flur ins Wohnzimmer. Er trat an die Glaswand und sah den Mann im Hintergrund unter dem Baum stehen. Er kannte ihn nicht. Schon aus der Entfernung war er sicher, den Mann nie zuvor gesehen zu haben. Lisa stand in der Mitte des Raumes und schien Angst davor zu haben, sich zu bewegen.

«Wo ist denn das Fernglas?», fragte Harford.

Lisa sah ihn fragend an.

«Wir hatten doch mal ein Fernglas», sagte Harford.

«Ja», erwiderte Lisa. «Ich weiß nicht. Oder doch, unten im Hobbyraum, glaube ich. Ich schau mal nach.»

Lisa ging. Er spürte, wie erleichtert sie war, endlich etwas tun zu können. Harford wandte sich wieder der Fensterfront zu und beobachtete den reglosen Mann unter dem Baum.

Lisa brachte das Fernglas. Sie war außer Atem. Er hielt es vor die Augen und zuckte zusammen. Er sah das Gesicht des Mannes aus nächster Nähe.

«Und?», fragte Lisa.

Er schüttelte langsam den Kopf. Er kannte den Mann nicht. «Nein», sagte er. Er gab Lisa das Fernglas. Sie hielt es vor ihre Augen und schwieg eine Weile. «Wer ist das?», fragte sie schließlich.

«Ich habe keine Ahnung. Aber wir werden es gleich erfahren, denn ich gehe jetzt raus und werde ihn fragen», sagte Harford. Er zog seinen Mantel an und lief. Er spürte, dass Lisa in seinem Rücken noch etwas sagen wollte, aber sie schwieg.

Er ging durch den Flur und trat ins Freie. Der Schnee knirschte unter seinen Schritten. Er fixierte den Mann, während er sich näherte. Der Mann stand reglos da und wandte den Blick nicht von der Fensterfront. Er überquerte die Straße, er war noch zwanzig Meter entfernt. Zehn, fünf. Der Mann rührte sich nicht.

«Hallo», sagte Harford.

Keine Reaktion. Er stand dem Mann gegenüber. Frau David von nebenan ging mit ihrer Tochter vorüber. Die Tochter zog einen Schlitten hinter sich her.

«Hören Sie?», sagte Harford.

Der Mann wandte den Blick langsam in seine Richtung. Er lächelte.

«Ich …», hörte sich Harford sagen.

Der Mann lächelte und wandte sich wieder dem in Weiß gehüllten Garten zu. Dem leeren, abgedeckten Schwimmbad. Der Fensterfront. Harford lief. Ihm war schwindlig. Lisa stand im Türrahmen.

«Und?», fragte sie.

«Nichts», sagte Harford.

«Nichts?»

«Ich weiß nicht. Ein Spinner. Er spricht nicht mit mir.»

«Das ist alles?» Lisas Stimme überschlug sich.

«Ja. Er wird schon verschwinden.»

Lisa starrte ihn einige Sekunden an. Dann schüttelte sie den Kopf und nahm das Telefon. «Ich rufe die Polizei.»

«Ich bitte dich», sagte Harford.

«Worum bittest du mich?»

«Das ist doch Blödsinn.»

Lisa hatte schon gewählt. Sie schilderte den Sachverhalt. Ein Mann. Ein unbekannter Mann. Steht vor unserem Haus. Rührt sich nicht. Starrt zu uns rein. Belästigt uns. Mein Mann hat versucht, mit ihm zu reden. Vergeblich. Seit heute. Natürlich seit heute. Ja, seit heute Morgen. Was heißt das, da kann man wenig machen? Aha. Ich bitte darum. Ich danke Ihnen.

«Eine Frechheit», sagte Lisa.

Harford dachte an das Lächeln des Mannes und konzentrierte sich auf das Flimmern vor den Augen. Flackernde Flammen an den Rändern seines Blickfeldes.

«Die meinen, man könne da nichts machen, solange der Mann nur so dasteht», sagte Lisa. «Und es seien ja erst ein paar Stunden. Sie meinen, dass wir uns vielleicht irren, dass es nur ein Zufall ist.»

«Vielleicht haben sie recht», warf Harford ein.

«Wie bitte?»

«Ich meine … Nein … Natürlich, entschuldige …»

«Sie wollen aber trotzdem kommen und sich den Mann mal ansehen.»

«Gut, gut», sagte Harford.

«Was ist denn mit dir?», fragte Lisa.

«Hm … Was meinst du?»

«Du bist so … Du siehst blass aus.»

«Entschuldigung, Frau Harford?» Das war Lauritzens Stimme. Harford wandte sich um und sah Lauritzen im Wohnzimmer stehen. «Ich … Die Tür war offen … Ich sollte doch mal nach dem Bonsai schauen», sagte Lauritzen.

Lisa nickte. «Sie sind meine letzte Hoffnung», sagte sie und ging voran. Lauritzen folgte.

Harford blieb eine Weile stehen, dann ging er, einem Impuls folgend, die Treppe nach oben und in sein Arbeitszimmer. Er ordnete eine Weile Papiere, die auf seinem Schreibtisch lagen. Er schuf immer neue Anordnungen. Nach Datum. Nach Dringlichkeit. Nach inhaltlichen Gesichtspunkten.

Schließlich warf er den ganzen Stapel auf den Boden, trat ans Fenster und sah durch die Jalousien den Mann auf der anderen Straßenseite unter einem Baum. Ein Mann, den er nicht kannte. Ein Mann mittleren Alters, der auf seinen Garten starrte. Vor dem Nachbarhaus rodelte die Tochter der Davids einen Abhang hinunter. Der Polizeiwagen war grün und weiß und hob sich scharf vom Himmel ab. Zwei Uniformierte stiegen aus.

Harford rannte die Treppe hinunter und öffnete die Haustür. Lisa stand schon am Tor und sprach mit den Polizisten. Harford näherte sich. Lisa redete, die Polizisten nickten. Ab und zu sahen sie zu dem Mann hinüber, der ungerührt im Schatten des Baumes stand.

«Sieht doch ganz friedlich aus», hörte Harford den jüngeren der beiden Polizisten sagen.

«Ja, aber …», sagte Lisa.

«Das Problem ist, wir können da wirklich wenig machen, solange er nicht in irgendeiner Weise … aktiv wird», sagte der andere.

«Aktiv wird?», fragte Harford.

«Er steht doch wirklich nur da. Und erst seit heute Morgen, wenn ich das richtig verstanden habe …»

«Ja», erwiderte Harford.

Die Polizisten nickten und wechselten Blicke.

«Wir gehen einfach mal rüber und sagen freundlich hallo», sagte der Jüngere. Die beiden gingen über die Straße auf den Mann zu. Lisa nahm seine Hand. Gemeinsam sahen sie, wie die beiden Polizisten mit dem Mann sprachen. Der Mann schüttelte einige Male den Kopf und wirkte, abgesehen davon, dass er ein wenig gekrümmt in der Kälte stand, vollkommen entspannt. Woher kenne ich dich?, dachte Harford. Wo kommst du her? Lisa krallte ihre Finger in seine Haut. Die Polizisten kehrten zurück.

«Ziemlich wortkarg, der Gute», meinte der Jüngere.

«Ich mache Ihnen einen Vorschlag. Wenn der Mann morgen noch da ist, melden Sie sich noch einmal. Ich denke aber, dass Sie sich keine Sorgen machen müssen, der Mann ist harmlos», sagte der Ältere.

Lisas Hand in seiner erschlaffte. Die Polizisten verabschiedeten sich. «Das mit dem Bonsai kriege ich hin», sagte Lauritzen, als sie ins Haus zurückkehrten.

Am Abend kamen Verena und ihr Freund Benny. Benny erzählte Geschichten aus der Anwaltskanzlei. Was ihm alles widerfahren war in den vergangenen Tagen. Spektakulär. Verena warf ab und an ironische Bemerkungen ein, wenn Benny allzu dick auftrug. Sie schien glücklich zu sein. Verena, seine Tochter. Eine erwachsene Frau. Elegant und selbstbewusst. Benny blies sich eine Haartolle aus dem Gesicht und fragte: «Kann es sein, dass der Typ dahinten uns anstarrt?»

Harford sah Benny an. Benny fixierte den Mann hinter der Glaswand, unter dem Baum, auf der anderen Straßenseite, im Licht der Straßenlaterne, und sagte: «Ja, ganz sicher sogar. Kennt ihr den?»

Harford schüttelte den Kopf. «Halb so wild», murmelte er. Er dachte an einen Moment, den es nicht gab. Den ersten Moment nach dem Aufprall. Er stellte sich vor, sich selbst zu beobachten, während er fiel. Was hatte er sich Sorgen gemacht, früher, als Verena ein Kind und allein unterwegs gewesen war, im Wald, mit dem Fahrrad.

Lisa balancierte ein Tablett mit Tellern, Besteck und Gläsern. Der Mann auf der anderen Straßenseite unter dem Baum schien zu lächeln.

«Hast du den schon gesehen?», fragte Benny.

«Wen?», fragte Verena und folgte seinem Blick.

«Den dahinten.»

Verena betrachtete eine Weile den Mann unter dem Baum.

«Wer ist das?», fragte sie.

«Wir wissen es nicht», erwiderte Harford.

«Steht der schon lange da?»

«Seit heute Morgen.»

«Was?»

Lisa brachte Fleisch, Klöße und Rotkraut.

«Lecker», sagte Benny.

«Lasst es euch schmecken», sagte Lisa.

«Ich hätte Lust, den zu fragen, was er will. Der guckt uns doch beim Essen zu», sagte Verena.

«Bringt nichts. Hab ich schon versucht», entgegnete Harford.

«Und?»

«Er spricht nicht mit mir», sagte Harford.

«Das gibt's doch nicht. Was will der denn von euch?», fragte Verena.

«Er hat mich angelächelt», sagte Harford. Das Fleisch war ganz zart.

«Rein rechtlich ist eine solche Sache ziemlich kompliziert», bemerkte Benny.

«Lasst es euch schmecken», sagte Lisa noch einmal.

«Wunderbar», sagte Harford.

Lisa starrte ihn fragend an.

«Das Essen schmeckt wunderbar», präzisierte er.

Während Lisa in der Küche den Nachtisch vorbereitete, begann es wieder zu schneien. Drinnen war es warm. Verena erzählte von ihrer Examensarbeit. Es ging gut voran. Sie legte den Kopf auf Bennys Schulter und sagte, er hätte ihr schon aus einigen kleinen Krisen herausgeholfen.

«Das ist schön», sagte Harford.

Lisa brachte Bratäpfel mit Vanilleeis, und wenig später machten sich Verena und Benny auf den Weg. Sie standen fröstelnd am Gartentor. Etwa dreißig Meter entfernt stand der Mann unter dem Baum im schwachen Licht einer Straßenlaterne. Es schien, als habe er die Augen geschlossen.

«Ich geh da jetzt hin», sagte Verena und ging, obwohl Lisa ihr nachrief, sie solle stehenbleiben. Harford sah, dass Verena den Mann ansprach. Er hörte leise den Klang ihrer Stimme, ohne zu verstehen, was sie sagte. Benny war ihr einige Meter gefolgt und stand unentschlossen auf der Straße. Auch Harford hatte die Hand schon auf das Gartentor gelegt, bereit, es zu öffnen und zu rennen, wenn etwas passierte. Aber es passierte nichts. Verena kehrte zurück.

«Was sagt er?», fragte Benny.

«Nichts», sagte sie. «Er hat noch nicht mal die Augen geöffnet.»

«So was», sagte Benny.

«Er hat so getan, als würde er schlafen, und gelächelt», sagte Verena. Benny schüttelte den Kopf. Harford nickte. Nickte vor sich hin. Ein heißes, taubes Gefühl breitete sich aus und sickerte in seinen Körper.

«Ihr müsst da was unternehmen», sagte Verena. «Sonst macht mir das Sorgen.»

«Halb so wild», sagte Harford. «Wir klären das morgen und sagen euch dann Bescheid. Zur Not rufe ich die Polizei und behaupte, er hätte in der Nacht am Pool randaliert. Das dürfte dann Grund genug sein, ihn mitzunehmen.» Er fühlte eine Art Lächeln auf seinem Gesicht. Die Idee gefiel ihm, sie schien etwas Zwingendes zu haben. Verena und Benny winkten zum Abschied. Harford und Lisa hielten die Arme in die Höhe, bis der Wagen aus ihrem Blickfeld verschwunden war.

Lisa räumte den Tisch ab, und Harford schaltete die Nachrichten ein. Ein gelungener Raketenstart, eine gescheiterte Konferenz, ein seit einigen Tagen verschwundenes Mädchen. Viel war nicht passiert, seit er am Nachmittag nach Hause gefahren war.

Dann lagen sie nebeneinander im Bett. Er atmete ruhig und regelmäßig und hoffte, dass Lisa schnell einschlafen würde. Er hatte das Gefühl, nachdenken zu müssen. In Ruhe über einige Dinge nachdenken. Lisa klang hellwach, als sie zu sprechen begann.

«Und wenn er wirklich hier reinwill?», fragte sie.

«Was meinst du?»

«Wenn er wirklich zu uns reinkommt, die Tür aufbricht und reinkommt.»

«Ich bitte dich.»

«Worum bittest du mich?»

«Das ist doch … Warum sollte er das wollen? Wahrscheinlich bilden wir uns alles ein. Morgen hat sich das erledigt.»

«Ich weiß nicht …»

«Mach dir keine Sorgen. Versuch zu schlafen.» Er tastete nach Lisas Hand und hielt sie fest, bis er spürte, dass sie eingeschlafen war. Dann stand er auf und ging auf direktem Weg nach oben in sein Arbeitszimmer. Es war kalt. Durch die Jalousien sah er den Mann im Licht der Straßenlaterne stehen. Sein Blick traf seine Augen. Er wandte sich ab und zog aus einer Schublade seines Schreibtisches eine Klarsichtfolie mit Zeitungsartikeln, die er ausgeschnitten hatte. Er konzentrierte sich auf den Schmerz hinter der Stirn. Erst jetzt fiel ihm auf, dass der Schmerz den ganzen Tag da gewesen war. Schon als er mit Akimoto und Nakamura auf der Dachterrasse gestanden hatte. Er hatte den kalten Wind als schmerzlindernd empfunden. Es fiel ihm schwer, sich Verena als Kind in Erinnerung zu rufen. Der Mann draußen … Er kannte ihn nicht. Er wusste nur, weshalb er gekommen war.

Er nahm die Artikel aus der Folie und faltete sie auseinander. Er las eine Weile. Sätze, die nicht zutrafen, illustriert mit einem Foto, das nicht wiedergab, was er gesehen hatte. Natürlich nicht. Immer dasselbe Foto. Er dachte eine Weile an Verena. Er nahm einen Stift und einen Bogen Papier und begann zu schreiben. Es ging leicht von der Hand. Ein Wort nach dem anderen, er musste gar nicht darüber nachdenken.

Dann ging er nach unten. Er nahm die Decke vom Sofa, trat vor die Glaswand und öffnete die Tür zur Terrasse. Er setzte sich auf einen der Stühle und hüllte sich in die Decke. Über dem verschneiten Garten hing ein blasser Mond. Der Mann ihm gegenüber auf der anderen Straßenseite hatte die Augen geschlossen, und er selbst schloss sie auch.

Am Morgen fuhr er zeitig los. Er trank nur eine Tasse Kaffee, gab Lisa einen Kuss auf die Wange und sagte ihr, dass sie sich keine Sorgen mehr machen müsse, er werde die Sache regeln. Lisa sah müde und traurig aus. Vielleicht hatte sie doch nicht geschlafen, als er in der Nacht das Zimmer verlassen hatte. Vielleicht war sie die ganze Nacht wach gewesen, wie er selbst. Er fragte nicht danach.

Der Mann stand reglos und ein wenig gekrümmt unter dem Baum, als er den Wagen aus der Einfahrt steuerte.

Lisa Harford fand den Brief etwa eine Stunde später. Sie ging selten in das Arbeitszimmer ihres Mannes, und sie hatte es auch diesmal nur betreten, weil sie gedacht hatte, durch das Fenster dieses Zimmers den Mann unter dem Baum ungestört beobachten zu können. Ohne das Gefühl zu haben, dass er es bemerkte. Ihr Blick streifte den Briefbogen, und sie las die Anrede, die sie irritierte. Sie legte das Fernglas zur Seite, nahm das Blatt Papier in die Hände und begann zu lesen:

Liebe Lisa, ich bitte dich, der Polizei mitzuteilen, dass sich das vermisste Mädchen am Waldrand bei Klaubern befindet. Am Ortseingang. In unmittelbarer Nähe der Grillhütte. Das Grab ist mit Zweigen bedeckt. Sie werden es finden. Ich habe das Mädchen überfahren. Ich war stark angetrunken nach dem Termin mit den Fondsmanagern aus Nürnberg. Du erinnerst dich. Ich weiß nicht, wie es passieren konnte. Ich war sicherlich viel zu schnell. Die Straße war glatt. Sie kam mir auf ihrem Fahrrad entgegen. Im Moment des Aufpralls habe ich dem Mädchen in die Augen gesehen. Aus nächster Nähe. Es ist ein Bild, das immer da sein wird. Ich habe das Mädchen am Waldrand abgelegt. Als ich nach Hause kam, hast du schon geschlafen. Ich habe die Schaufel aus der Garage geholt, bin zurückgefahren und habe das Grab ausgehoben. Du hattest anschließend den Anzug vermisst, den ich getragen hatte. Er war von Schnee und Matsch verdreckt, ich habe ihn weggeworfen. Ich habe in der Nacht noch lange hier oben gesessen und irgendwann gedacht, dass es weitergehen würde. Dass ich einfach weitermachen könnte, als sei nichts passiert. Das war ein Irrtum. Der Mann vor unserem Haus weiß das. Er ist meinetwegen gekommen. Er weiß von dem Bild, das ich sehe. Wenn du diese Zeilen liest, wird er schon verschwunden sein. Ganz sicher. Du warst der wichtigste Mensch in meinem Leben, ich möchte, dass du das weißt.

Lisa Harford legte das Blatt zurück auf den Schreibtisch. Sie nahm die Folie, die unter dem Brief gelegen hatte, und faltete die Zeitungsartikel auseinander. Ihr fiel auf, dass sie sorgfältig ausgeschnitten worden waren, und dachte einen Moment, dass das gar nicht Martins Art war. Fast immer war neben den Artikeln auch das Foto des vermissten Mädchens abgedruckt worden, dasselbe, das sie schon aus den Nachrichten kannte.

Sie fühlte sich merkwürdig leicht. Ihre Hände zitterten, aber sie sah es nur, sie spürte es nicht. Unten klingelte es an der Haustür. Sie hörte es leise und dumpf und lief die Treppe hinunter. Sie öffnete. Sie war nicht überrascht, dass es Larsson war. Er stand stocksteif da und schien nach Worten zu suchen.

«Lisa ...»

«Komm doch rein», sagte sie. «Ich weiß schon Bescheid.»

«Du weißt ...»

«Martin hat mir einen Brief geschrieben», sagte sie und ging voran. Sie setzte sich an den gedeckten Tisch im Wohnzimmer. Larsson blieb unschlüssig stehen.

«Setz dich doch», sagte sie.

«Du hast ... Ich bin nicht sicher, ob du wirklich ...

«Ich weiß, dass er tot ist», sagte sie.

Larsson starrte sie an.

«Wie genau ist es passiert?», fragte sie.

«Er ist ... Er hat sich von der Dachterrasse gestürzt», sagte Larsson.

Lisa nickte.

Sie schwiegen lange.

«Ja», sagte sie schließlich und erhob sich. Sie trat vor die Glaswand. Sie dachte, dass sie Verena anrufen musste. Auf der Abdeckung des Schwimmbads spiegelte sich die Sonne. Der Bonsaibaum auf der Fensterbank blühte. Auf der anderen Straßenseite, im Schatten des Baumes, stand niemand.

Der Taubstumme lief. Er bemühte sich darum, zielstrebig zu wirken, gerade weil er wusste, dass es kein Ziel gab, das er hätte erreichen können. Sie mussten ihn schon selbst finden, denn er hatte keinen Orientierungssinn. Aber sie würden ihn finden, weil sie ihn immer fanden. Marianne würde böse sein. Sie würde wieder fragen, was er sich dabei denke, und sie würde ihn wieder nicht verstehen. Weil sie nicht begriff, wie wichtig diese Momente für ihn waren. Diese Tage, die er allein verbrachte. An Orten, die er sich selbst aussuchen durfte.

Er würde versuchen, ihr zu erklären, was er gesehen hatte. Das Haus, von dem er immer geträumt hatte. Das Schwimmbad. Ein riesiger Garten. Es war wie das Abbild dessen gewesen, was er sich ausgemalt hatte. Er hatte versucht, sich den Namen der Straße und die Hausnummer einzuprägen, aber all das war schon tief in seinem Innern ins Dunkel getaucht.

Er war müde. Er freute sich darauf, Marianne wiederzusehen, und spürte ein leichtes, fast angenehmes Stechen im Magen, als er daran dachte, dass er das Haus mit dem Garten und dem Schwimmbad und den glücklichen Menschen niemals wiederfinden würde.

SANDRA LÜPKES

5 Julklapp

Und überhaupt, ich packe meine Geschenke wirklich immer am geschmackvollsten ein, gebe mir richtig Mühe, ganz individuell, jedes Jahr. Und wenn mein Päckchen aus dem Sack gezogen wird, dann mutmaßen die anderen schon gleich: Das ist von Antje, sieht man sofort! Da hab ich ein Händchen für.

Nicht so wie Margarete, bei ihr kleben immer diese grässlichen Werbeblumen vom Seifenplatz dran. Und dann dieses gekräuselte Geschenkband, nicht wirklich schön. Und meistens ist ein süßriechender Deostift drin. Dabei hätte gerade Margarete so einen am nötigsten. Sie riecht streng. Aber sie wird ihn nicht bekommen. So geht das nicht beim Julklapp.

Wir treffen uns einmal im Monat zum Weiberabend. Wenn unsere Männer ihren Kegelabend haben. Daher kennen wir uns auch, über unsere Angetrauten. Und obwohl mein Mann inzwischen gar nicht mehr mein Angetrauter ist, weil er – wirklich billig – seine Assistentin geschwängert hat, nehme ich immer noch daran teil. Aus Gewohnheit. Richtig ernst nehme ich die Sache natürlich nicht. Aber eigentlich ist es dann doch immer ganz nett. Wir laden uns manchmal Vertreterinnen für Tupper oder Kosmetikartikel ein, einmal hatten wir auch einen Stripper, der anschließend nackig die Wohnung gestaubsaugt hat. Im November verteilen wir immer kleine Papiere, auf die unsere Namen geschrieben sind, schön vermischt, und jede zieht dann einen Zettel und weiß, wem sie dieses Jahr was zu Weihnachten schenken muss. Aber es darf nicht mehr kosten als fünf Euro. So geht das. Das ist Julklapp.

Eigentlich eine schöne Sache. Wir gehen immer ganz feudal essen bei unserem Weihnachtstreffen im Dezember, immer am Abend des vierten Advents. Meistens zum Griechen, denn wir essen alle gern Fleisch.

Und der macht das auch wirklich nett, der Grieche. Ich bilde mir ein, dass er im Dezember alte griechische Weihnachtslieder in die Stereoanlage steckt, die nur für unsere Ohren genauso klingen wie die Ganzjahressirtakis. Im Fenster wandern dann bunte Lichter rund um die Sprossenscheiben, beleuchten den Sprühschnee auf dem Glas, vielleicht ein wenig kitschig, aber mit Liebe gemacht. Außerdem sticht er die Gurken mit Plätzchenformen aus, kleine Tannenbäume und Sterne und so weiter, und häuft ein wenig Tsatsiki drauf, sodass es aussieht wie Schnee, wirklich wahr. Ist zudem mal was anderes als Gans mit Rotkohl und Klößen. Ich finde es weihnachtlich! Hinterher ein paar Ouzos, und dann wird gejulklappt.

In diesem Jahr musste ich Gabi beschenken. Das ist nicht so schwer, denn Gabi sammelt Delphine. Sie sagt, die Tiere würden sie beruhigen, weil die uns Menschen verstehen. Das kapier mal einer, aber egal, jedenfalls bekommt sie immer irgendwas mit Delphinen geschenkt, mal auf einem Kaffeebecher, mal als kleines Kissen oder Ohrring. Immer Delphin. Ich habe ihr eine Schneekugel gekauft, mit einem Delphin drin, ist ja klar, obwohl es natürlich auch unlogisch ist, weil die Delphine ja im Wasser schwimmen und es da eigentlich nie schneit. Aber sie hat sich trotzdem sehr gefreut, weil sie so einen Delphin noch nicht hatte und weil das Geschenk hübsch verpackt war, mit blauem Seidenpapier und Sisalband und Glitzerstaub an einer Ecke – ich hatte das ja schon erwähnt, ich lege da sehr viel Wert drauf, manchmal kostet die Verpackung nochmal so viel wie das Geschenk.

Ich habe mein Julklappgeschenk eindeutig von Tomma bekommen. Habe also wirklich Glück gehabt dieses Jahr, sowohl beim Verschenken wie auch beim Beschenktwerden, denn Tomma ist Silberschmiedin und verschenkt immer Sachen, die bestimmt mehr kosten als fünf Euro. Aber sie sagt immer, es sei aus Materialabfall zusammengebastelt und sicher nicht zu verkaufen. Dieses Jahr hat sie den Materialabfall auf eine lange, gerade Brosche gesetzt, so eine für das Revers, etwas dicker, damit sie durch den festen Wollstoff gleitet. Silberne Ornamente, ganz edel. Passt hervorragend zu mir, weil ich meistens Grau trage, wegen meiner langen, rotgelockten Haare, da passt vornehmes Grau einfach am besten, und dazu wiederum Silber.

Ich bette die Anstecknadel ganz behutsam wieder in die dunkelblaue Schatulle, lege das Kästchen auf den Tisch neben den nicht ganz aufgegessenen Schafskäsesalat und schaue dankbar in die Runde. Ich tue so, als wüsste ich nicht, von wem das Päckchen kommt. Weil er dann so schön geheimnisvoll ist, der Julklapp.

Von meinen Freundinnen haben fast alle ausgepackt. Obwohl, Freundinnen … Eigentlich sage ich immer: meine drei Weiber und ich. Wir sind doch nur ein Weiberclub, mehr nicht. Margarete hat wieder keine Duftlotion bekommen, stattdessen hält sie freudestrahlend eine Teedose in der Hand. Rotbusch mit Karamellaroma. Die Dose schimmert dunkelgrün. Ich bin mir sicher, die hat sie von Delphin-Gabi.

Ich schau mich um. Wer hat den obligatorischen Deodorant von Margarete bekommen? Nanu? Moment mal.

Ich habe Gabi die Schneekugel geschenkt. Gabi hat Margarete die Teedose … Hmm, ganz sicher, und mein Geschenk ist von Tomma, und Tomma hat noch nicht ausgepackt. Also muss sie dann den Duftstift ... Kann aber nicht sein. Weil sie ein flaches, rechteckiges Päckchen in den Händen hält. Das kann kein Schweißroller sein. Aber die Blume vom Seifenplatz klebt wieder am geschmacklosen Papier, und das Kräuselband liegt obenauf wie so eine Nudel, so eine spiralige, die man immer zu Gulasch isst. Vielleicht ein Buch? Ein Buch über Deodorants? Vom Seifenplatz? Ich glaube, so etwas gibt es nicht.

Tomma lächelt. Sie hat, nach mir, am meisten Stil von den Weibern. Sie arbeitet sehr viel, und man sieht ihr an, dass sie was Kreatives macht. Die Haare sind nicht getönt; grau und kurz stehen sie über ihren gezupften Augenbrauen und sahen schon immer so aus, seit ich sie kenne. Natürlich kann sie deshalb ohne Probleme flaschengrüne Oberteile tragen, kein Problem, bei ihr ist es eben umgekehrt wie bei mir: oben grau und unten knallig. Dann geht das so in Ordnung. Über Gabis Satinblusen oder Margaretes karierten Blazer will ich lieber nicht nachdenken.

Tomma lächelt immer noch, und mir fällt auf, dass Margarete sich einen Ouzo außer der Reihe genehmigt, als das Geschenk endlich befingert wird. Er ist aufregender als sonst, der Julklapp. Und dann schält Tomma das Papier ganz langsam auf und ich staune. Es ist ein Bilderrahmen, ganz schlicht, bestimmt kein echtes Silber, aber nicht schlecht. Tomma staunt auch, hebt das Ding näher zum Licht, weil es bei unserem Griechen immer ein bisschen schummerig ist, und da sehe ich, dass ein Foto drin ist, im Rahmen. Ein Urlaubsfoto. Ein knackig brauner Mann um die fünfzig in Badehose, die er weiß Gott auch noch ohne Schamgefühl tragen kann. Ich kenne den Mann. Es ist Tommas Mann. Am Strand. Am Strand von Ibiza. Das weiß ich. Weil, die Frau daneben bin nämlich ich. Und die Hand auf dem Po des gutaussehenden Herrn ist meine. Und die Haare an seiner Schulter sind rot.

Ich klaue Gabi eine Zigarette.

Die guckt mich nur an. Margarete guckt zur Klotür. Und Tomma auf das Bild.

Juni dieses Jahres, Ibiza, 28 Grad im Schatten, fünf Tage all inclusive im Doppelzimmer. Weil Tomma nicht mitkonnte. Weil sie wieder arbeiten musste. Da hat er eben mich gefragt. Und ich mag Ibiza.

Ich klaue Gabi das Feuerzeug. Jetzt habe ich in der linken Hand die Zigarette und in der anderen den kleinen Anzünder – in Delphinform, ist ja klar. Das ist auch gut so, dass beide Hände was zum Festhalten haben, denn ich merke, wie nervös ich auf einmal bin. Und ich rieche, dass Margarete neben mir wieder mal der Schweiß überläuft. Warum macht die denn so was? Warum konnte sie dieses Jahr nicht wieder ihr unglaublich einfallsloses Standarddeo kaufen, dann müsste sie jetzt nicht so schwitzen. Aber nein, sie hat mit ihrem Geschenk den Vogel abgeschossen. Und kippt noch einen Ouzo runter.

Ich überlege, ob ich jetzt einfach allen fröhliche Weihnachten wünschen und mich aus dem Staub machen sollte. Besser wäre es schon. Aber dann? Himmel, wie allein ich immer bin zu Hause! Und dann würde ich in meiner kleinen Wohnung nur wieder die Blumengestecke neu arrangieren und meine Kleidung bügeln und das Haar auf Wickler drehen. Vielleicht könnte ich mich auch morgen noch mit einem Friseurbesuch retten: Einmal nachtönen bitte. Aber so kurz vor Weihnachten bekommt man nicht einfach so einen Termin. Und dann wäre ich trotzdem wieder allein. Während die anderen drei Weiber zu ihren Angetrauten gehen und ihnen erzählen, was beim Julklapp heute so los gewesen ist. Und die Männer würden ihnen zuhören. Gut, zwischen Tomma und ihrem Mann würde es wahrscheinlich nicht gerade harmonisch zur Sache gehen, ich kenne Tomma, sie kann ein Drachen sein. Aber sie würde wenigstens nicht in einer leeren Wohnung umhertigern müssen.

Also bleibe ich sitzen und ziehe ganz heftig an der geschnorrten Zigarette. Ich werde nicht von hier verschwinden. Ich nicht.

Gabi schüttelt den Flockendelphin. Ganz wild. Sein glatter Fischkörper kämpft sich durch den Schneesturm. Margarete steht auf und geht zu der Tür, auf die sie schon diese ganze widerlich lange Weile starrt. Sie will sich wahrscheinlich frisch machen, denke ich und muss leider grinsen. Das gewöhnt man sich so an, wenn man sich tagaus, tagein in Gedanken Witze erzählt, da lächelt man völlig ahnungslos vor sich hin. Wie ein Depp.

Als ich abaschen will – zack! –, da schnappt sich Tomma die silberne Nadel, die vor mir in dem dunkelblauen Kästchen gelegen hat, und jagt sie mir in den Handrücken. Sehr schnell geht das, rasend schnell. Die Spitze findet ihren Weg zwischen meinen Knochen hindurch und schießt aus der Innenfläche wieder heraus, bohrt sich in das grobe Holz darunter, bestimmt noch einen Zentimeter weit. Jedenfalls nagelt sie mich auf der Tischplatte fest, und ich starre auf die silbernen Ornamente, die ein wenig nach oben gerutscht sind und jetzt meine Hand einkeilen. Wie ein Souflakispieß, denke ich. Aber weh tut es nicht.

Gabi kreischt. Tomma blickt mir direkt in die Augen. Und Margarete ist noch nicht wieder vom Klo zurück.

Ich versuche, meine Hand hochzunehmen, aber verdammt nochmal, es geht nicht. Sitzt fest. Merkwürdig. Ich kann gar kein Blut sehen. Alles trocken.

Mit der rechten Hand greife ich nach der Zigarette, die mir vor lauter Schreck aus den Fingern gefallen ist. Ich ziehe am Filter. Die Weiber müssen denken, ich bin unglaublich abgebrüht. Dabei wundere ich mich selbst, dass es nicht wehtut und dass ich nicht in Ohnmacht falle wegen dem silbernen Minidolch in meiner Hand. Ich rauche ganz unerschütterlich weiter.

Gabi schreit immer noch. Aber ich höre gar nicht so genau hin. Schließlich packt sie ihre Delphine, den in der Kugel und den auf dem Feuerzeug, und schmeißt dreißig Euro auf den Tisch, und ich spüre dabei in der Hand genau die Wucht, mit der sie das Geld hinknallt. Dann geht Gabi. Haut einfach ab.

Jetzt fängt es an zu pochen. Zu klopfen. Zwischen der Mittel- und der Zeigefingerwurzel hat Tomma mir das Ding reingerammt, doch das Pochen beißt mir komischerweise in den Ellenbogen. Zieht Millimeter für Millimeter in Richtung Hand. Nicht umgekehrt. Es ist, als pirsche sich der Schmerz langsam in Richtung Ursache vor. Ich drücke die Zigarette aus.

Es wird sich entzünden, denke ich. Wahrscheinlich denkt man in solchen Momenten immer ganz verquere Sachen. Aber was heißt hier schon: in solchen Momenten? Allzu oft wird es wohl nicht passieren, dass eine einsame Frau beim Julklapp als Geliebte des Mannes ihrer Freundin enttarnt wird und dann mit einer silbernen Schmucknadel in der Hand auf dem Esstisch eines griechischen Restaurants geheftet dasitzt. In einem solchen Moment über eventuelle Entzündungen nachzudenken ist abstrus. Und sich dann, so wie ich es jetzt tue, einen Ouzo zum Desinfizieren darüberzukippen ist noch abwegiger. Der Alkohol brennt an der Einstichstelle, ein süßer, kleiner Schmerz, fast gar nicht auszumachen neben diesem immer heißer aufquellenden Pulsieren am Ellenbogen.

Ich merke, dass ich die ganze Zeit nur dorthin geschaut habe, auf dieses Julklappgeschenk in meiner Hand. Als ich endlich aufblicke, stehen Margarete und Tomma neben der Garderobe und helfen sich gegenseitig in die Wintermäntel. War ich vielleicht doch für einen kurzen Moment bewusstlos gewesen? Habe ich etwas verpasst? Ein paar Worte, an mich gerichtet, Beschimpfungen oder Entschuldigungen, ganz egal. Irgendwas halt. Ich möchte ihnen etwas zurufen, aber sie sind schon am Tresen und bezahlen beim Griechen, schauen sich nicht um. Ich will ihnen etwas zurufen.

«Halt! Lasst mich hier nicht so sitzen! All die vielen Jahre … Hey, ihr könnt mich doch nicht im Stich lassen, einfach so. Ist doch Weihnachten! Wir sind doch Freundinnen, oder nicht?»

Aber sie gehen einfach. Und ich habe ja auch in Wirklichkeit gar nichts gerufen. Habe nur daran gedacht. So ist das, wenn man zu viel allein ist. Da denkt man, dass man ruft und schreit, und in Wirklichkeit schweigt man ganz krank vor sich hin.

Jetzt blutet es endlich. Den letzten Ouzo trinke ich lieber aus. Und dann warte ich auf den Griechen, dass er mir die Rechnung bringt.

ELISABETH HERRMANN

6 Das Rechte und das Richtige

Der Frost hatte die Blätter auf dem Boden in knisterndes Papier verwandelt. Als Irene über den Rasen hin zu der alten Tanne lief, zerbrachen sie unter ihren Stiefeln wie mürbes Glas. Es war still an diesem frühen Morgen Anfang Dezember, und so hörten Leonie und Leander ihre Mutter zwar kommen, schafften es aber nicht rechtzeitig, den kleinen Umschlag vor ihr zu verstecken.

«Was habt ihr denn da?»

Leonie hielt das Papier hinter den Rücken. Leander drängelte sich an seine große Schwester und riss erwartungsvoll die Augen auf. Er wusste, dass Leonie ihn vor dem Zorn der Mutter beschützen würde, und tat nun das Beste in solchen Fällen: klammern und schweigen.

«Zeig her.»

Sie sagte das in ungeduldigem Ton. Ihr fehlte es an Zeit und Verständnis. Ihr fehlte es an allem, seit Alexander ohne ein Wort gegangen war und sie zurückgelassen hatte mit den Kindern, dem Haus, den Schulden und Sorgen. Hin zu einer Frau, die ohne Mühlsteine am Hals durchs Leben schwamm, fröhlich auf den Wellen hüpfend wie ein Korken, an der er noch einmal die leichte Süße der Verantwortungslosigkeit kosten konnte, während sie, Irene, herabgezogen wurde in einen Strudel aus Verpflichtung und Verzweiflung.

Leonie erkannte an diesem Tonfall, dass Widerstand zwecklos war. Sie holte den Brief hervor und reichte ihn der Mutter. Ihr leichtes Zögern lag nicht nur daran, dass sie vielleicht etwas Unrechtes getan hatte. Sie genierte sich jedes Mal, Geschriebenes zu zeigen. Noch immer machte sie so viele Fehler. Doch es wurde besser. Sie besuchte die dritte Klasse und hatte nach einigen Schwierigkeiten endlich Anschluss gefunden. Es würde schwer werden für sie, die vertraute Umgebung zu verlassen und woanders neu anzufangen. Es würde für sie alle schwer werden. Irene faltete das Blatt auseinander und las.

Libe Kinder, oben ist ein baumhaus. In dem Astloch ligt mein glükstein. Den schenke ich euch. Bei uns hat er leider nicht funzoniert. Leonie und Leander.

«Vielleicht ziehen wieder Kinder hierher», sagte die Kleine. In der anderen Hand hielt sie einen weißen Kieselstein. Der letzte gemeinsame Urlaub an der Ostsee. Schäumende Wellen. Endlose, weiße Ufer in gleißendem Sonnenlicht. Tänzelnde Suche nach Bernstein, Muscheln, Strandgut. Sand in den Haaren. Nasse Küsse.

Irene ließ das Blatt sinken. In den Augen ihrer Kinder lag die ängstliche Erwartung, dass sie jetzt vielleicht eine Antwort darauf bekämen, warum die Dinge manchmal nicht funktionierten und warum Väter gingen und ihre Kinder zurückließen in einem Haus, das bald nicht mehr ihr Zuhause war, in einer Straße, in der sie bald nicht mehr wohnen würden, in einem Leben, das sie sich überstreifen mussten wie steife, kratzende Kleidung, ungewohnt, kneifend, das ertragen werden musste, weil es keine Alternative gab.

Irene faltete das Papier zusammen und reichte es ihrer Tochter.

«Ist der Nikolaus immer noch böse auf uns?», fragte Leander ängstlich.

Der Nikolaus. Sie hatte völlig vergessen, dass heute der

sechste Dezember war. Die kleinen Stiefel waren leer geblieben, und die stumme Enttäuschung ihrer Kinder hatte sie mehr gestraft, als es ihr schlechtes Gewissen je könnte.

«Er kommt heute Abend. Macht schon. Und dann rein ins Warme. Sonst erfriert ihr mir noch hier draußen.»

Irene drehte sich um und eilte zum Haus, damit sie nicht ihre Tränen sehen konnten, die sie sich immer für nachts aufsparte, wenn sie schliefen. Aber jetzt, wo der Tag näher kam, stiegen sie immer öfter aus dem Herzen in die Kehle, die Nase und die Augen, und sie gewöhnte sich an, stets ein Taschentuch bei sich zu haben.

Sie lief nach vorne zum Gartentor und holte die Zeitung. Der Nachbar war auch schon auf. Ein netter Mann, still und schweigsam, ein Laubkehrer und Heckenschneider, Rasenmäher und Obstbaumbeschneider, einer, der hierher gehörte in die kleine Straße im Norden der Stadt. Anders als die Familien mit Kindern, die fröhlich herzogen und nach ein paar Jahren wieder verschwanden. Zurück in die Hochhäuser und Mietskasernen, weil sie die Raten überschätzt hatten und all die anderen Mühlsteine.

Er stand an seinem Fenster und nickte ihr zu. Er war früh in den Ruhestand gegangen, wirkte viel zu jung fürs Rentnerdasein. Ein paar Worte hatten sie des Öfteren am Gartenzaun gewechselt. Er mochte Kinder. Selber hatte er wohl keine. Vor ihnen hatte auch eine Familie hier gewohnt. Auch sie war nicht lange geblieben.

Sie nickte zurück und ging ins Haus.

Am Dienstag gab es Milchreis mit Kirschen.

Egon Rebmann warf einen kurzen Blick in den Sitzungssaal des Amtsgerichtes. Gut zwei Dutzend Interessenten waren heute gekommen, die meisten kannte er vom Sehen. Die Vertreter der Gläubigerbanken hatten in der ersten Reihe Platz genommen, die schwarzen Aktenmappen auf den Knien, ein letztes Mal stirnrunzelnd die Unterlagen durchblätternd, Kredite, Raten, Mahnungen, Vollzugsbescheide, der ganze Kreislauf vom Anfang bis zum Ende. Dahinter saßen die Interessenten. Makler meistens, die die Häuser billig kauften und im Anschluss den einzigen Vorteil, den sie hatten, weidlich ausnutzten. Die Zeit. Sie hatten sie. Die Schuldner nicht.

«Na, schon was im Stiefel heute Morgen?»

Die Richterin, eine nette Frau Ende fünfzig, ging an Rebmann vorbei in den Sitzungssaal. Ihr folgte die Schriftführerin. Die Uhr an der Stirnseite des Raumes sprang eine Minute weiter. Zwei vor elf.

«Die Rute», antwortete Rebmann. «Sonst nichts.»

Instinktiv griff er zu seiner Waffe am Gürtel, die er in den mehr als zwanzig Jahren seiner Dienstzeit noch nie gebrauchen musste.

Die Richterin nickte ihm lächelnd zu und zeigte ihm einen kleinen Schokoladennikolaus.

«Warten Sie ab. Ich habe ihn schon gesehen. Er läuft hier irgendwo durchs Haus. Nett, was sich die Kollegen manchmal so einfallen lassen.»

Sie ging zum Richtertisch und stellte ihre Tasche ab. Dann holte sie einen Stapel Akten hervor. Elf Zwangsversteigerungen standen an. Rebmann hatte die einzelnen Aufrufe nur flüchtig überflogen. Sie hingen hinter Glas draußen vorm Sitzungssaal. Kleine Häuschen in Stadtrandlagen und ein paar Eigentumswohnungen. In drei Stunden war das erledigt. Er schloss die Tür, zog einen Stuhl heran und setzte sich.

Die Richterin nahm Platz, die Anwesenden verstummten. Sie zog die erste Akte vom Stapel und setzte die Brille auf. Dann verlas sie die Grundbucheintragung und benannte die Gläubiger. Anschließend wurde das Mindestgebot aufgerufen.

Jetzt hatten die Bieter Zeit, sich zu beraten. Einige steckten die Köpfe zusammen und tuschelten, andere blätterten noch einmal in dem Gutachten. Eine Zwangsversteigerung war wie der Kauf einer Katze im Sack. Meist kannte man das Objekt nur von außen und musste sich auf das verlassen, was die Gutachter ermittelt hatten.

Rebmann schaute auf die Wanduhr. Elf Uhr fünfzehn. Dann blickte er aus dem Fenster. Grauer Himmel, fahles Licht. Der Raum war gut geheizt. Eine schläfrige Ruhe breitete sich aus, bis die Richterin zur Abgabe der Gebote aufrief.

«Zweihundertzehn.»

«Zweihundertfünfzehn.»

«Zweihundertzwanzig.»

Danach war Schluss. Die Banker waren mit dem Gebot einverstanden, der Zuschlag ging an ein agiles Ehepaar mittleren Alters, das Rebmann schon öfter hier gesehen hatte. Schnäppchenjäger. Insolvenzblutegel. Der Mann stand auf und ging zum Richtertisch. Dort zog er einen Umschlag aus der Brusttasche seines Anzugs und zählte das geforderte Zehntel in bar ab.

Als alles Schriftliche erledigt war, widmete sich die Richterin dem nächsten Objekt. Während sie die Eckdaten verlas, stand Rebmann leise auf und verließ den Raum. Kurz vor halb zwölf. Er war immer einer der Ersten, wenn es Milchreis mit Kirschen gab. Vorsichtig öffnete er die Tür, nickte der Richterin kurz zu, die ihn wohlwollend in die Mittagspause entließ, und schlüpfte hinaus. Vor der Tür, auf einer der hölzernen Bänke, saß der Nikolaus. Rebmann lächelte.

«Na, kleine Pause?»

Der Mann stand auf und schulterte seinen Jutesack.

«Wollte gerade in die Kantine.»

Der weiße Bart und die tief ins Gesicht gezogene Kapuze

ließen ihn tatsächlich so aussehen, als habe er gerade einen weiten Weg aus entfernten, tiefverschneiten Wäldern hinter sich.

«Dann folgen Sie mir mal unauffällig», sagte Rebmann.

Gemeinsam gingen sie zum Aufzug.

Die Richterin warf einen Blick auf die Uhr. Kurz nach zwölf. Drei Objekte hatten bereits den Besitzer gewechselt, für eine der Wohnungen war kein ausreichendes Gebot eingegangen. Sobald Rebmann wieder zurückkam, würde sie die Sitzung für die Mittagspause unterbrechen. Zufrieden betrachtete sie den fast zur Hälfte abgearbeiteten Stapel zu ihrer Rechten. Sie nahm die nächste Akte herunter und schlug sie auf.

«Zum Aufruf kommt ein Eckgrundstück in Reinickendorf, Versteigerung gemäß ZVG mit Grundbucheintrag …»

Sie leierte die Fakten herunter. Die Anwesenden gingen in sich, seufzten, rechneten, taten so, als rängen sie sich das höchste Gebot ab, und hatten doch schon längst untereinander ausgemacht, wer in diesem Spiel das Rennen machte. Man war hier unter sich. Nur selten störte ein Fremder die eingespielte Choreographie der Prozedur. Die Bieter boten, die Banker nahmen an, jeder kam auf seine Kosten, und der Einzige, der in die Röhre guckte, war der Schuldner.

Dieses Mal kam der Dünne zum Zug. Er gab das letzte Gebot ab, es lag rund hunderttausend unter dem, was Haus und Grundstück eigentlich wert waren. Sie wartete pro forma ab, ob es sich jemand anders überlegte, und gab dann den Zuschlag. Der Dünne kam nach vorne, öffnete einen Umschlag und zählte vierundzwanzig Tausender auf den Tisch.

Die Tür öffnete sich. Der Nikolaus trat ein. Die Richterin nahm die Lesebrille ab und lächelte ihn an.

«Guter Mann, wir sind mitten in einer Zwangsversteigerung. Ich muss Sie leider bitten, den Raum zu verlassen.»

Der Nikolaus schloss die Tür, nickte freundlich und öffnete seinen Jutesack. Ein amüsiertes Tuscheln wanderte durch die Zuschauerreihen. Die Richterin wechselte einen Blick mit der Protokollführerin.

«Ich nehme an, der Pförtner hat Sie darauf hingewiesen, dass Sie lediglich die Büros aufsuchen dürfen, aber nicht die Verhandlungsräume.»

Der Nikolaus schien sich nicht im Mindesten stören zu lassen. Er kramte in seinem Sack herum, bis er schließlich gefunden hatte, was er suchte. Die Richterin, leicht ungeduldig, verwünschte Rebmann und seine hausbekannte Verfressenheit, die ihn immer wieder dazu trieb, die Sitzungen frühzeitig zu verlassen. Jetzt hätte er diesen Mann höflich auffordern können, den Raum zu verlassen. Ihre Stimme wurde schärfer.

«Ich muss Sie wirklich bitten, nicht weiter zu stören. Sonst …»

Sie brach ab, denn der Nikolaus hielt nun eine kleine schwarze Pistole in seiner Hand, mit der er auf die wagenradgroße Bronzelampe an der Decke zielte.

«Keine Panik», sagte er. «Wenn Sie alle ruhig bleiben, wird Ihnen nichts geschehen. Haben Sie doch die Liebenswürdigkeit, Ihre Hände zu erheben.»

Alle taten, wie ihnen geheißen, und starrten auf den freundlichen Mann mit seiner unfreundlichen Waffe. Der Dünne wollte gerade seine Tausender wieder greifen, doch der Nikolaus zielte jetzt auf ihn.

«Hinsetzen. Und Hände hoch. Auch Sie, verehrte Frau Vorsitzende. Nehmen Sie bitte die Hände hoch.»

Blitzschnell hatte er sich zu ihr umgedreht, noch bevor ihre zitternden Finger den Alarmknopf unter der Tischplatte gefunden hatten. Sie nickte der Protokollführerin zu, die nun ebenfalls die Hände von der Tastatur nahm und sie erhob.

«Bitte treten Sie einzeln vor und geben Sie Ihr Bargeld ab.»

Keiner rührte sich.

Der Nikolaus seufzte und holte aus der Tasche seines weiten roten Umhangs einen kleinen Gegenstand heraus. Er stellte ihn vor der Richterin auf den Tisch, die entsetzt die Luft anhielt. Es war eine in weihnachtliches Stanniol verpackte Handgranate. Wie auch immer es dieser Verbrecher geschafft haben mochte, sie durch die Sicherheitskontrolle zu bringen, sie würde der Sache auf den Grund gehen. Wütend presste sie die Lippen aufeinander. Dem Nikolaus fiel ihr veränderter Gesichtsausdruck auf.

«Diese Handgranate verfügt über einen Zeitzünder.»

Alle Anwesenden, zu Salzsäulen erstarrt, blickten auf die kleine, glitzernde Kugel.

«Wer auch immer es wagt, vor Ablauf von sagen wir … fünf Minuten Alarm zu schlagen, wird es bereuen. Und nun möchte ich Sie noch einmal bitten, vorzutreten und mir einzeln, nacheinander, aber bitte in zügigem Ablauf, Ihr Bargeld auszuhändigen. Mit Ihnen fange ich an.»

Er deutete auf einen Mann in der ersten Reihe.

«Ich … ich bin von der Bank», stotterte er. «Ich habe kein Geld bei mir.»

«Legitimieren Sie sich bitte.»

«Wa-was?»

«Ihren Ausweis. Eine Visitenkarte.»

Mit fliegender Hast holte der Angesprochene seinen Hausausweis hervor und zeigte ihn dem Nikolaus.

«Wer gehört noch zu Ihnen?»

«Ich.»

Eine Dame mittleren Alters meldete sich. Der Nikolaus nickte.

«Der Nächste bitte. Sie da.»

Ein schwitzender, korpulenter Mann mit schlechtsitzendem Anzug kam schnaufend nach vorne und knallte einen Umschlag auf den Tisch.

«Wie viel?», fragte der Nikolaus.

«Vierunddreißigtausend.»

Der Nikolaus pfiff durch die Zähne. «Für was?»

«Das Reiheneckhaus in Reinickendorf.»

«Es wurde gerade versteigert», sagte die Richterin. «Für zweihundertzwanzigtausend.»

«Tscha», sagte der Nikolaus.

Die beiden von der Bank schauten scheinbar desinteressiert aus dem Fenster, rechneten im Geiste wohl aber gerade aus, wie viel ihnen entgangen war. Der Dicke wäre bereit gewesen, bis auf dreihundertvierzigtausend hochzugehen.

«Wer hat denn den Zuschlag bekommen?»

Der schwitzende Mann schüttelte den Kopf und ging zurück zu seiner Bank.

«Ich», sagte ein bleicher, dünner Aktenkofferträger.

«Aber Sie sind doch bestimmt nicht ans Limit gegangen.» Der Nikolaus nickte ihm wohlwollend zu und gab ihm mit seiner Waffe ein Zeichen, nach vorne zu treten. «Da ist doch noch was im Anzug.»

Der dünne Mann holte ein Bündel Scheine aus seiner Jacke.

«Zwölf», sagte er zähneknirschend.

«Der Nächste bitte!»

Der Reihe nach traten alle nach vorne und lieferten ihr Geld ab. Zum Schluss bat der Nikolaus die Protokollführerin, die Umschläge und Scheine zu bündeln und sie in seinen Sack zu stecken. Zufrieden knotete er ihn zu und warf ihn sich über die Schulter.

«Und dann hätte ich gerne noch das Versteigerungsprotokoll, sämtliche Ausdrucke, Zuschlagserteilungen et cetera pp.»

Eilig raffte die Protokollführerin alles zusammen. Der Nikolaus nahm die Unterlagen an sich und wandte sich zum Gehen.

«Fünf Minuten», sagte er mit einem bedeutungsvollen Seitenblick auf die Handgranate. «So viel Zeit muss sein. Übrigens liegt es sowohl im Interesse der Banken wie auch der Schuldner, eine faire Versteigerung ohne vorherige Gebotsabsprachen zu bekommen. Ich wünsche Ihnen allen ein gesegnetes Fest und frohe Feiertage.»

Damit verließ er den Raum.

Die Richterin war die Erste, die die Hände sinken ließ. Schweigend starrte sie auf das bunte Ei. Die anderen folgten ihrem Beispiel. Bald waren die ersten geflüsterten Worte zu hören.

«Unfassbar!»

«Wo ist denn der Sicherheitsbeamte?»

«Wie viel war es bei dir?»

Ganz langsam und vorsichtig tastete die Richterin nach dem Alarmknopf. Sollte sie oder sollte sie nicht? Sie verwünschte Rebmann, sie verwünschte die Kantine, und einen Moment lang verwünschte sie ihren Job, der ihr schon lange keinen Spaß mehr machte und den sie am liebsten an den Nagel hängen würde, jeden Dienstag, wenn es Milchreis mit Kirschen gab, wenn die Zwangsversteigerungen anstanden und sie dieselben Gesichter sah, in die einen die Gier und die Vorfreude auf ein hübsches Schnäppchen geschrieben, in die anderen die kühle, neutrale Befriedigung, die Schuld eingetrieben zu haben, und manchmal, sehr selten, auch die müden, leeren, verzweifelten Gesichter der Verlierer auf der letzten Bank, die hilflos miterlebten, wie ihr Lebenstraum einfach so den Besitzer wechselte. Ihr Vorgänger hatte es richtig gemacht. Einfach den Job an den Nagel hängen. Etwas Besseres als das hier fand man überall.

«Jetzt rufen Sie schon die Polizei!»

Der Dicke sprang wütend auf und drehte sich zu den anderen um.

«Ist man heutzutage nicht mal mehr im Gericht sicher?»

Wütendes Zischeln erhob sich. Der Banker tuschelte mit seiner Kollegin. Dann meldete er sich mit erhobener Hand wie ein Erstklässler.

«Was ist denn nun mit dem Reiheneckhaus? Ist es versteigert oder nicht?»

Die Richterin zog die Hand wieder zurück.

«Nein», sagte sie.

Der dünne Aktentaschenträger stand kurz vor einem Herzinfarkt. Mit hochrotem Kopf stürmte er auf den Tisch der Richterin zu. Erst ein Blick auf die kleine Handgranate stoppte seinen Lauf.

«Es ist beurkundet! Ich habe bezahlt! Sie alle sind meine Zeugen!»

«Das sehen Sie falsch. Können Sie die Sicherheit vorweisen? Sie beträgt ein Zehntel des Grundstücksverkehrswertes und …»

«Das habe ich getan!», schrie der dünne Mann. «Hier habe ich sie hingelegt!»

Die Richterin sah auf die Stelle, auf die der Dünne deutete.

«Ich sehe nichts. Im Übrigen brechen wir die Verhandlung ab.»

«Das werde ich nicht zulassen! Ich bestehe darauf …»

Sie drückte den Alarmknopf. Über der Tür des Sitzungssaales flammte eine rote Lampe auf.

«Sie werden jetzt Ruhe bewahren. Bitte bleiben Sie auf Ihren Plätzen. Die Polizei wird jede Minute hier sein.»

Sie nahm ein Blatt Papier und notierte: *Kennt sich gut aus. Weiß über den Ablauf von Zwangsversteigerungen Bescheid. Milchreis mit Kirschen.*

Wenig später stürmten bewaffnete Beamte den Saal, durchsuchten das Haus, fanden Rebmann gefesselt und geknebelt in einem dunklen Seitengang zwischen dem dritten und vierten Obergeschoss, und der Pförtner erinnerte sich, von einem freundlichen Nikolaus noch eine kleine Schokoladenfigur erhalten zu haben, bevor er mit einem scharf riechenden Tuch betäubt worden war. Die Handgranate entpuppte sich als Tennisball mit Wäscheklammer.

Es dauerte gut zwei Stunden, bis alle Aussagen zu Protokoll genommen worden waren. Dann konnte auch die Richterin den Sitzungssaal verlassen.

«Fällt Ihnen noch irgendetwas zu dem Mann ein, was Sie der Beschreibung hinzufügen könnten?»

Der Polizeibeamte sah sie fragend an. Die Richterin hielt den zusammengefalteten Zettel in den Händen. Sie war plötzlich so müde. Die Aufregung hatte sich gelegt. Fast alle waren schon auf dem Sprung, wollten den Saal endlich verlassen. Morgen stünden die nächsten Zwangsversteigerungen an, vierzehn waren es, sie hatte schon einen Blick auf den Stapel geworfen, und plötzlich erwachte in ihr eine kleine, nie zuvor gespürte Lust an Rebellion.

«Nein», erwiderte sie.

Sie machte sich auf den Weg zur Kantine.

«Einmal Milchreis mit Kirschen», sagte sie zu der jungen Frau hinter dem Tresen.

«Schon aus», bekam sie als Antwort zurück.

Den Zettel warf sie in den Abfalleimer hinter der Essensausgabe.

An diesem Abend fand Irene ihre Gummistiefel, die sie sonst immer am Hinterausgang abstellte, vor ihrer Tür. Sie standen ordentlich neben den geputzten Schuhen ihrer Kinder. Verwundert bückte sie sich und holte, verpackt in einen neutralen weißen Briefumschlag, zweihundertachtunddreißigtausend Euro heraus.

Einen Moment lang war sie versucht, den Fund der Polizei zu melden. Dann aber beschloss sie, erst einmal darüber zu schlafen.

Leonie und Leander saßen am Küchentisch. Ihre schokoladenverschmierten Münder bewiesen, dass sie sich nicht an das Verbot gehalten hatten.

«Hab ich euch nicht gesagt, ihr sollt vor dem Abendessen nicht naschen?»

Schuldbewusst senkten sie die Köpfe. Leander allerdings, der Frechere von beiden, grinste schon wieder.

«Ich weiß, wo der Nikolaus wohnt.»

Leonie, mit ihren acht Jahren weiser und abgeklärter, warf ihrem jüngeren Bruder einen nachsichtigen Blick zu.

«Es gibt keinen Nikolaus.»

«Natürlich gibt es ihn! Ich habe ihn selbst gesehen!»

Irene, die gerade in den Flur gehen wollte, um die Gummistiefel an ihren angestammten Platz zu stellen, kam zurück.

«Wo hast du ihn gesehen? Und wann?»

«Eben grade. Und er hat dir was in die Stiefel getan.»

Vorwurfsvoll deutete er auf die Schuhe in ihrer Hand. «Nur dir. Uns noch nicht. Hast du schon reingeguckt?»

Sie räusperte sich. «Ja.»

«Und was war drin?»

«Nichts.»

«Das glaube ich nicht!»

Erbost schlug Leander mit seinen kleinen Fäusten auf die Tischplatte. Leonie grinste zufrieden.

«Sag ich doch. Es gibt keinen Nikolaus.»

«Doch! Und er wohnt nebenan! Ich hab's genau gesehen!»

«Nebenan wohnt unser Nachbar. Und der ist bestimmt kein Nikolaus.»

Leander war jetzt den Tränen nahe. «Aber er ist da reingegangen und nicht wieder rausgekommen!»

Irene stellte die Schuhe ab und ging zum Küchenfenster. Sie schob die Gardine zur Seite und sah hinüber zum Nachbarhaus. In den Fenstern standen elektrische Kerzenhalter aus dem Erzgebirge. Eine kleine Rauchfahne stieg aus dem Kamin, kräuselte sich in der Luft und verschwand im frühen Dunkel. Einige Ascheflocken regneten herab. Es sah so aus, als ob Papier verbrannt würde. Zeitungen wahrscheinlich.

«Er ist durch den Schornstein», sagte sie.

Leander sprang auf und eilte zu ihr. Leonie folgte.

«Da, siehst du? So verschwindet er doch immer. Jetzt weißt du, wie er es macht. Und du darfst niemandem ein Wort davon erzählen. Versprochen?»

Leander nickte eifrig. Leonie zwinkerte ihr verschwörerisch zu und signalisierte ihrer Mutter Einverständnis mit dieser kleinen Notlüge. Lass es ihn ruhig glauben, sollte das heißen, wir Großen wissen schon, wie der Hase läuft.

«Mami?»

Leander kuschelte sich an sie. «Ich habe mir vom Christkind gewünscht, dass wir hier nicht wegmüssen.»

Sie drückte ihren Sohn an sich. Und dann zog sie auch Leonie heran, die sich bei den Worten ihres Bruders auf die Lippen biss und an ihnen vorbei aus dem Fenster starrte.

Sie strich den beiden über den Kopf.

Später, als alles schlief und die Weihnachtslichter hinter den Fenstern und in den Vorgärten das trübe Licht der Straßenlampen überstrahlten, schlich sie hinüber und klingelte. Es dauerte, bis sie endlich ein Geräusch im Haus hörte und die Tür einen Spaltbreit geöffnet wurde.

«Guten Abend», sagte sie.

Der Nachbar hob verwundert die Augenbrauen. Er trug einen Pyjama, warme Filzpantoffeln und einen seidenen Hausmantel.

Verlegen trat sie von einem Fuß auf den anderen. Schließlich zog sie den weißen Umschlag hervor und hielt ihn ihm hin.

«Das können wir nicht annehmen.»

«Was ist das?»

Er rührte sich nicht. Sie ließ die Hand sinken.

«Geld», antwortete sie. «Viel Geld. Aber es gehört uns nicht.»

«Mir auch nicht», antwortete der Mann. «Wenn Sie nicht wissen, wohin damit, bringen Sie es zur Polizei.»

Er wollte die Tür wieder schließen. Resigniert wandte sie sich ab und stieg die wenigen Stufen hinunter.

«Aber vielleicht fällt Ihnen auch etwas Besseres damit ein.»

Überrascht drehte sie sich um.

«Es ist doch schön hier. Oder nicht?»

Er lächelte sie an. «Man weiß das erst im Ruhestand zu schätzen. Das ist die Zeit, in der man auch erkennt, ob man alles richtig im Leben gemacht hat. Und ob das Rechte auch immer das Richtige war.»

Er nickte ihr zu und verschwand hinter seiner Tür. Irene ging zurück zu ihrem Haus. Dann holte sie die Tüte mit den Süßigkeiten aus dem Küchenschrank und verteilte sie gerecht in die kleinen Kinderstiefel. Als sie fertig war, nahm sie den Umschlag mit dem Geld und ging in den Keller. Dann zählte sie ab, wie viel sie für die nächste Rate brauchte, und versteckte den Rest in dem Karton mit der Osterdekoration.

Bevor sie ins Bett ging, schaute sie noch einmal nach Leonie und Leander. Beide lagen in tiefem Schlaf. Sie strich ihnen über die Haare und hauchte einen Kuss auf ihre Stirn. Als sie Leonie zudeckte, murmelte sie etwas im Traum und drehte sich auf die andere Seite.

«Was?», flüsterte Irene.

«Nikolaus», antwortete Leonie, ohne die Augen zu öffnen. «Hierbleiben.»

Irene deckte sie zu und blieb einen Moment lang sitzen. Sie spürte die Geldscheine in ihrer Hosentasche und fragte sich ein letztes Mal, ob sie das Rechte oder das Richtige tun sollte.

«Mami?», flüsterte Leonie.

«Hierbleiben», antwortete Irene.

PETRA OELKER

7 Nichts als Hirngespinste

Der Schuss hallte über den See …

Nein, diese Formulierung war ungenau. Es hatte zwar nach einer kurzen Explosion geklungen, doch die hatte nicht gehallt, sondern sich dumpf im Nebel gebrochen.

Dumpf? Dumpf stimmte.

Im *dichten* Nebel? Stimmte auch.

Vielleicht sogar: im undurchdringlichen Nebel …?

Nein. Das war eine müde Metapher, und tatsächlich war Nebel nicht einmal für die Augen wirklich undurchdringlich. Vielleicht im alten London, als er sich noch mit Schmutzpartikeln aus unzähligen Schloten und Schornsteinen zu einer düsteren Melange verbunden hatte. Hier, über diesem See, war der Nebel sauber, von hellem Grau, fast weiß, und erlaubte den Augen einen Steinwurf weit Sicht. Er atmete sich leicht, und über dem Wasser war er in Bewegung. Somit keine Mauer, nur – ja, kalter Dampf. Wie Wolkenfetzen.

Also: Der Schuss …

Unsinn! Trotz des Versuchs, sich auf Formulierungen zu konzentrieren, also auf eine Sicherheit gebende Alltäglichkeit, spürte sie noch die Anspannung des Erschreckens. Der Knall – bei dieser wertfreien Benennung sollte es nun bleiben – hatte sie zusammenfahren lassen wie ein durch den ganzen Körper fahrender elektrischer Schlag. Wenn man allein einsame Wege ging, war das Erschrecken immer tiefer als in Gesellschaft. Sie hatte gelernt, das zu ignorieren. An sonnigen Tagen gelang es für gewöhnlich, mehr oder weniger. In einer Welt voller Nebelgespenster allerdings …

Sie blieb endlich stehen und lauschte, als sei noch zu hören, was gerade verklungen war. Oder etwas, das darauf folgte? Da war nur leise glucksendes Plätschern vom Ufer – vielleicht schwamm eine Ente durchs Schilf. Und dann, als sie die Wollmütze vom Kopf zog und sehr genau hinhörte, noch etwas, das nach Schritten klang. Auch das war Unsinn. Der Boden war zu feucht und weich, um Schritte zu hören. Knackende Äste vielleicht, diese ewigen knackenden Äste, aber das war es nicht gewesen. Was dann? Wurde etwas behutsam, verstohlen gar, durchs Unterholz bewegt? Geschleift?

«Der Nebel ist ein großer Betrüger», so hatte sie es selbst in einem ihrer Romane geschrieben. Das war weder neu noch originell, doch es stimmte. Immer wieder. An jedem Nebeltag neu. Die wasserdampfgesättigte Luft veränderte, verzerrte Geräusche und Bilder, alle Wahrnehmungen. Das war Physik – mehr nicht. Kein Grund für mulmige Gefühle.

Entschlossen wandte sie sich um und starrte dorthin zurück, woher sie gekommen war. Vielmehr dorthin, so dachte sie nun, wo das unbehagliche Gefühl seine Quelle haben mochte, das sie seit diesem Knall, doch diesem Schuss?, diesem Was-immer-es-gewesen-sein-mochte, hatte.

«Unsinn!!» Diesmal sagte sie es laut. Und noch einmal nachdrücklich: «Un-sinn!!»

Denn das war es. Irgendwo in der Nähe, vielleicht am gegenüberliegenden Ufer des kleinen Sees, vielleicht ein Stück weit hinter ihr bei den Gehöften jenseits des Auwaldes, hatte es ein kurzes explosionsartiges Geräusch gegeben. Natürlich hatte es sie erschreckt. Allein in dieser nebeligen Einöde und im Kopf die Grübelei über eine Mordgeschichte – das machte schreckhaft.

Im Weitergehen steckte sie ihre Mütze in die Tasche. Es war kalt, doch bei schlechter Sicht, so dachte sie vernünftig, sollte man wenigstens gut hören. Allein und an einem ungeschützten Ort reagierte der Mensch eben noch wie ein Tier: wachsam, ängstlich, mit dem Reflex, zu kämpfen oder zu flüchten. Das mit der Extradosis Adrenalin hatte die Natur äußerst klug eingerichtet, klar, doch der Mensch war vernunftbegabt, er konnte solche Reaktionen analysieren und zuordnen und bei Gelegenheiten wie dieser darüber lachen.

Vernunftbegabt? Bei einem solchen Knall hätten doch Enten auffliegen müssen, erschreckt, panisch, mit ihrem rau warnenden Geschrei. Aber nichts hatte sich bewegt. Plötzlich war sie nicht einmal mehr sicher, ob es dieses Geräusch tatsächlich gegeben oder ob sie es sich nur eingebildet hatte.

Sie war in Gedanken gewesen, tief in der Geschichte, an der sie arbeitete und die seit Tagen nicht voranging. Darin drehte sich alles um einen Mord, denn mit dem Schreiben von Kriminalromanen bestritt sie ihren Lebensunterhalt. Manchmal, tatsächlich ziemlich häufig, wünschte sie sich, ihr Metier wären Liebesromane, veritable Schmonzetten, die nach dem einen oder anderen Herzenskonflikt unausweichlich zum Happy End führten. Leider fehlte ihr für dieses freundliche, auch die eigene Psyche schonende Genre jegliches Talent.

Und wenn es nun doch ein Schuss gewesen war? Wie klang ein Schuss überhaupt? Sie kannte Schießereien nur aus dem Kino oder aus Fernsehfilmen. Dort wurde ständig effekthascherisch übertrieben, womöglich klang ein realer Schuss völlig anders. Erst recht über einem See und im Nebel.

Sie schlug den Jackenkragen hoch, schob die Hände tief in die Taschen und stapfte weiter. Bloß nicht ins Bockshorn jagen lassen – es war ja nur diese verflixte Phantasie, die aus

Mücken Elefanten machte, aus einem alltäglichen Geräusch einen mörderischen Schuss.

Es ging auf Mittag, der Nebel würde sich bald lichten, dann sah alles anders aus. Und falls hier tatsächlich jemand geschossen hatte, anderthalb Wochen vor Weihnachten, dann nur, um einen Festtagsbraten zu erlegen. Einen Hasen oder Fasan. Die Vorstellung eines toten Rehs schob sie hastig weg, so ein Reh war ein Tier mit beinahe menschlichem Blick. Leider nützte das Wegschieben nichts, es funktionierte einfach nicht. Das Bild war da: ein sterbendes Reh, brechende Augen, Blut, letztes Zucken …

Sie kickte ärgerlich einen Ast vom Pfad. Es war eine blöde Berufskrankheit, diese auf Produktion dressierte Phantasie, diese Bilder im Kopf, die sich beim geringsten Anlass einstellten und zum Film wurden.

Sie wäre besser zu Hause geblieben. Mitten im Dezember, zur Zeit der kürzesten und düstersten Tage, um den einsamen See zu wandern war eine Schnapsidee. Sie hatte nicht darüber nachgedacht. Sie hatte nur aus der winterlich grauen, mit ihren Mauern und den von Autos verstopften Straßen erdrückenden Stadt fliehen wollen, auch weg von den mit Lichterketten behängten Balkons und Vorgärten, von dem allgegenwärtigen Gesäusel weihnachtlicher Schlager, den seit Wochen weihnachtlich dekorierten Straßen und Schaufenstern. Vor allem aber weg von ihrem Schreibtisch.

Seit Tagen bastelte sie am siebten Kapitel herum, obwohl sie nach ihrem Zeitplan längst am zehnten arbeiten müsste. Also war sie an den See gefahren, das Gehen in freier Natur half immer, wenn die Gedanken in einer Sackgasse feststeckten. Er war in zwei Stunden zu umrunden, genau die richtige Dosis, um den Kopf klar zu bekommen, und eine idyllische Partie fern jeden Lärms. Im Frühjahr blühten zwischen Buschwindröschen sogar Veilchen, und der Himmel über dem flirrenden Laub der Uferwälder war dann besonders hoch und klar, im Herbst ließ das mildere Licht der tiefer stehenden Sonne das sich gelb, rot und braun färbende Laub leuchten wie ein barockes Gemälde.

Von alldem konnte an diesem trüben Dezembertag natürlich keine Rede sein. Wenigstens wurde der Nebel nun tatsächlich lichter, der Blick reichte schon *zwei* Steinwürfe weit. Bald …

Diesmal stellte kein Schuss, kein Knall, überhaupt kein Geräusch ihre inneren Warnlampen auf Rot. Sicher war es nur ein Nebelschwaden, aber – wieder blieb sie stehen, fühlte plötzliche Trockenheit im Mund und das kräftigere Klopfen ihres Herzens hinter der Kehle –, aber dort vorne, wo bei der Biegung des Pfades die beiden Anglerhütten am Ufer standen, hatte sich etwas bewegt. *Kein* Nebelschwaden, eine Gestalt. *Kein* Hirngespinst, ein realer Mann. Jetzt war er weg. Oder bewegte er sich gegenüber der zweiten Hütte wie ein Schemen den Hang hinauf? Was machte er dort? An einem solchen Tag? Und wieso verdrückte er sich durchs Unterholz, anstatt auf dem Weg weiterzugehen? Versteckte er sich?

Keine Hysterie, rief sie sich zur Ordnung und ging weiter, zögernd noch, aber doch weiter. Über den Hang war der Weg zur nächsten Straße erheblich kürzer, das war alles. Und warum sollte er nicht hier sein? Sie selbst war ja auch hier.

Es war kurios. Ihr Herz klopfte bis zum Hals, weil sie *nicht* mehr allein war. Gerade noch hatte sie sich unbehaglich gefühlt, weil sie allein in diesem Wald war und ein Geräusch nach einem Schuss geklungen hatte, weil kein Mensch sie finden würde, wenn jemand sie verfolgte und sie als Opfer oder als vermeintliche Zeugin eines Verbrechens im eiskalten See versenkte, wenn … Halt!!

Gedanken glichen wilden Pferden, sie galoppierten einfach los. Also gut, gab sie ihren unvernünftigen Gedanken vernünftig nach – sie würden ja doch keine Ruhe geben. Also gut: Du fürchtest dich nicht wirklich, aber du fühlst dich angespannt, als würdest du beobachtet. Oder verfolgt? Belauert? Das hat nichts mit wachem Instinkt für reale Gefahren zu tun, sondern mit einer durch das jahrelange Kriminalromaneschreiben einseitig reagierenden Phantasie, diesem Nebel und der Düsternis des Dezembertages. Im wahren Leben liefen ausgesprochen selten Unholde durch einsame ländlich-idyllische Landschaften und warteten auf den unwahrscheinlichen Fall, dass ihnen ausgerechnet hier ein Opfer für ihre mörderischen Gelüste vor die Büchse lief. Oder ins Messer. Oder in ihre würgenden Hände. Oder …

Schluss!! Sie würde jetzt einfach weitergehen. Umkehren – welch kleinmütige Anwandlung! – war sowieso zwecklos, sie hatte schon mehr als die Hälfte der Strecke zurückgelegt. Also rasch weiter. Es war kalt und gewiss nicht der richtige Tag, sich durch Herumbummeln zu beweisen, dass sie jederzeit in der Lage war, ihre berufsbedingten Phantasien im Zaum zu halten. Trotzdem, so dachte sie, als sie die alte Steinbrücke passierte, die am Ende des schmalen, langgezogenen Sees über den zufließenden Bach führte, konnte es nicht schaden, von raschem Gehen auf Power-Walking zu schalten. Schon als Ausgleich und kleines Fitnesstraining zum üppigen Weihnachtskeksekonsum.

Sie begriff erst, dass in der nächsten Hütte ein Licht gebrannt hatte, als es verlöschte. Das Häuschen stand nicht wie die anderen direkt am Wasser, sondern einige Schritte abseits. Im Sommer würde es vom dichten Grün der Hecke versteckt stehen, womöglich war es ihr deshalb früher nie aufgefallen. Es war eine bescheidene Hütte wie in einem Schrebergarten, die Fenster schwarze Höhlen, ihre hölzernen Läden geöffnet und festgehakt. Hinter einem der beiden Fenster hatte ein Licht geschimmert, diesmal war sie ganz sicher, und es war just in dem Moment verlöscht, als sie näher kam. Wohnte hier jemand? Mitten im Winter? Aus dem Schornstein, nur eine mit einem Blechhütchen geschützte Röhre, stieg kein Rauch auf. Diese Hütten im Naturreservat am Seeufer waren einzig zum Tagesaufenthalt für Angler gedacht, doch hier schien tatsächlich jemand zu wohnen. Warum sonst war die junge Fichte nahe der Tür mit einer Lichterkette geschmückt?

Mit einem erleichterten Seufzer ging sie weiter. Ja, sie war erleichtert. Sie gab es zu. Wenn man mit sich selbst nicht ehrlich sein konnte, mit wem dann? Diese weihnachtliche Lichterkette mitten im Wald, an einem einsam gelegenen See, an einem verlassenen Pfad vermittelte beruhigende Normalität. Selbst wenn so ein Glitzerding eigentlich nicht hierher gehörte.

Und plötzlich fiel es ihr ein: eine Zeitschaltuhr. Das war die Erklärung. Was sonst? Dass jemand rasch das Licht gelöscht hatte, als sie sich näherte? Jemand, der sie belauerte? Gar erwartete? Sie hörte sich lachen, halbherzig und atemlos, aber es war ein Lachen. Genau richtig, denn der Gedanke war allzu lächerlich. Niemand wusste, dass sie hier war, und warum … Leider fielen ihr in diesem Moment wieder die drei nächtlichen Telefonanrufe ein, die sie vor einigen Wochen irritiert hatten. Am anderen Ende der Leitung war es stumm geblieben, und sie hatte ärgerlich aufgelegt. Vielleicht wäre sie beunruhigt gewesen, wenn sich das fortgesetzt hätte, aber so hatte sie die Anrufe als Irrläufer eingeordnet und bald vergessen. Bis jetzt.

Das Gehirn war niederträchtig. In Momenten wie diesem kramte es in den dunkelsten Ecken der Erinnerung und zerrte alles Beunruhigende ins Bewusstsein. Ignorieren, dachte sie und eilte weiter, einfach ignorieren. Wenn hier tatsächlich jemand das Licht löschte, weil sich Schritte näherten, dann höchstens aus dem gleichen Grund, aus dem sie nur halbherzig gelacht hatte.

Die Nebelschwaden über dem See wurden zarter und gerieten immer mehr in Bewegung, hier und da war sogar das jenseitige Ufer zu erkennen. Das Wasser sah nun aus, als ob es dampfte, mit den bizarren Gerippen der laublosen Schwarzerlen und dem abgestorbenen Schilf am Ufersaum ein urzeitlicher Anblick. Und jetzt, genau im richtigen Augenblick, klang das Krächzen einer Krähe durch den Dunst. Die Realität bedient Klischees immer noch am gründlichsten.

Der Pfad wand sich direkt am See weiter und um eine Biegung. Sie blickte noch einmal zurück, um zu prüfen, ob das Licht wieder eingeschaltet worden war (wirklich töricht, aber es schadete auch nicht), doch die Hütte war nicht mehr zu sehen. Bevor ihre Gedanken wieder in die falsche Richtung wuchern konnten, zum Beispiel erwägen, ob auch die Hütte nur ein Ausbund ihrer Phantasien war, konzentrierte sie sich energisch auf den plötzlich morastigen Weg.

Aber es war *doch* seltsam. Eine hölzerne Sommerdatscha mitten im Wald mit weihnachtlich geschmücktem Baum und – das vor allem – mit geöffneten Fensterläden. Selbst im Sommer waren die anderen Hütten verrammelt wie vor einem drohenden Hurrikan. Das Vertrauen der Besitzer in die Ehrbarkeit ihrer Mitmenschen schien gering zu sein. Womöglich aus gutem Grund – aber auch das war jetzt gar kein gutes Thema.

Nun war es bald geschafft. Noch eine Viertelstunde, höchstens zwanzig Minuten, dann war der See umrundet, und der Pfad führte entlang einer großen Wiese zu dem Ackerweg, der wiederum bei der Dorfstraße endete, wo ihr Auto wartete. Das Dorf war kaum mehr als eine Siedlung, zehn oder zwölf Häuser inmitten von Feldern und Obstwiesen. Dort war der Nebel bei ihrer Ankunft nicht annähernd so dicht gewesen wie hier am See. Die Siedlung hatte verlassen gewirkt, kein Wunder bei diesem Wetter, und auch Menschen in abseits gelegenen Orten verließen am Morgen ihre Häuser, um zur Arbeit zu fahren. In jedem Vorgarten hatte so eine kleine, mit einer Lichterkette geschmückte Fichte gestanden. Wie bei der Hütte im Wald. Allerdings anders als dort hatten die Lichter in den Gärten gebrannt, alle, wenn sie sich richtig erinnerte, und der Ansiedlung ein eigentümlich uniformes Aussehen gegeben.

Nun entfernte der Pfad sich einige Meter vom See und führte an einem Picknickplatz vorbei. Ihr Blick glitt suchend – sichernd? – über das von Gebüsch und Auwald umfriedete Wiesenstück. Sie wäre besser rasch weitergegangen. Etwas Dunkles, Massiges, halb von der Weißdornhecke am Rande des Platzes Verborgenes schimmerte durch den Dunst. Es war ein Geländewagen, eines dieser hochbeinigen Kraftpakete mit schwarzgetönten Scheiben. Genau so einen hatte sie einige Zeit in ihrem Rückspiegel gesehen, als sie die Stadt verließ, und erneut, als sie von der Schnellstraße abgefahren war, um zu tanken. Der Wagen war nun mal auffällig, sie erinnerte sich auch an das ungewöhnliche QX auf dem Nummernschild, und viele dieser Angeberkutschen gab es nicht. Oder doch?

Sicher war es ein Zufall gewesen, aber sie hatte es amüsant gefunden, dass der Range Rover, dessen Motor über mindestens viermal so viele Pferdestärken verfügte wie der ihres Kleinwagens, nicht längst auf und davon war. Wahrscheinlich hatte der Fahrer unterwegs Kaffee getrunken oder eingekauft. Er würde kaum geduldig hinter ihr hergefahren sein. Aber wieso stand er jetzt *hier*?

Sie lauschte angestrengt. In der Ferne tuckerte ein Trecker, sonst nichts. Doch. Nun knackte er tatsächlich, dieser ewige, in jedem Kriminalroman irgendwann einmal knackende Ast … (*nie* wieder würde sie in ihren Texten einen Ast knacken lassen!!).

Dann hörte sie ein verhaltenes Knurren. Der Hund, ein respektgebietendes großes Tier mit kurzem schwarzem Fell, kam hinter dem Range Rover hervor, verharrte halb geduckt wie vor dem Sprung und starrte sie an. Sie hatte nichts gegen Hunde, sie mochte sie sogar sehr, wenn sie halbwegs handlich waren und freundlich aussahen. Dieses Geschöpf war weder handlich noch freundlich, der Anblick seines Gebisses unter den hochgezogenen Lefzen ließ jede Überlegung, ob er womöglich nur ein Ausbund ihrer Phantasien war, gar nicht erst aufkommen.

Alphatier, dachte sie hektisch, ich muss ihm nur zeigen, wer von uns beiden das Alphatier ist: ICH. Aber wie? Nicht in die Augen sehen, das fasst ein Hund als Kampfansage auf, so hatte sie kürzlich irgendwo gelesen. Und auf keinen Fall …

Alles überflüssig. Plötzlich hob das Tier den Kopf, als lausche es einem Befehl, legte sich abrupt auf die Erde, den schweren Kopf auf die Vorderpfoten, und winselte ergeben. Da war nichts zu hören gewesen, kein Pfiff, kein Befehl, nichts, und erst recht niemand zu sehen. Vielleicht hinter den geschwärzten Scheiben des Range Rover …

Verschwinde, flüsterte es in ihrem Kopf, egal wer oder was hier ist oder nicht hier ist – hau endlich ab!

Sie erreichte das Dorf ziemlich atemlos. Schon beim Anblick der ersten Häuser schwand alles Unbehagen, lösten sich alle bedrohlichen Phantasien und Gedanken auf wie die Nebelschwaden in der nun winterlich matten, doch endlich siegenden Sonne. Und da stand ihr Auto. Es war nur eine Maschine, in diesem Moment jedoch erschien es als ein vertrauter, ein heimatlicher Ort wie ein Kokon.

Die im feuchten Grund direkt neben ihrem Wagen tief eingedrückten Radspuren, eindeutig überbreit wie von einem Range Rover, registrierte sie amüsiert. Reifenspuren eben. Aus jeder Alltäglichkeit ließ sich ein Geheimnis oder gar eine

Bedrohung konstruieren. Aber so war das reale Leben nicht, zum Glück. Ein langer Spaziergang um einen einsamen See war nur ein langer Spaziergang um einen einsamen See. Sogar im Dezembernebel. Punktum.

Wieder zurück an ihrem Schreibtisch, ging die Arbeit endlich voran. Als sei ein Knoten gelöst, ein Pfropfen herausgezogen. Auch schlief sie in der folgenden Nacht ausgezeichnet und erwachte in heiterer, beinahe übermütiger Stimmung. Die verging erst, als sie die Zeitung aufschlug.

«Jagdunfall oder Mord?», las sie. «Unbekannter Toter in einem Waldstück nahe dem See gefunden. Sachdienliche Hinweise ...»

MARITA UND JÜRGEN ALBERTS

8 Herzversagen

Ein Rock'n'Roll tanzender Weihnachtsmann, der *I am nothing but a hounddog* singt; eine blonde Stripperin, die ihr rotes Weihnachtsmäntelchen öffnet, *applausi, applausi*; ein Regenschirm, der sich in Sekundenschnelle zu einem gehäkelten Weihnachtsbaum aufspannen lässt. Das waren die heißen Kandidaten für die ersten Plätze. Wir hatten unseren Kunden die Aufgabe gestellt, das hässlichste Weihnachtssouvenir aus ihrem Land mitzubringen und dafür Werbung zu machen. Einmal den Spieß umdrehen: durften sie mal zeigen, ob auch sie unser Handwerk beherrschten. Kurz vor Mitternacht sollte die Prämierung stattfinden. Ein paar ausgesucht hässliche Preise waren zu diesem Zweck unter einem weißen Tischtuch versteckt.

Aber dazu kam es nicht mehr.

Nur ich wusste, warum. Denn ich hatte einen anderen Plan. Bertram sollte diesen Abend niemals vergessen, verstehst du?

Die Marketingdirektoren diverser Firmen waren zu unserer Weihnachtsfeier angereist. Die Schokoknirpse aus Italien, die Zigarettenmännchen aus den Staaten, die Rotweinnasen aus Bremen und die Bierfässer aus Regensburg. Der Christbaum hatte die Ausmaße des Empire State Building. Fehlten nur die 40000 Glühlämpchen, die vor dem Rockefeller Center aufleuchteten. Fünf Jahre anhaltender Aufstieg unserer Agentur P&K. Das war ein Fest im XXL-Format wert. Kurz vor Weihnachten. Die wichtigen Kunden wollten das nicht verpassen.

Aber es sollte ein abruptes Ende finden, dieses Fest. Ein Ende mit Schrecken. Vor allem für Bertram. Meinen Mann, dem ich eine ganz persönliche Niederlage beibringen wollte. Wenn der Sieg am größten, ist der Fall am tiefsten – hatte das nicht mal ein Barockdichter so ausgedrückt?

Wir hatten die Weihnachtsdekoration sparsam verwandt. Nur kein Lametta, hatte ich Bertram gebeten. Und keine roten Äpfel am Baum. Oder gar Honigkerzen. Gemäß unserem Motto: *Werben Sie mit uns, und die Zukunft gehört Ihnen*. Modernes Design, am besten aus Schweden, wenige, ausgesuchte Details. Kein Weihnachtsschnickschnack, schließlich sollte unsere Agentur im Vordergrund stehen.

Kurz nach dem Vorfall verabschiedeten sich die ersten Gäste. Auf Französisch. Das kennst du ja. Ohne ein Wort zu sagen, schlichen sie davon. Und dabei war das Dinner noch gar nicht beim Dessert angelangt. Ein Engländer im Frack hatte es besonders eilig, den großen Festsaal zu verlassen. Er schnappte seine *Miss Piggy*, ein rosa Schweinchen, das auf Knopfdruck Handstand machte und sich zu *Silent night, holy night* um sich selbst drehte.

Die Hip-Hop-Band, die wir engagiert hatten, packte ein. Die Musiker waren ziemlich angesäuert.

Unsere Hostessen im meerblauen Dress hielten die Hände auf dem Rücken gefaltet und starrten erst uns, dann die Zimmerdecke an.

Der Oberkellner zog es vor, sich in der Teeküche zu betrinken. Seine Seidenfliege hing schlapp herunter, als auch er sich irgendwann davonmachte.

Totenstille im ganzen Haus.

Ich muss es jetzt jemandem erzählen. Ein einziges Mal. Hier bei dir. Ich will es loswerden dürfen. Mir von der Seele schaffen.

Als der Leichnam aus dem Haus gebracht war, herrschte akustisches Zwielicht. Die wenigen Verbliebenen teilten sich in zwei Gruppen: die Hardliner, die *«life goes on»* sagten und sich die Hucke vollkippten; und die völlig irritierten Amerikaner, die uns überschwänglich kondolierten. Wo hätten die Zigarettenmännchen aus *Marlboro Country* auch hingesollt? Kommen extra über den großen Teich, um mit uns zu feiern, und dann ist die Party so plötzlich zu Ende.

Ob es mir leidtut, willst du wissen?

Kein bisschen.

Nicht so viel.

Dazu habe ich zu lange meine Wut bändigen müssen, verstehst du? Es liegt mir nicht, alles ständig runterzuschlucken. Du kennst mich doch. Bin einfach nicht der Typ dazu. Mit Bertram konnte ich nicht darüber reden. Der würde es mir übelnehmen, ganz sicher. Als ich ihn in der Design-Klasse der HfK kennenlernte, wusste ich, den musst du mit fester Hand führen. Er ist ein Lieber, ein ganz Lieber, aber zu leicht beeinflussbar. Verführbar, könnte man auch sagen. Nicht, was die Geschäfte angeht, da schlägt er viele aus dem Feld, aber im Persönlichen, da brauchte er meine Führung. Das spürte ich schon in den frühen Tagen unseres Verliebtseins.

Mutter sah das genauso. Bertram war der erste Freund, den sie überhaupt akzeptierte. Sie freute sich mit mir. Das kannte ich gar nicht an ihr. Vater blieb stets ein wenig auf Distanz zu Bertram, machte aber eine großzügige Investition. Als Grundstock für eure Agentur, sagte er.

Ein Jahr nach unserer Hochzeit hat es angefangen. Ziemlich genau ein Jahr.

Bertram war an dem Morgen schon aus dem Haus, als ich einen heftigen Streit zwischen meinen Eltern hörte. Ich konnte nicht verstehen, worum es ging. Vater war völlig außer sich. Wie von Sinnen hat er gebrüllt. Ich bin raufgegangen, in den obersten Stock. Noch nie hatte ich meinen Vater so schreien hören. Hat er überhaupt mal ein lautes Wort von sich gegeben? Ich hab die Tür zum Schlafzimmer aufgerissen. Gefragt, was denn los sei. Da standen sie, jeder auf seiner Seite des Bettes. Die Mutter bleich, dein Bruder mit hochrotem Kopf. Erschreckte Gesichter, fahrige Gesten. Für einen Moment waren beide verstummt. Nur einige winzige Schrecksekunden lang. Dann hat meine Mutter mich weggeschickt, es hätte nichts mit mir zu tun. Ich solle mich da bitte raushalten, hat sie gesagt. Ziemlich barscher Tonfall. Das weiß ich noch wie heute. Um 14.12 Uhr der Anruf in der Agentur: Vater ist tot. Herzversagen. Der Notarzt kam zu spät. Zack, weg.

Mitten aus dem Leben, hast du bei der Beerdigung gesagt, als sei ein Baum in einer Allee plötzlich umgekippt. Und dass du es immer noch nicht fassen kannst, warum so ein gesunder Mann sein Leben lassen musste. Sekundentod nennt man das, hatte der Arzt bemerkt. Erwischt einen von hunderttausend pro Jahr in Deutschland.

Als sich die meisten Gäste von unserer abrupt beendeten Weihnachtsfeier entfernt hatten, fragte Bertram, was wir mit dem vielen Essen machen sollten. Wir geben alles an die Hamburger Tafel, sagte ich, dann haben die zu Weihnachten auch mal einen Festschmaus.

Nicht ganz zwei Monate nach dem Tod deines Bruders – nein, nicht mal sechs Wochen später – sah ich meine Mutter eines Morgens aus dem Hotel Atlantic kommen. Beschwingt, sie hüpfte wie ein Frosch. Ich lief ihr geradezu in die Arme, weil ich den Termin mit einer Rotweinnase aus Bremen nicht verpassen durfte.

Mutter verharrte, stotterte in jedem Satz.

Ich wollte wissen, was sie hier …

Sie blieb mir die Antwort schuldig.

Stammelte irgendetwas von einer Freundin, mit der sie verabredet sei.

Um acht Uhr morgens?

Mir war gleich klar gewesen, dass diese Freundin Haare auf der Brust haben musste. Einerseits war ich sauer, so kurz nach Vaters Tod, andererseits erleichtert. Warum sollte eine 52-Jährige nicht wieder eine Beziehung haben? Und auch dass sie das heimlich tat, meinetwegen.

Bertram hab ich nichts davon erzählt. Ging ihn ja auch nichts an.

Rede ich zu viel? Ich muss reden. Ein Mal muss ich es jemandem sagen dürfen. Bertram hätte mich längst unterbrochen und gesagt: *«Stop it, baby, no time for talking.»* Er liebt solche Sätze, und ich liebe ihn dafür, dass er sie so elegant benutzt. Er ist ein Schätzchen, das man nicht aus den Augen lassen darf. Ihr versteht euch ja nicht so gut, aber das liegt gewiss nicht nur an Bertram.

Bei unserer Weihnachtsfeier sollte es international zugehen. Alle Kontinente zu Gast bei P&K. Wir wollten zeigen, dass wir es zu etwas gebracht hatten. Auch wenn das in hansestädtischen Kreisen eher verpönt ist. Hostessen für den kulinarischen Service, die Hip-Hop-Band für etwas körperliche Bewegung. Es hätte eine runde Sache werden können.

Aber es fand ein abruptes Ende, dieses Fest. Ein Ende mit Schrecken.

Ich hab es genossen. Das will ich nicht verhehlen, Onkel Konrad. Ja, ich hab es sogar sehr genossen.

Letztes Frühjahr hatten Bertram und ich eine Reise gebucht. Nach vier Jahren der erste Urlaub. Kurz nach Ostern. Wir hatten ihn dringend nötig. Unsere Agentur lief auf Hochtouren, die Umsätze stiegen in den Himmel. Zwei Wochen Südsee. Seele baumeln lassen, Hirn durchpusten, um dann wieder mit voller Kraft einzusteigen.

Da wurde Mutter krank.

Einen Tag vor der Abreise.

Sie wimmerte, klagte über Atemnot.

Der Arzt musste kommen. Konnte nichts feststellen. Schwacher Allgemeinzustand. Was war los mit ihr?

Sie sprach nur noch mit piepsiger Stimme.

Also gut, Koffer wieder ausgepackt. Wir stornierten den Urlaub. Konnten sie in diesem Zustand ja nicht allein zu Hause lassen. Ich war sauer, obwohl ich auch Mitleid mit ihr hatte. Bertram schien es eher gelassen zu nehmen, fuhr ins Büro und rackerte weiter wie gewohnt.

Nur zwei Tage später stand meine Mutter in der Küche und sagte, nun sei sie wieder auf dem Damm. Warum bin ich naives Vögelchen da nicht endlich aufgewacht? Heute kann ich das nicht mehr begreifen.

Verzeih mir, wenn ich weine, Onkel Konrad. Du verstehst das doch, oder? Du bist ja gewohnt zuzuhören. Ich könnte das nicht. Ganz bestimmt nicht.

«Buy British toys and save your nation» – das war der Werbespruch des Engländers für sein rosa Schweinchen. Dafür bekam er eine gute Wertung von unseren Gästen. Nicht alle hatten so einen griffigen Slogan gefunden. Der gehäkelte Tannenbaum wurde zum Beispiel mit dem Spruch beworben: *«Ob im Schnee oder am Strand, dieser Baum ist stets zur Hand.»*

Eines Tages kam das Knöllchen. Aus Regensburg. Eine Ordnungsstrafe wegen überhöhter Geschwindigkeit.

Mutter war erwischt worden. Sie hatte meinen Wagen genommen und sich für ein paar Tage verabschiedet. Wollte zu einer früheren Klassenkameradin nach Flensburg. Da ich sowieso das ganze Leben in der Agentur verbringe, war es mir egal. Ich konnte ja mit Bertrams Lancia fahren. Nimm den Wagen, sagte ich und wünschte ihr viel Vergnügen.

Wieso war mein Porsche in Regensburg gewesen, obwohl er sich doch nach Flensburg in Bewegung gesetzt hatte? Die Anzeige stammte eindeutig aus der Donaustadt und nicht von der dänischen Grenze.

Ich schaute im Kalender nach.

Und da sah ich etwas, das mich sehr beunruhigte. Bertram war an diesem Tag auch in Regensburg. Auf Kundenschau bei den Bierfässern von Thurn und Taxis, für die wir seit Jahren Werbung machen.

Ich rechnete eins und eins zusammen.

Nach fünf Jahren Ehe musste ich feststellen, dass meine Mutter und mein Mann ein Verhältnis haben.

Plötzlich fiel jedes Mosaiksteinchen in sein Kästchen. Es war nicht das erste Mal, dass die beiden gleichzeitig unterwegs waren. Bertram war ja viel auf Achse. Die Schokoknirpse in Italien bestanden zum Beispiel darauf, dass der Chef persönlich die neuen PR-Kampagnen präsentierte.

Auf der Weihnachtsfeier gab es noch Streit mit der Hip-Hop-Band. Die hatten nicht einen Ton gespielt, wollten aber das volle Honorar und ein Schmerzensgeld dazu, weil ihnen Aufmerksamkeit entgangen sei. Das müssten wir als Werbefritzen doch wissen. Bertram hat sie an unsere Rechtsanwälte verwiesen. Die kennen sich zwar mit Musik nicht aus, aber dafür mit der Abweisung von falschen Ansprüchen.

Ich habe lange gewartet, bis ich meine Mutter mit dem Verdacht konfrontierte. Ach was! Verdacht? Daraus war inzwischen längst Gewissheit geworden. Ich brauchte doch nur das letzte Jahr durchzugehen:

Eva, ich bin bei einer Freundin in Marburg, hat Mutter zu mir gesagt.

Denk mal, da ist eine alte Bekannte in Siegburg aufgetaucht. Mach dir keine Gedanken, Eva. Ich reise eben gerne.

Anrufe bei den Hotelrezeptionen genügten: Bertram hatte stets ein Doppelzimmer gebucht.

Du wirst es nicht glauben, Onkel Konrad, meine Mutter hat es nicht mal abgestritten. Nicht eine Sekunde lang. Irgendwie wollte ich immer noch hören, dass ich mich verrechnet hatte. Zufall, bloßer Zufall.

Aber nein, sie sagte mir ins Gesicht: Bertram hat mir gleich gefallen. Auch wenn er zehn Jahre jünger ist. Für dich ist er sowieso ein bisschen zu gesetzt. Er hat dich doch nur geheiratet, um in meiner Nähe zu sein. Das ist nun mal Tatsache. Frag ihn, wenn er aus Herrenberg zurückkommt. Mit unserer Liebe wirst du dich abfinden müssen, Eva.

Ich wollte das alles nicht hören. Nicht von meiner Mutter. Ich habe sie verehrt. Sie, die große hanseatische Kühle, souverän in einer Männerwelt, von allen umschwärmt. Auch Vater ist ihr auf den Leim gegangen. Er hatte schließlich das große Vermögen ins Haus gebracht. Ich bin mir ganz sicher, dass dein Bruder hinter das Verhältnis seiner Frau mit meinem Mann gekommen ist. Heute bin ich mir da ganz sicher. Sie hat den Streit provoziert, sie hat ihn bis aufs Blut gereizt. Irgendwann versagte dann sein Herz.

Oder sie hat nachgeholfen.

Das hätte ich zu gerne herausbekommen.

Aber meine anonymen Anrufe bei der Staatsanwaltschaft haben zu keiner Obduktion geführt. Onkel Konrad, du warst zwar erstaunt über den plötzlichen Tod deines Bruders, aber wärst du auf den Gedanken gekommen, dass deine Schwägerin ihre Hand im Spiel gehabt haben könnte?

Sie oder ich.

Das war die Frage.

Oder vielmehr: Sie oder er?

Bertram wollte ich nicht aufgeben. Nicht mein Schätzchen. Er war doch nur ein Opfer der amourösen Intrigen meiner Mutter.

Onkel Konrad, was sollte ich tun?

Ich war verzweifelt, erschüttert, kurz entschlossen, dann wieder wankelmütig, schließlich zu allem bereit.

Als Priester wirst du das vielleicht nicht verstehen. So eine Seelenlage. Fünf Jahre lang haben mich die beiden betrogen, gedemütigt, hinters Licht geführt. Sie haben alles darangesetzt, mich als das naive Püppchen zu düpieren.

Ich hatte nur noch einen Gedanken: Gibt es ein Mittel, das zu raschem Ableben führt?

Im Monat vor der Weihnachtsfeier hatten wir eine Menge zu tun. Viele Aufträge kommen erst am Jahresende, wenn noch Etats glattgebügelt werden müssen. Manchmal habe ich sechzehn Stunden im Büro gesessen und viel telefoniert. Aber nicht nur mit Kunden, wie ich Bertram immer weismachte, sondern auch, weil ich nach dem perfekten Mittel suchte.

Ich habe lange recherchieren müssen.

Südamerika. Afrika.

Kontaktgifte, wie sie Geheimdienste verwenden.

Es war nicht einfach, mir eine ausreichende Dosis zu verschaffen. Und es hat auch ein paar tausend Euro gekostet. Der Mann, der mir dazu verholfen hat, arbeitet in einem großen Museum für Völkerkunde. Ich habe seinen Business-Flug aus meiner privaten Schatulle bezahlt.

Der Zeitpunkt war mir sofort klar: die große Weihnachtsfeier. Fünf Jahre Erfolg von P&K. Ein Fest im XXL-Format, wie es auf der Einladung stand.

Und ein Dämpfer für Bertram.

Einen, den er niemals vergessen sollte.

Ich habe ein paar Tropfen der farblosen Flüssigkeit auf Mutters Serviette geträufelt. Kurz vor dem Dinner. Das hat niemand mitbekommen.

Immer wieder schaute ich zu ihr hin. Bevor sie das Weinglas ansetzte, tupfte sie sich stets die Lippen ab. Etepetete, die große Dame. Das war leicht vorherzusehen.

Aber es dauerte noch einige Zeit.

Lähmung des Muskelsystems. Atemnot. Herzversagen.

Ihre Serviette habe ich in einem blauen Abfallsack verschwinden lassen.

Die Notärzte bemühten sich. Mutter war nicht mal transportfähig. Bertram saß neben ihr auf dem Boden. In seinem englischen Anzug. Hielt ihre Hand, bekam bald keinen Ton mehr heraus. Ich sah dieses Bild: wie die Pietà, nur mit vertauschten Rollen.

Dann schloss Mutter die Augen. Nach ein paar rasselnden Atemzügen, die im ganzen Festsaal zu hören waren.

«Todesursache ungeklärt», steht auf dem Schein. Sollte die Kripo nicht an einen natürlichen Tod glauben, wäre jeder verdächtig, der bei unserer Weihnachtsfeier zugegen war.

Bertram wird sich im eigenen Interesse bedeckt halten. Da bin ich mir ganz sicher.

Und du, Onkel Konrad, wirst das Beichtgeheimnis nicht verletzen.

STEFAN SLUPETZKY

9 Kleine Geschenke der Freundschaft

Geh Ferdl, zahl mir noch eins, um unserer alten Freundschaft willen … Ob ich meine Brieftasche verloren hab? Da kann ich nur lachen … Brieftasche … Sei so gut, zahl mir noch eins, ja? Nur eins noch … Wo ich jetzt wohn, willst du wissen? Kommt drauf an. Im Sommer meistens im Stadtpark drüben, oder unten am Kanal, wo wir immer gespielt haben als Kinder. Im Stadtpark riecht's besser, da gibt's den Rosengarten und reihenweise parfümierte Damen, dafür ist es am Kanal unten ruhiger, und wenn's regnet, kann ich mich unter die Brücke setzen. Jetzt im Winter bin ich am Bahnhof, Süd oder West, oder ich geh rüber ins Männerheim, auf eine Klostersuppe … Geh, zahl mir noch eins, Ferdl … Danke. Dank dir … Was hast g'sagt? Weil Weihnachten ist? Weihnachten? Dann verzicht ich. Dann kannst du dir dein Viertel in die Haar' schmieren … Nein, war nur ein Scherz, ich nehm's schon. Aber trotzdem: Komm mir nicht mehr mit Weihnachten. Nie wieder. Es ist ein einziger Fluch, dieses Weihnachten …

Wie lang wir uns nicht mehr gesehen haben? Das kann ich dir ziemlich genau sagen: zweiundzwanzig Jahre. Nach der Vierten war's, da bist von der Schule weg und hast die Fleischerlehre angefangen, im Geschäft von deinem Vater. Und der ist dann kurz darauf … Ich hab's in der Zeitung gelesen damals. Nachträglich herzliches Beileid, Ferdl. Schlimme

G'schicht … Sag, hat man die Täter eigentlich irgendwann erwischt? Nein? Furchtbar … Wenn man sich vorstellt, dass die immer noch frei herumlaufen … Na, jedenfalls haben wir uns dann aus den Augen verloren. Ich bin weiter in die Schule gegangen, und du … Aber so wie du ausschaust, hast du's offenbar weit gebracht. Von deinem Anzug könnt ich ein halbes Jahr leben wie Gott in Frankreich.

Schon komisch, wie das Schicksal spielt. Kannst dich erinnern? Früher, in der Schulzeit, war ich es immer, der dir was spendiert hat, ein Eis oder eine Limonade … Ja, ich weiß schon, du hast ja nie ein Taschengeld gekriegt; ihr habt euch ja nichts leisten können, du und dein Vater. Sag, was ist eigentlich aus der Fleischerei geworden? Im Ernst? Die gehört immer noch dir? Und zwei Hotels? Drei Restaurants? Mein Gott, Ferdl, du hast es ja wirklich geschafft … Könntest dich schon längst zur Ruhe setzen …

Prost. Auf deinen Erfolg. Schön, einen alten Freund wiederzusehen. Kannst dich noch erinnern, wie wir damals Blutsbrüderschaft geschlossen haben, ganz wie der Winnetou mit dem alten Shatterhand? Und wie meine Mutter einen hysterischen Anfall gekriegt hat, wie sie das Blut gesehen hat? Das waren halt noch Zeiten … Auf die alten Zeiten. Prost, Ferdl.

Was aus meinen Eltern geworden ist? Na ja, mein Vater ist auch von uns gegangen, kurz nachdem ich fünfzehn war. Sein Herz hat nicht mehr mitgemacht … Und meine Mutter … Ehrlich gesagt, ich weiß nicht, wie's ihr geht. Sie ist, wie soll ich sagen, sehr seltsam geworden mit der Zeit. Ich hab sie … Also, kurz gesagt: Ein paar Jahre später hab ich sie einweisen lassen, in eine Nervenheilanstalt. Es ist nicht mehr anders gegangen … Aber sie hat's gut dort gehabt, im Grünen, am Stadtrand. Zumindest eine Zeitlang … Später hab ich die Rechnungen von der Klinik nicht mehr zahlen können. Ich weiß nicht, wohin die sie dann gebracht haben. Ich will's auch gar nicht wissen, ehrlich gesagt … Es ist alles meine Schuld. Alles meine verdammte Schuld.

Was mit unserem ganzen Vermögen passiert ist? Mit den Weingütern? Mit den Landhäusern? Mit dem Familienschmuck? Mit der Oldtimersammlung von meinem seligen Alten? Warum ich heut auf der Straße sitz? Interessiert dich das wirklich? Vergiss es. Du wirst nicht glauben, wie rasch man alles los sein kann, wenn man einen Fehler macht. Einen einzigen Fehler …

Geh Ferdl, zahl mir noch eins, ja? Ein Letztes. Dann erzähl ich dir meinetwegen die G'schicht, wenn du unbedingt willst. Es ist sowieso an der Zeit, dass ich sie einmal wem erzähl. Es ist schon alles egal; ich hab ohnehin nichts mehr zu verlieren. Und wem soll ich das Herz ausschütten, wenn nicht meinem besten Freund? Also, was ist? Krieg ich noch eins?

Prost, Ferdl. Danke.

In dem Jahr, wie du deine Lehre begonnen hast, hat alles angefangen … Kannst du dich noch an den Hübner erinnern? An den kleinen Albino, den wir in der Pause immer sekkiert haben? Ja, genau, der mit den weißen Haaren und den Sonnenbrillen, der ausg'schaut hat wie dieser deutsche Sänger, du weißt schon … Der Hübner, die arme Sau …

Es war am letzten Advent, drei Tage vor Weihnachten. Eigentlich hätt ich mit meinen Eltern nach Kitzbühel fahren sollen über die Feiertage, aber es ist irgendetwas dazwischengekommen in der Firma von meinem Vater. Also sind wir in der Stadt geblieben. Und deshalb bin ich an dem Sonntag runter zum Kanal gegangen. Du weißt ja, bevor du von der Schule weg bist, haben wir uns oft dort getroffen, immer am Nachmittag, und Blödheiten angestellt. Wie auch immer, ich hab mir gedacht, dass ich dich vielleicht treffe, dass du vielleicht zufällig da bist – es soll ja manchmal vorkommen, dass Freunde denselben Gedanken haben. Aber du warst nicht da.

Und das, obwohl's die ganze Nacht davor geschneit hat; eine Pracht, sag ich dir, ein schenkeltiefes Schneeballparadies.

Ich bin also den Kanal entlanggestapft und hab Ausschau nach dir gehalten. Es war völlig menschenleer, nur die Krähen sind wie versteinert auf den Bäumen gehockt, das weiß ich noch genau, es war irgendwie unheimlich. Und dann … Ja, dann ist mir der Hübner entgegengekommen.

Ich wollt überhaupt nichts von ihm. Ich hab sogar gegrüßt. «Servus, Hübner», hab ich gesagt. Und er … Er hat gar nichts gesagt. Ist einfach weitergegangen mit seinen Moonboots und seiner schwarzen Brille und hat so getan, als tät er mich nicht sehen. Da ist mir schon ein bissel die Zornesader geschwollen, zugegeben. Ich bleib also stehen, dreh mich nach ihm um und sag: «Hast du was auf den Ohren, Depperter?» Und er, der Hübner, zieht die Schultern hoch und marschiert einfach weiter. Heute denk ich mir manchmal, er hat Angst vor mir gehabt. Aber damals … Ich bücke mich also und bastle mir eine richtige Granate, einen Schneeball, hart und groß wie eine Kokosnuss. Der Schnee war gerade richtig, nicht matschig, aber kompakt … Und dann … Ja, dann hab ich geworfen, just, wie der Hübner an einer von den Parkbänken vorbeigeht, die da unten herumstehen.

Jetzt brauch ich einen Schluck.

Ich hab ihn genau im Genick erwischt. Es war schon ein kräftiger Schlag. Dem Hübner hat's die Brillen vom Gesicht gefetzt; er hat die Arme hochgerissen, ist herumgewirbelt und nach hinten getaumelt … Aber statt dass er sich einfach in den Schnee fallen lässt und wieder aufsteht, versucht er, das Gleichgewicht zu halten. Macht zwei Schritte. Stolpert … Ich hab das Geräusch noch heute im Ohr. Eigentlich waren es zwei Geräusche. Ein dumpfer Aufprall und gleichzeitig so ein kurzes, hässliches Knirschen … Der Hübner ist genau auf die Kante von der Parkbank gefallen. Mit der Schläfe …

Was dann passiert ist? Ich hab versucht, ihn aufzuwecken. Hab ihn geschüttelt. Hab ihn angebrüllt. Aber sein Kopf, der ist hin und her geschlenkert wie bei einem billigen Stofftier. Und seine großen roten Augen waren offen. Wenn du die Augen von einem Toten siehst, dann ist dir sofort klar, was los ist. Keine Glut mehr. Nur noch Asche … Aber du als gelernter Fleischer musst das ohnehin wissen, bei den Tieren ist das wahrscheinlich genauso.

Nein, ich hab nicht die Polizei geholt. Warum? Weil ich einen Schock gehabt hab. Und weil ich wahnsinnig war, wahnsinnig vor Angst. Natürlich war's ein Unfall, aber hätt mir das jemand geglaubt? Es wäre alles aus gewesen, verstehst du, die Schule, die Zukunft, mein ganzes Leben – ich weiß, dass mir das auch so gelungen ist, du brauchst mich gar nicht so anzuschauen …

Ich hab dem Hübner seine Sonnenbrillen wieder aufg'setzt. Hab ihn dann die Böschung hinuntergetragen, hinter die Büsche gelegt und mit Schnee zugedeckt. Ich hab nicht daran gedacht, was geschehen wird, wenn es wärmer wird. Wenn es Tauwetter gibt. Ich wollte nur, dass er weg ist, der Hübner, dass er unsichtbar wird, so, als wär das alles nicht passiert. Und die ganze Zeit hindurch hab ich das Gefühl gehabt, als würde mich jemand beobachten … Es ist schon dunkel geworden, wie ich heimgelaufen bin.

Zahl mir noch eins, Ferdl. Ich geb dir's zurück, irgendwann, wenn ich wieder bei Kasse bin.

Kannst du dir vorstellen, wie man sich nach so einer Sache fühlt? Es frisst dich auf. Du hast dauernd das Gefühl, als würde dich jedermann anstarren, so als hättest du dick und fett das Wort «Mörder» auf deine Stirn tätowiert. Du kannst an nichts anderes mehr denken. Du versuchst, unschuldig zu wirken, aber deine Bewegungen, deine Mimik, der Klang deiner Stimme, alles schreit deine Schuld heraus … Jedes

Wort von meinen Eltern, jede Frage hat so geklungen, als ahnten sie etwas. In ihren Blicken hab ich dauernd diesen schwelenden Verdacht gesehen. Wenn das Telefon geläutet oder wenn jemand an der Tür geklingelt hat – mein Herz hat mir jedes Mal fast die Brust gesprengt. Ich hab mir sofort die gedämpften Männerstimmen im Vorraum ausgemalt: «Guten Tag, gnädige Frau, ist Ihr Sohn zu Hause? Wir haben ein paar Fragen an ihn …» Es war unerträglich. Und dann ist der Weihnachtsabend gekommen.

Stille Nacht, heilige Nacht … Singen, fressen und Geschenke auswickeln. Ich weiß nicht mehr, was ich alles gekriegt hab, ich weiß nur noch, dass ich so tun musste, als würd ich mich freuen, und das war das Schlimmste. In Wirklichkeit hab ich immer nur an den Hübner gedacht, an seine Eltern, wie die jetzt vor dem Christbaum sitzen … Und dann, als ich endlich fertig war mit dem Auspacken, sagt meine Mutter zu mir: «Schau her, Bub, da ist noch ein Packerl für dich. Das ist heut Mittag vor der Tür gelegen …»

Es war klein und in grünes Papier gewickelt, mit goldenen Sternen drauf. Ich weiß nicht, warum, aber ich wollte nicht, dass mir meine Eltern zusehen, wie ich es aufmache. Schon möglich, dass es so was wie eine Vorahnung war, meine Nerven waren jedenfalls so angespannt, dass ich überall nur noch Gespenster gesehen hab. Also hab ich so getan, als müsste ich aufs Klo. Und dort hab ich dann das Papier aufgerissen.

Mein Gott, Ferdl …

Es war ein Zettel drin. Und der Zettel war um etwas Rundes gewickelt. Um etwas Rotes, Glitschiges. Es war … ein Augapfel. Das Aug vom Hübner.

Ich brauch jetzt einen Schnaps. Bist du so lieb? Danke.

Auf den Zettel war etwas geschrieben, in Blockbuchstaben. Obwohl ich's nur einmal gelesen hab, damals, vor zweiundzwanzig Jahren, kann ich es immer noch auswendig:

5000 SCHILLING, MORGEN ABEND. DA, WO DU MICH BEGRABEN HAST. UND KEINE TRICKS: ICH HABE IMMER EIN AUGE AUF DICH. DEIN TOTER FREUND HÜBNER.

Ich hab alles ins Klo gespült und bin wieder raus zu meinen Eltern. Sie haben mich angestarrt wie ein Gespenst, und genau so hab ich wahrscheinlich auch ausgeschaut. Mein Vater hat mich gefragt, wo ich das Packerl gelassen hab, und ich hab irgendwas dahergestottert: dass es nur ein blöder Scherz war, von einem Schulkollegen. Und dass ich gleich ins Bett gehe, weil mir nicht gut ist, von den Lachssteaks wahrscheinlich.

In derselben Nacht bin ich aus meinem Zimmer geschlichen und noch einmal runter zum Kanal gegangen. Es hat wieder kräftig geschneit. Hinter den Büschen hab ich mit beiden Händen den Schnee weggeschaufelt, bis ich auf die nackte Erde gestoßen bin. Aber nichts. Keine Leiche. Der Hübner war weg.

Ich bin den Rest der Nacht wach gelegen. Ich hab sogar Hoffnung geschöpft. Hab mir gedacht, vielleicht ist er ja gar nicht tot. Vielleicht war er nur ohnmächtig. Vielleicht hat er sich irgendwo ein Kaninchenauge besorgt, um mir Angst einzujagen, der kleine Stinker. Aber am nächsten Tag ist es in der Zeitung gestanden. Eine Annonce von seinen Eltern, mit einem großen Foto vom Hübner. Dass er seit drei Tagen abgängig ist und dass es eine Belohnung für Hinweise gibt, du weißt schon.

Mein Vater hat in seinem Büro einen Tresor gehabt, so einen alten, schwarzen aus dem neunzehnten Jahrhundert. Und ich hab die Kombination gekannt. Mehr brauch ich dir nicht zu sagen, Ferdl. Ja, ich hab's meinem Vater aus dem Safe gestohlen, das Geld. Hab's in einen Plastiksack gepackt und am späten Nachmittag auf der Böschung deponiert. Hab mich dann hinter einem Baum versteckt und gewartet. Irgendwann ist die Dämmerung hereingebrochen, und die Laternen sind angegangen. Aber weißt du, wo, Ferdl? Weißt du, wo sie aufgeleuchtet haben? Drüben, am anderen Ufer. Auf meiner Seite ist es dunkel geblieben. Im Umkreis von zwei-, dreihundert Metern waren alle Laternen kaputt geschossen. Da hat einer eine sichere Hand gehabt. Und ein gutes Auge …

Ich bin lange dagestanden und hab überlegt, was ich tun soll. Irgendwann hab ich mich überwunden. Bin aus meinem Versteck geschlichen und hab nachgeschaut. Aber das Geld war schon weg.

Lass uns auf meinen Vater trinken, Ferdl.

Er war schon ein feiner Kerl, mein Alter … Natürlich hat er es bemerkt, dass ihn sein eigener Sohn bestohlen hat. Und es hat ihm, glaub ich, das Herz gebrochen. Er hat kein Wort gesagt, er hat nicht einmal die Kombination von dem Tresor geändert. Er hat mich nur immer traurig angeschaut. Ich weiß nicht, wie oft ich kurz davor war, ihm alles zu beichten, aber dann … Ich hab mir gedacht, wenn er die Sache mit dem Hübner erfährt, dann ist das noch viel schlimmer für ihn.

Der Hübner ist nicht wieder aufgetaucht. Im Jänner haben's ihm zu Ehren einen Gottesdienst bei uns in der Schule abgehalten, mit Fürbitten und so. Kannst dir vorstellen … Im Februar noch einmal. Und dann ist er langsam in Vergessenheit geraten. Zugegeben, ich hab mir auch gedacht, dass vielleicht langsam Gras über die Sache wächst. In den ersten Monaten war ich noch ein einziges Nervenbündel, blass und zittrig. Dann ist es plötzlich wärmer geworden, und über Nacht ist der Schnee geschmolzen. Ich bin fast durchgedreht vor Angst, sag ich dir. Aber nichts. Man hat keine Leiche gefunden, weder am Kanal noch sonst wo. Über den Sommer war ich mit meinen Eltern in der Schweiz, wir haben dort so ein Chalet gehabt, in den Bergen. Da hab ich ein bissel Ruhe gefunden, hab mich erholt. Ich hab immer öfter geglaubt, es war alles nur ein böser Traum.

Prost, Ferdl. Auf dich. Du warst immer schon der Gescheitere von uns beiden. Das Geld hab zwar ich gehabt, aber du das Talent. Ich will gar nicht wissen, wie du das geschafft hast damals. Ein Lehrbub, knappe fünfzehn, der ganz allein ein Geschäft führen muss – und der auch noch etwas macht daraus. Unglaublich, Ferdl. Ich bewundere dich, ehrlich ... Aber ich frag mich auch, wie wir zwei jetzt dastehen würden, wenn die G'schicht mit dem Hübner damals nicht mir, sondern dir passiert wär. Dann wär's wahrscheinlich ich, der dich heut auf alles einlädt ... Sag, krieg ich noch eins?

Den folgenden Winter haben wir wieder in der Stadt verbracht, wegen dem schwachen Herzen von meinem Vater. Er war damals schon in Behandlung. Keine Anstrengungen, keine Aufregungen, hat der Arzt gesagt. Meine Mutter und ich, wir haben unser Bestes getan. Haben alle Probleme von ihm ferngehalten. Aber dann ist das nächste Weihnachtsfest gekommen ...

Weihnachten ... Ich kann's kaum aussprechen, dieses Wort. Warum? Du fragst noch, warum?

Diesmal ist das Packerl direkt am Christbaum gehängt. Ich hab's sofort erkannt: grün mit goldenen Sternen darauf. Du kannst dir wahrscheinlich denken, was drin war. Der Hübner hat ja nicht nur ein Auge gehabt ... Und wieder ein Zettel mit Blockbuchstaben:

50 000 SCHILLING, MORGEN ABEND. DA, WO DU MICH GETÖTET HAST. UND KEINE TRICKS: ZWEI AUGEN SEHEN MEHR ALS EINES. DEIN TOTER FREUND HÜBNER.

Was hätt ich machen sollen, Ferdl? Was hättest du an meiner Stelle gemacht? Fünfzigtausend Schilling! Ich hab nur eine einzige, völlig vertrottelte Hoffnung gehabt: nämlich, dass nach zwei Augen Schluss sein muss. Ein drittes gibt's nicht, hab ich mir gedacht …

Weißt du, wie schwer es ist, am Christtag fünfzigtausend Schilling aufzustellen? Ich hab das Silberbesteck aus der Vitrine im Speisezimmer genommen und mich auf die Suche nach einem Juwelierladen gemacht. Draußen am Stadtrand hab ich schließlich einen gefunden, ein kleines, heruntergekommenes Geschäft, das offen hatte. Aber von wegen Juwelier, ein ganz mieser Hehler war das; er hat mir genau fünfzigtausend gegeben, keinen Groschen mehr, obwohl das Tafelsilber mindestens das Zehnfache wert war.

In dem Jahr hat es nicht geschneit. Kalt war es trotzdem unten am Kanal. Ich hab das Geld unter die Parkbank gelegt und mich wieder hinter dem Baum versteckt. Die Laternen waren diesmal unbeschädigt, das hab ich vorher überprüft. Und dann hab ich gewartet, stundenlang gewartet, aber der Erpresser ist nicht aufgetaucht. Einmal ist ein Liebespaar vorbeigegangen, und einmal eine alte Frau, aber das Geld hat niemand genommen. Irgendwann, es war schon fast Mitternacht, hab ich beschlossen, es wieder einzustecken und heimzugehen.

Und weißt du was, Ferdl? Wie ich zu der Parkbank komme, ist es weg. Was? Na, das Geld. Es war einfach weg. Verschwunden.

Ich hab erst später entdeckt, dass unter der Bank ein Kanaldeckel war, verstehst du? Ein Kanaldeckel, und der ist halb offen gestanden.

Prost, Ferdl. Ja, trinken wir auf meine Mutter. Sie ist damals draufgekommen, dass das Besteck fehlt. Sie hat mich aber nicht danach gefragt; sie hat nur versucht, es vor meinem Vater geheim zu halten. Leider umsonst. Irgendwann hab ich die beiden überrascht, wie sie ganz aufgeregt miteinander geflüstert haben. Von Rauschgift war die Rede und von Psychiatern … Sie haben allen Ernstes gedacht, ich bin süchtig und verhökere das Familiensilber, um mir Stoff zu beschaffen. Und ich hab sie reden lassen: Ihre Rauschgifttheorie war immer noch besser als die Wahrheit.

Trotzdem war das alles zu viel für meinen Vater. Er ist kurz darauf gestorben, und meine Mutter, na ja, ich hab dir ja schon gesagt, sie ist … verrückt geworden. Ist nur noch im Schlafrock herumgegangen, auch auf der Straße, und hat Stimmen gehört. Geisterstimmen …

Aber das Allerschlimmste daran war, dass ich damals das ganze Vermögen geerbt hab. Auch den Anteil von meiner Mutter hab ich verwaltet, sie war ja nicht mehr in der Lage.

Du kannst dir vorstellen, Ferdl, wie die Geschichte weitergeht. Im nächsten Jahr hab ich zwei Finger vom Hübner zu Weihnachten bekommen. Zweihunderttausend Schilling hab ich zahlen müssen, hunderttausend für jeden, und in dem Brief ist gestanden: *KEINE TRICKS: ICH KRIEG DICH IN DIE FINGER.*

Im Jahr darauf war eine ganze Hand in dem Packerl. *KEINE TRICKS: ICH HAB DICH FEST IM GRIFF.* Die Hand hat mich eine halbe Million gekostet.

Warum ich mich nicht gewehrt hab? Ich hab alles probiert, Ferdl, das kannst mir glauben. Ich bin weggefahren über Weihnachten, bis ans Ende der Welt bin ich gefahren, aber er hat mich aufgespürt, wie mein eigener Schatten. Damals hab ich einen Fuß geschenkt bekommen, und einen Zettel mit den Worten: *KEINE TRICKS: ICH BIN DIR IMMER AUF DEN FERSEN.*

Da war einfach nichts zu machen. Zwanzig Jahre lang hab ich diese Pakete gekriegt, zwanzig Jahre lang den Hübner, Stück für Stück, aber den Erpresser hab ich nie erwischt.

Einmal war ich aber nahe dran. Es war wieder hier in der Stadt, und es hat auch wieder geschneit, so wie damals, als die ganze Sache begonnen hat. An dem Abend hab ich es geschafft, seinen Fußspuren zu folgen, den Kanal entlang und dann durch die Straßen bis in die Innenstadt. Er kann keinen großen Vorsprung gehabt haben, dazu waren die Spuren zu frisch, aber zu Gesicht hab ich ihn trotzdem nicht bekommen. Wo die Spuren geendet haben? Vor dem Grand Hotel. Verstehst, Ferdl, der miese Typ hat um mein Geld im Grand Hotel residiert. Und die haben mindestens zweihundert Zimmer dort … Was sagst? Dreihundertachtundachtzig Zimmer? Eben: Da hat man keine Chance, einen Unbekannten ausfindig zu machen.

Aber weißt du, Ferdl, eines hab ich mir oft überlegt: Nämlich wie der Kerl das angestellt hat. Ich meine, so eine Leiche hält sich ja auch nicht ewig. Der Hübner hätt ja schon längst verwest sein müssen, außer … Ja, außer man hält ihn irgendwie frisch. In einer Gefriertruhe oder in einem Kühlraum …

Prost, Ferdl. Es ist mir inzwischen egal. Vor drei Jahren hab ich die letzte Lieferung Hübner bekommen, ich will dir lieber nicht sagen, was in dem Packerl war … Nur so viel, der Text hat gelautet: *KEINE TRICKS: DU GEHST MIR NICHT DURCH DIE LAPPEN.*

Und seither hab ich eine Ruh. Warum? Ganz einfach, weil's nichts mehr zu holen gibt bei mir. Das letzte Mal hab ich fünf Millionen gezahlt, in einem nagelneuen Koffer, ein Plastiksackerl hat da nimmer g'reicht. Und das war mein letztes Geld. Irgendwie geht's mir jetzt besser, Ferdl. Irgendwie hab ich jetzt das Gefühl, als hätt ich alles abgebüßt. Was? Ob das wirklich alles war? Na ja, wenn du mich so fragst … Es war so gut wie alles … Eine Kleinigkeit hab ich noch retten können, einen Diamantring von meiner Urgroßmutter, als Notgroschen sozusagen … Aber das muss unbedingt unter uns bleiben, verstehst? Unbedingt!

Zahlst mir noch eins, Ferdl? Was, du musst schon gehen?

Schad … Was sagst? Du hast ein Geschenk für mich? Na geh, das wär doch nicht nötig g'wesen … Danke trotzdem, Ferdl, alter Freund … Ja, bis bald dann.

ALEXANDER KÖHL

10 Nussknackersuite

Einige Reihen vor ihm erspähte er eine Frau, die, in einen dicken roten Winteranorak gehüllt, mit dem Kopf an der Fensterscheibe lehnte. Träumte sie oder dachte sie an jemanden? Unter der weißen Strickmütze lugte ihr Haar hervor. Mahagonirot – eine Farbe, die ihm besonders gut gefiel.

Am Freihofsplatz verließen sie den Bus. Die Schaufenster der Fußgängerzone waren bereits mit Weihnachtsdekoration geschmückt, und beleuchtete Girlanden aus künstlichen Tannenzweigen hingen hoch oben an den Häuserfassaden. Es war das erste Mal, seitdem er wieder draußen war, dass er jemanden verfolgte. Und er tat es, ohne es zu wollen. In der Herstallstraße ließ er sich sogar ein Stück zurückfallen. Umständlich bückte er sich, um seinen Schnürsenkel zu binden, der gar nicht offen war. Doch als er seinen Kopf hob, blitzte zwischen den Passanten sofort wieder der rote Anorak auf.

Seit einem halben Jahr spürte er wieder diese beunruhigende innere Anspannung, begleitet von dem betörenden Kribbeln unter der Haut. Dabei schluckte er gewissenhaft die Tabletten, und auch das Blut, das ihm Dr. Markwart regelmäßig aus der Vene zog, schien in Ordnung zu sein.

Während die Frau in einem Spielwarenladen stöberte, verpasste er erneut die Gelegenheit, sie gehen zu lassen. Nach einer Weile verließ sie das Geschäft mit einer Tüte am Handgelenk. Ein Geschenk, geisterte es ihm durch den Kopf. Ein Geschenk! Unwillkürlich stellte er sich eine buntbemalte Nussknackerfigur aus Holz vor.

Nach einem halbstündigen Marsch durch verschneite Straßen erreichten sie einen vierstöckigen Altbau mit einem kleinen Vorgarten. Sie wohnte im Parterre. Ein Streifen freien Bauchs lugte hervor, als sie sich am Fenster reckte, um die Vorhänge zuzuziehen.

Auch wenn er es am liebsten nicht wahrhaben wollte – die Umstände waren perfekt. Und plötzlich hatte er auch einen Namen im Ohr: Marion. Er würde sie Marion taufen.

Im Keller roch es muffig. Und obwohl er sich häufig an den alten, von den Decken hängenden Rohren den Kopf stieß, war er gerne dort unten zwischen den Regalen mit dem geölten Werkzeug und den verstaubten Konserven. An der Werkbank drückte er auf den Knopf des Kassettenrecorders. Gebannt lauschte er den einsetzenden Klängen von Tschaikowskys «Nussknackersuite». Andächtig schloss er die Augen und stellte sich die märchenhaften Puppen und Figuren vor, die am Weihnachtsabend zum Leben erwachten.

Als die Ouvertüre zu Ende war, schnitt er sich mit Hilfe eines Handspiegels und einer Schere eine Locke ab. Hinten im Nacken, dort, wo es nicht so auffiel. Dann mischte er mit einem Spatel Farbe in einem Töpfchen und tauchte das Haarbüschel hinein. Könnte als Mahagonirot durchgehen, urteilte er und beschloss, sein kleines Kunstwerk gleich in das Säckchen mit der Eins zu geben.

Marion aus dem Bus, der rote Anorak, eine Wohnung im Parterre und der Streifen nackter Haut. Genüsslich zündete er sich eine Zigarette an und beobachtete, wie der Rauch langsam das enge Kabuff einnebelte. Rauchen war im Keller eigentlich verboten. Nachts kam aber sowieso niemand nach unten. Niemand, der ihn ermahnen konnte, und auch niemand, der ihn bei dem, was er noch zu erledigen hatte, beobachten konnte.

Ein Rinnsal Schweiß lief ihm über die Schläfe, als er sich an der Tischschublade zu schaffen machte. Größtenteils handelte es sich um Faschingsartikel, die darin lagerten. Natürlich wusste er, dass momentan nicht die närrische, sondern die besinnliche Zeit herrschte, aber die Spaßartikel taten ihm trotzdem treue Dienste. Zum Beispiel der abgerissene Finger aus Gummi. Wie ein Relikt legte er ihn vor sich auf die Werkbank und betrachtete ihn eine Weile. Dann überzog er den Nagel sorgfältig mit rubinrotem Nagellack und übergab den Finger, als er trocken war, dem Gläschen mit der klaren Flüssigkeit. Doch das war noch längst nicht alles, was er sich in letzter Zeit an Nützlichem besorgt hatte. Beispielsweise hatte er bereits vor Wochen auf dem Flohmarkt ein Glasauge, das zu medizinischen Anschauungszwecken in Polyesterharz gegossen war, erstanden, und hinten in der Ecke lagerte die ausrangierte Schaufensterpuppe, die er vom Sperrmüll mitgenommen hatte. Er musste schon ein wenig stolz in sich hineinlächeln, als er an Dr. Markwart dachte, der vergeblich herauszufinden versucht hatte, welche Rolle Puppen in seinem Leben spielten. Barbie und Ken lauern eben an jeder Ecke, hatte er ihm zu diesen Gelegenheiten mit einem Augenzwinkern geantwortet. Aber Spaß beiseite, diese dort hinten war einfach nur praktisch: An der konnte er sich in aller Heimlichkeit und nach Herzenslust wie an einem menschlichen Ersatzteillager bedienen. Nur Frau Holzhausen, die Nachbarin aus dem dritten Stock, hatte etwas seltsam geguckt, als er sie vor Wochen in den Keller geschleift hatte.

Am folgenden Tag wollte ihm die ganze Zeit über Marion nicht aus dem Kopf gehen. Auf dem Nachhauseweg hatte er einen Schlenker gemacht und sie durchs Fenster in ihrer Wohnung gesehen. Nein, beobachtet hatte er sie selbstverständlich nicht. So etwas würde er nie tun. Marion war gerade mit einer Tasse in ihr Wohnzimmer geschlendert und hatte geschlagene fünf Minuten ihr Bücherregal inspiziert.

Im Flur stellte er seine Schuhe auf den Zentimeter genau in gleichem Abstand neben die des Vaters. Ordnung musste sein, darauf legte der Vater enormen Wert. Das sah man schon daran, wie fein säuberlich ausgerichtet seine Bleisoldaten, Standarten und Kanonen den Stubenboden bevölkerten. Waterloo sei die Mutter aller Schlachten, murmelte der Vater gerne beim Betrachten der Armeen vor sich hin.

Wie jeden Tag nickte er dem Vater zur Begrüßung nur einmal kurz zu, bevor er ihm den Kopfhörer mit der «Nussknackersuite» überstülpte und so lange die Lautstärke hochfuhr, bis sich ein zufriedenes Lächeln auf die Züge des Vaters schlich. Dann erst stellte er das fertige Gulasch vom Metzger auf den Herd.

Seitdem er mit positiver Sozialprognose entlassen worden war, lebte er bei seinem Vater. Und obwohl der Vater ein strenger und manchmal auch launischer Mensch sein konnte, war das Zusammensein mit ihm schön. Dem Männerhaushalt, wie sie ihn gerne scherzhaft nannten, hätten die Behörden niemals zugestimmt, wenn er damals bei seiner Verhandlung und auch später in der Klinik nicht mit der Wahrheit hinterm Berg gehalten und taktiert und geschummelt hätte wie ein richtiger Mafioso. So glaubte mittlerweile sogar Dr. Markwart, der Vater könne ihm helfen, in Freiheit wieder Fuß zu fassen.

Sein Blick fiel auf den Adventskalender, den er in der Nacht noch fertigbekommen und zwischen Schränkchen und Spüle aufgehängt hatte. Die mit Mützen, Stiefeln und Elchen verzierten Jutesäckchen hingen ordentlich durchnummeriert an einer Leine. Einen Kalender mit einem solch aufregenden Inhalt wie damals hatte sich der Vater gewünscht. Zur Einstimmung aufs Fest. Vorfreude sei eben die schönste Freude. Selbst bestückt sollte er sein. Und nicht mit dem süßen Kram aus den Kaufhäusern. In jedem Säckchen eine vom Sohn ausgewählte Überraschung. Und echt sollten sie sein, hatte der Vater gefordert. Echt und nicht nur diese einfältigen, schlüpfrigen Bilder. Richtig echt ging aber nicht. Er konnte sich wohl kaum auf dem Friedhof oder in einem Leichenschauhaus bedienen. Ginge es nach seinem Vater, sollte es ein solch wundervoller Heiligabend werden wie damals vor zweiundzwanzig Jahren.

Als er dem Vater den Kopfhörer abstreifte, hörte er deutlich die letzten Takte des «Chinesischen Tanzes», die aus den Membranen der Muscheln drangen. Jetzt noch die Serviette um den Hals, und dann konnte das Gulasch aufgetragen werden. Beim Tischgebet wanderte sein Blick artig zum Kruzifix an der Wand. Eine angenehm würzige Duftwolke von geschmortem Fleisch und Paprika stieg nach oben und verfing sich im Schirm der Emaillampe, während er mit einer Kelle die Fleischbrocken auf die Teller verteilte. Doch schon nach der dritten Gabel legte der Vater das Besteck beiseite.

«Schmeckt's dir denn nicht, Vater? Gulasch hast du doch immer gemocht.»

Der Vater brauchte nicht zu antworten, er wusste, auch ohne dass er etwas sagte, worauf sein Vater Appetit hatte.

Nachdem er die Mahlzeit in die Mülltüte gekippt hatte, stellte er die gebrauchten Teller in den Spülstein.

«Mal schauen, was uns der Erste so bringt.» Verhalten kichernd spürte er selbst eine unbändige Freude, wenn er daran dachte, wie die Augen des Vaters gleich zu leuchten anfangen würden. Er meinte gesehen zu haben, wie der Vater sich schon die Hände gerieben und die Lippen geleckt hatte, während er selbst zu der Schnur gelaufen war, um das Säckchen mit der Nummer eins von der Leine zu picken.

«Eine Locke!»

«Ja, eine Locke.»

Der Vater schaute ihn mit glänzenden Augen an und wollte wissen, ob das wundervolle Haar von der Puppe sei, die Heiligabend mit ihnen feiern würde.

«Von Marion, ja», antwortete er mit trockenem Mund und nickte.

Nicht auszudenken, wenn er den Vater enttäuscht und ihm das Haar nicht gefallen hätte: die Struktur zu spröde oder der Glanz zu matt. Damals hatte ihn noch ein verhältnismäßig einfacher Kalender zufriedenstellen können. Es hatte genügt, die Säckchen zur Einstimmung mit Lippenstift, Unterwäsche, künstlichen Fingernägeln und schlüpfrigen Bildern zu bestücken. Doch heute, in vorangeschrittenem Alter, mit dem Gewinn an Lebensjahren und Weisheit, waren die Ansprüche gestiegen. Es war nicht einfach gewesen, für alle vierundzwanzig Tage etwas *Echtes* zu finden. Aber glücklicherweise war es um das Augenlicht des Vaters nicht besonders gut bestellt.

Am zweiten Advent hatte sich schon eine kleine Armada von Überraschungen auf der Küchenanrichte angesammelt. Nach dem Abendessen begutachtete der Vater mit besonderem Interesse den Finger im Glas, den es zu Nikolaus gegeben hatte, und zwinkerte ihm verschwörerisch zu. «Von Marion? Etwas groß, nicht wahr?»

«Nicht doch, Vater», antwortete er in gespielt entrüstetem Tonfall. «Dieser ist von jemand anderem.» Marion käme an Heiligabend selbstverständlich unversehrt, ihr fehle lediglich die winzige Locke.

«Und warum ...», kicherte der Vater, «... muss der arme Finger denn in Wasser baden?»

«In Formaldehyd», stellte er richtig und wischte dem Vater einen Essensrest vom Kinn.

«Lass ihn uns herausnehmen. Nur für einen Moment. Ich möchte gerne wissen, ob sich das Ding weich oder hart anfühlt.»

Der Vater, dessen Unterlippe vor Aufregung schon ein wenig bebte, war enttäuscht, als er ihm erklärte, dass das nicht gehe, weil der Finger sofort verwesen würde, wenn er mit Luft in Berührung käme.

Am folgenden Tag passierte etwas Merkwürdiges. In ihren eigenen vier Wänden musste er den Vater suchen. Weder war er in der Küche noch bei Napoleons Armeen in der Stube. Erst nach einer Weile entdeckte er unter der Badtür einen Lichtschein. Der Vater sah verlottert aus, wie er sich im Morgenmantel vor dem Medizinschrank herumdrückte. Sein schütteres Haar stand widerborstig vom Kopf ab, und sogar der Schnauzbart machte den Eindruck, als hinge er ein wenig schief.

«Was machst du da?»

Mit flatternden Augenlidern und leise vor sich hin brummend beäugte der Vater die Medizin, die er von Dr. Markwart bekommen hatte. Wollte er die jetzt etwa nehmen?

«Was machst du da?», fragte er ihn erneut.

«Suche Aspirin, suche Aspirin», lautete die verwirrt klingende Antwort.

Nachdem der Vater kopfschüttelnd das Bad verlassen hatte, fiel ihm auf, dass die Tablettenschachtel, ohne es näher erklären zu können, seltsam wirkte. Doch so etwas würde der Vater niemals tun. Schon immer hatte der Vater nur das Beste für ihn gewollt. Aber trotzdem beschloss er – nur vorsichtshalber –, eine neue Packung anzubrechen und diese in seinem Zimmer unter der Matratze zu verstecken.

Eine Woche später spürte er, dass sowohl die Anspannung als auch das Kribbeln nachließen. Auch musste er kaum noch an Marion denken. Dafür aber saß ihm Weihnachten im Nacken. Was hatte er da angeleiert mit dem Adventskalender? Der Vater! Gestern hatte er das in Harz gegossene Auge aus dem Säckchen gefischt. Frau Holzhausens rechtes, hatte er mit Kennermiene geurteilt. Selbe Iris, selber Blick. Und schon seit dem ersten Dezember schlief der Vater nur noch mit der Locke unter dem Kissen. Was sollte er tun? Wenn er ihm die Puppe brächte, müsste er zurück in die Klinik. Dr. Markwart würde ihn mit einem traurigen Blick empfangen und ihn in sein altes Zimmer geleiten. Wenn es nur den Vierundzwanzigsten nicht gäbe, schoss es ihm durch den Kopf. Aber den Heiligabend konnte man nicht abschaffen. Nein, das ging schon wegen Christus nicht. Es waren nur noch sechs Säckchen. Gestern war er wieder bei Marions Haus gewesen. Hatte sie durch das gekippte Fenster eine Melodie pfeifen hören. Eine schöne Melodie war es gewesen. Und da hatte er richtig Angst um sie bekommen.

Die Lösung seines Problems, die ihn tags darauf, als er vergeblich seine Tabletten unter der Matratze suchte, wie eine Art göttliche Eingebung ereilte, versetzte ihn in euphorische Stimmung. Er würde einfach krank werden. Der Vater wäre zwar enttäuscht, aber er müsste auch verstehen, dass er mit Lungenentzündung oder Bronchitis keine Puppe holen konnte. Ja, wenn er keuchend und von Fieberschüben geschüttelt im Bett läge, dann hätte er ein weiteres Jahr gewonnen.

Mit einem Waschlappen befeuchtete er seinen nackten Oberkörper und stellte sich ans offene Fenster. Eiskalter

Wind blies ihm über die Brust, und als ihm unten von der Straße ein Passant den Vogel zeigte, machte er einfach die Augen zu und stellte sich vor, er stünde auf dem Matterhorn.

Schon am kommenden Abend zeigten sich die ersten süßen Vorboten. Beim Abendessen – es gab Nudeln mit Haschee – musste er kräftig husten. Und er tat es so überschwänglich, dass sein Leid dem Vater unmöglich entgehen konnte. Doch auch als er einen Klumpen schleimigen Auswurfs theatralisch in seine Serviette spuckte, nahm der Vater, ohne ihn zu beachten, lediglich das Gläschen mit dem Finger von der Anrichte. Selbst als er beim Abräumen versehentlich von ihm angerempelt wurde, schwankte der Vater auf dem Stuhl nur schweigend wie ein willenloses Pendel hin und her. Erst als ihm beim Versuch, ihn wieder ins Lot zu bringen, das Gläschen aus der Hand glitt und mit einem lauten Knall auf dem Fliesenboden zerschellte, meldete er sich zu Wort.

«Ein Gummifinger!» Der Vater funkelte ihn zornig an, als er den lackierten Faschingsartikel vom Boden klaubte. So wütend war er, dass es aussah, als verrutsche ihm beim Schreien schon wieder der Schnauzbart. Ob hinterlistige Täuschung jetzt der Dank für väterliche Fürsorge sei?

Hilfesuchend blickte er auf die gerahmte Todesanzeige, die an der Wand über dem Herd hing. Doch auch diese Gewissheit vermochte ihm jetzt nicht weiterzuhelfen, denn im selben Moment begegnete er wieder dem strengen und unerbittlichen Blick des Vaters. «Du Satansbraten. Hol mir jetzt sofort das Püppchen.»

«Das Püppchen ist verreist», versuchte er es in unterwürfigem Tonfall.

«Lüg nicht!», tobte der Vater. «Diese Marion aus dem Bus mit dem roten Anorak.»

«Jetzt? Es ist noch nicht Heiligabend.»

«Natürlich jetzt, du Dummkopf!»

Schweißgebadet war er, als er in die Stiefel schlüpfte, und seine Hände zitterten vom einsetzenden Schüttelfrost. Will das nicht, will das nicht, betete er wie ein Mantra vor sich hin, während er hinaus in den frostig kalten Abend trat.

Eine halbe Stunde später schleppte er Marions leblosen Körper die Treppe hinauf. Frau Holzhausen starrte ihn entsetzt an und stürmte schreiend an ihm vorbei. Doch mit Marion auf den Schultern konnte er keine Rücksicht auf die Empfindlichkeiten anderer nehmen. Im Grunde war es ganz einfach gewesen. Er hatte nicht über den Balkon einsteigen müssen, sondern nur geläutet, und als Marion aufgemacht hatte, hatte er ihr, ohne ein Wort zu verlieren, die Hände um den Hals gelegt.

In der Küche drapierte er sie auf einen Stuhl. Wie eine richtig brave Ehefrau saß sie jetzt dem Vater gegenüber. Doch der Vater hüllte sich weiterhin beharrlich in Schweigen. So, als hätte es ihm durch Marions bezaubernden Anblick gänzlich die Sprache verschlagen.

«Warum sagst du nichts?», erkundigte er sich zaghaft. «Warum sagst du denn nichts?»

Auf einmal wusste er, was zu des Vaters Glück noch fehlte. Manchmal stand er eben doch ein wenig auf der Leitung. Mit flacher Hand schlug er sich an die Stirn und nickte. Entschlossenen Schritts lief er zur Anlage. Und diesmal ließ er die «Nussknackersuite» laut spielen.

«Vater, schau doch, die Marion», flüsterte er ihm stolz ins Ohr.

Aber immer noch bewegte er sich nicht, sondern schwieg nur hartnäckig. Lediglich der ferne Klang einer Polizeisirene mischte sich unter den «Schneeflockenwalzer».

«Vater», rief er etwas lauter, «Vater, schau doch endlich, die Marion.» Doch der Vater glotzte nur mit leeren Höhlen auf die Tischplatte. Vielleicht … ja, vielleicht musste er den Vater nur einmal kurz schütteln, dass er dem Kokon seiner Lethargie entschlüpfte?

Diesmal war es nicht der Schnauzbart, der verrutschte und ihm längs über die Lippen hing. Es war Vaters rechter Arm, der aus dem Gelenk brach und nun zu seinen Füßen auf dem Boden lag. Anstelle eines Oberarms stand nur ein metallenes Scharnier aus der Schulter. Vorsichtig, um dem Vater nicht wehzutun, fuhr er mit dem Finger über die blanke Stelle. Sie fühlte sich kalt an. Irritiert ließ er seinen Blick hinüber zu Marion wandern. Auf einmal wusste er, dass sie sich bald ebenso kalt anfühlen würde. Und als einen Wimpernschlag später auch noch das Geräusch von berstendem Türholz zu ihm drang, beschlich ihn der Verdacht, dass er vielleicht wieder zurück zu Dr. Markwart in die Klinik musste.

ANDREE HESSE

11 Nicht nur zur Weihnachtszeit

Kurz bevor mein Vater erschlagen wurde, war ich raus aufs Land gefahren, um meine Eltern zu besuchen. Es war keine Vorahnung, ich wollte einfach der Stadt entfliehen, weil ich eine schlechte Phase hatte. Um genau zu sein, ich war überraschend entlassen worden. Wenn ich Probleme hatte, war ich eigentlich nie gern zu meinen Eltern und in den Ort meiner Vergangenheit gefahren, aber an diesem ersten Adventswochenende fiel mir kein anderes Ziel ein, und allein zu Hause versank ich nur in Trübsal. Häufig wünscht man sich alle Zeit der Welt, aber das ist eine Illusion. Wenn man nicht mehr weiß, was am nächsten Tag oder schon in der nächsten Minute mit einem geschehen soll, kann einen das unendliche Ausmaß der Zeit in Panik versetzen. Außerdem spekulierte ich darauf, dass mir meine Eltern finanziell etwas unter die Arme greifen könnten, damit ich irgendwie über den Winter kam. Obwohl sie auch zu knapsen hatten, seit sie in Rente waren. Am Telefon hatte ich meiner Mutter jedenfalls gesagt, ich hätte noch ein paar Tage Resturlaub, den ich nun abfeiern wollte. Und sie hatte geantwortet, dass sich das gut treffen würde, weil ich meinem Vater im Garten helfen könnte.

In der Stadt war am Morgen ein kalter Regen durch die düsteren Straßen gepeitscht, doch je weiter ich aufs Land kam, desto mehr klarte es auf. Durch die verschmierten Scheiben konnte ich eine glitzernde Dezembersonne am eisig blauen Himmel erkennen und den Raureif auf den Feldern. Ich begann mich einmal mehr zu fragen, was mich in die Stadt verschlagen hatte und noch immer dort hielt. Dann aber fielen mir ein paar Erlebnisse aus meiner Kindheit ein, und ich wusste es wieder. Als ich mittags den Wagen vor meinem Elternhaus anhielt, war ich mir nicht mehr sicher, ob die Fahrt eine gute Idee gewesen war.

Mein Vater war im Garten zugange. In Arbeitsklamotten kam er an den Zaun und öffnete die Einfahrt. Eine grüne Baseballkappe bedeckte seinen kahlgewordenen Schädel. Seine Wangen hatten eine frische Farbe, und ich dachte, dass die Rente ihm guttue.

«Wie geht's?», fragte er, während er mich mit der Hand, die ich ihm reichte, an sich zog und steif umarmte.

«Muss ja», erwiderte ich.

«Fahr den Wagen lieber rein», meinte er und schaute verstohlen auf die andere Straßenseite. «Drüben sind schon wieder Kurden eingezogen.»

Ich folgte seinem Blick. Vor dem Haus gegenüber stand ein großer BMW. «Ich glaube nicht, dass die auf meine alte Kiste scharf sind.»

Er schnaubte. «Fahren dicke Autos und holen sich ihre Klamotten aus der Altkleidersammlung.»

Da ich keine Lust auf Diskussionen hatte, tat ich, was er wollte. Nachdem ich vor der Garage geparkt und er das Tor geschlossen hatte, musterte er meinen Wagen. «Und, der macht es noch?»

«Bisher keine Probleme», sagte ich. «Toi, toi, toi.»

«Dann kannst du gleich dreimal auf Holz klopfen», entgegnete er.

Seine Witze erforderten immer eine Nachfrage, was ihm gefiel. Ich sah ihn aber nur an.

«Alle Bäume, die über die Dächer hinauswachsen, müssen gefällt werden. Anordnung der Gemeinde.» Den Amtston hatte er noch gut drauf. «Besonders die Birken knicken bei einem Sturm schnell um, und wenn die aufs Dach krachen, ist es zu spät.» Er führte mich durch das gusseiserne Tor zwischen Haus und Garage, das er sofort hinter uns abschloss.

Jetzt konnte ich mir eine Bemerkung nicht verkneifen. «Das ist hier ja wie ein Hochsicherheitstrakt», sagte ich.

«Sicher ist sicher», meinte er. «Geh erst mal rein und stärk dich.»

«Die Terrassentür ist offen?»

«Ja, klar», entgegnete er. Offensichtlich hatte er meine Ironie überhört.

Meine Mutter erwartete mich in der Diele und küsste mich auf den Mund, als ich mich zu ihr hinabbeugte. Ich mochte das nicht, hatte es ihr aber in all den Jahren nicht abgewöhnen können. Sie wirkte bedrückt. In der Küche hatte sie schon den Tisch für mich gedeckt.

«Und bei der Arbeit alles in Ordnung?», fragte sie.

Ich nickte nur und begann zu essen; ich war noch nicht bereit, das Thema anzusprechen. Ich war schon heilfroh, dass sie mich nicht mehr als Erstes fragte, was die Liebe machte oder ob ich endlich eine vernünftige Frau kennengelernt hätte, um ihr bald einen Enkel zu schenken.

«Schön», sagte sie und schaute aus dem Fenster in den Garten. «Mir ist nicht wohl dabei, wenn er allein in den Bäumen herumklettert.»

«Aber er macht einen ganz guten Eindruck», entgegnete ich.

Sie wandte sich vom Fenster ab. «Du siehst ihn ja nicht jeden Tag. Manchmal sitzt er nur auf dem Sofa und grübelt.»

«Worüber denn?»

«Sagt er nicht.»

«Er braucht was zu tun.»

«Ja, aber mir wär's lieber, du würdest ihm helfen.»

«Er kann solche Sachen viel besser als ich.»

«Er wird auch nicht jünger.»

«Ich habe zwei linke Hände. Hat er früher schon immer gesagt.»

«Fang nicht wieder an, mit ihm zu streiten. Bitte.»

Als ich in den Garten kam, stand die Sonne tief über den Baumwipfeln und erzeugte trotz der Kälte ein warmes Licht. Ich atmete die klare Luft ein. Im Keller war ich in einen Blaumann geschlüpft, der nach meinem Vater roch.

Er tauchte hinter mir auf. «Bierchen?»

«Wenn du ein kleines dahast», sagte ich.

«Wolln mal sehen.» Er hatte bereits zwei Flaschen dabei. Wir prosteten uns stumm zu und tranken einen Schluck.

«So», sagte ich und stellte die Flasche ab. «Welcher ist als Erster fällig?»

Mein Vater zeigte mit seiner Flasche auf einen Baum in der Ecke des Grundstücks. Er war von Haselnusssträuchern umgeben und stand genau hinter dem alten Hundezwinger, den mein Vater vor Jahren an die Garage gebaut hatte. Der Hund, mit dem ich meine ganze Jugend verbracht hatte, war längst tot, den Zwinger benutzte mein Vater seitdem als Geräteschuppen.

«Ich kenn mich in der Botanik zwar nicht aus, aber eine Birke ist das nicht», stellte ich fest. Es war eine stattliche Eiche, gut fünfzehn Meter hoch. Eigentlich war für den Bau der Siedlung damals der gesamte Wald gerodet worden, der seit

Ewigkeiten hier gestanden hatte. Ich konnte mich an diese Zeit nicht mehr erinnern, doch diese Eiche musste aus irgendeinem Grund stehengeblieben sein. Vielleicht als Grenzmarke zwischen den Grundstücken.

«Nee, aber in dem ist der Wurm drin», sagte er. «Außerdem werden Eichen häufiger vom Blitz getroffen.»

«Ernsthaft?»

Er zuckte mit den Achseln. «Buchen sollst du suchen, Eichen sollst du weichen.»

Nur noch vereinzelte, gelbgefärbte Blätter hingen in der kahlen Baumkrone. Die unteren Äste hatte mein Vater bereits entfernt, am Stamm lehnte eine Aluleiter, die er oben mit einem Gurt gesichert hatte. Vor der Leiter lagen eine Kettensäge und ein Seil.

«Also dann», sagte er, trank die Flasche mit einem Zug aus und zog sich Arbeitshandschuhe an. «Oben binde ich ein Seil rein, dann säge ich den Baum in der Mitte an, und du ziehst die Krone mit dem Seil so nach unten, dass sie genau hier zwischen Garage und Zaun runterkommt. Danach legen wir den Stamm um. Was meinst du?»

Die alte Arbeitsteilung, dachte ich, er der Meister und ich sein Stift. Aber egal. «Wenn du meinst», erwiderte ich.

Er sah mich von der Seite an. «Wird schon schiefgehen.»

Ganz geheuer war ihm die Sache wohl auch nicht. Eine Weile stand er da und betrachtete die Eiche mit einem seltsamen Blick, als würde er die Aktion am liebsten abblasen.

«Bringen wir es hinter uns», sagte er dann, packte das Seil und kletterte die Leiter hinauf. In dem Moment merkte man ihm sein Alter überhaupt nicht an. Ich hätte auf der Leiter bestimmt Höhenangst gekriegt. Erst recht mit der Kettensäge, die er mit hinaufnahm, nachdem er das Seil unter der Baumkrone um den Stamm geknotet hatte. Er wackelte da oben umher, drehte aber nur seine Kappe um und begann sofort zu sägen. Der Motor der Säge kreischte auf, helle Späne stoben ihm entgegen. Ich zog am Seil, aber der Baum bewegte sich nicht. Während ich wartete, dass sich etwas tat, betrachtete ich den Himmel. Bald musste ich daran denken, wie ich als Kind, wenn ich mit meinen Eltern abends im Auto von einem Besuch nach Hause gefahren bin, immer den Hinterkopf auf die Hutablage gelegt und durch die schräge Heckscheibe in den Sternenhimmel geschaut und gedacht habe, alles, was ich sehe, fliegt oder fährt an mir vorbei, ich aber bewege mich keinen Schritt voran.

«Träumst du, oder was?»

Die scharfe Stimme meines Vaters schreckte mich auf. Er hatte die Säge ausgestellt und schaute von der Leiter auf mich herab. «Zieh!», rief er. «Ziehen!»

Ich zog mit aller Kraft, aber der Stamm rührte sich nicht. Nur ein leises Knirschen war zu hören. Mein Vater stieg kopfschüttelnd von der Leiter, legte die Säge ab und hängte sich mit mir ins Seil. Jetzt hatte ich das Gefühl, dass der Baum zwar etwas nachgab, sich aber mit jeder Faser zu wehren schien. Mit der Zeit wurde das Knirschen des Holzes immer bedrohlicher und klang in meinen Ohren wie Wehgeschrei. Doch die Krone bewegte sich kaum.

«Ich muss ihn weiter ansägen», meinte mein Vater keuchend.

«Aber vorsichtig.»

Er ignorierte meine Warnung, stieg wieder auf die Leiter und setzte die Säge an. Ich hängte mich ans Seil. Die ganze Sache kam mir allmählich wie eine Hinrichtung vor. So standfest, wie er war, hätte der Baum auch den heftigsten Sturm ausgehalten. Doch kaum hatte ich das gedacht, krachte es laut, die Rinde splitterte weg, der Stamm schnellte an der Schnittkante hoch, und der obere Teil kippte nach unten. Während ich gerade noch mit einem Sprung der Krone ausweichen konnte, die vor mir auf den Rasen schepperte, stürzte mein Vater von der Leiter. Wenige Sekunden später erstarb der Motor der Kettensäge. Einen Augenblick stand ich wie angewurzelt da, dann stolperte ich über das Geäst zu ihm und rechnete mit dem Schlimmsten.

Anscheinend hatte der Haselnussstrauch seinen Sturz abgefedert. Die Kappe war ihm vom Kopf gerutscht, aber sonst schien nichts passiert zu sein. Direkt neben seinem Bein hatte sich die Kettensäge in den Boden gebohrt. Ich atmete durch.

«Das war knapp, Mann. Hast du dir was getan?»

Er schüttelte seinen kahlen Kopf und tastete benommen nach der Kappe. «Noch alles dran. Hat sie es gesehen?»

«Mutter?» Ich drehte mich zum Haus um. «Nein.»

«Gott sei Dank. Sie regt sich so schnell auf und kriegt dann keine Luft mehr.» Er schaute an sich hinab und lachte unsicher. «Scheiße, runter kommt man immer, aber jetzt komme ich nicht mehr hoch. Hilf deinem alten Herrn mal auf die Beine.»

Nachdem ich ihn hochgezogen hatte, machten wir auf den Schreck noch ein Bier auf. Dann zerlegten wir die Baumkrone mit Handsägen und großen Zangen. Den in den Himmel ragenden, kahlen Stamm zu fällen war keine große Sache. Als er auch auf dem Rasen lag, sägten wir ihn in handliche Teile. Mit der Zeit machte mir die Arbeit mehr Spaß, als ich gedacht hätte. Auf jeden Fall war es besser, als den ganzen Tag vorm Computer zu sitzen und Daten einzugeben. Man sah sofort, was man geleistet hatte. Dort, wo vorher der Baum gestanden hatte, lag jetzt durch die eigene Hand nur noch Holz da. Ich war erschöpft, aber auf angenehme, befriedigende Weise. Obwohl die Arbeit im Grunde destruktiv war und es noch befriedigender gewesen wäre, wenn wir etwas aufgebaut hätten. Aber man konnte ja schwer einen Baum bauen. Wir hatten gemeinsam Holz gemacht, das war doch auch etwas.

Schließlich schauten wir uns zufrieden an und köpften noch ein Bier. Die Sonne war verschwunden, der Himmel hatte sich blutrot verfärbt, aber die Kälte spürte ich längst nicht mehr.

«Das ist doch erstklassiges Holz», sagte ich und betrachtete die ausgeprägten Jahresringe an den Schnittstellen. Der Baum hatte bestimmt einige Jahrzehnte auf dem Buckel. «Was stellst du damit an?»

Mein Vater trank einen Schluck Bier. «Hab ich schon dem Tischler versprochen», sagte er und rieb verstohlen Daumen und Zeigefinger aneinander.

Im ersten Moment musste ich grinsen. «Aber deswegen hat die Eiche jetzt nicht dran glauben müssen, oder?»

Er sah sich zum Haus um. Hinter dem Wohnzimmerfenster stand meine Mutter und winkte. Jetzt, wo wir die Arbeit erledigt hatten, lächelte sie erleichtert.

«Erzähl es deiner Mutter nicht, aber ich habe einen neuen Wagen bestellt», sagte er dann mit gesenkter Stimme. «Der alte macht es nicht mehr lange. Unser Weihnachtsgeschenk, sozusagen.»

Ich schaute auf den Holzstapel vor uns. «Und das ist der Weihnachtsbaum, sozusagen.»

Mein Vater winkte meiner Mutter zurück. «Es reicht natürlich nicht», sagte er nach einer Weile und kratzte sich am Kopf. «In den Miesen sind wir trotzdem.»

«Kann man nichts machen», sagte ich.

«Nee, kann man nicht», sagte er. «Hast du dieses Jahr Weihnachten eigentlich frei?»

«Weiß ich noch nicht.»

«Vielleicht können wir zusammen in den Wald gehen und einen schönen Baum schlagen.» Er lächelte und legte eine Hand auf meine Schulter. «Wir sind ja jetzt ein eingespieltes Team.»

«Wie gesagt, ich weiß es noch nicht. Mal sehen.»

Mein Vater nahm die Hand weg und senkte den Blick. «Na ja, wäre jedenfalls schön, wenn du kommen kannst.»

Später fragte ich mich, ob ich nicht einfach hätte ja sagen sollen, ja, ich komme, ganz gleich, wie ich mich in dem Moment fühlte, obwohl das meinem Vater natürlich auch nicht geholfen hätte. Denn Weihnachten erlebte er nicht mehr.

Meine Mutter war durch den Schock zu keiner Aussage fähig, aber die Polizei konnte den Tathergang ziemlich genau rekonstruieren. Am Abend nach dem ersten Ausflug hatte mein Vater den neuen Wagen entgegen seiner Gewohnheit nicht in die Garage gefahren, sondern auf dem Hof stehengelassen. Offenbar hatte ihn später, als er schon im Wohnzimmer vor dem Fernseher saß, ein Geräusch aufgeschreckt. Vielleicht war ihm auch nur eingefallen, dass der Wagen noch draußen stand. Jedenfalls war er, ohne meiner Mutter einen Grund zu nennen, plötzlich durch die Terrassentür nach draußen gegangen und hatte die Pforte zwischen Haus und Garage aufgeschlossen.

In den Tagen vor Weihnachten war es wärmer geworden, in jener Nacht hatte es strömend geregnet. Trotzdem sah mein Vater wohl sofort, dass die Fahrertür seines neuen Wagens geöffnet war, ein Mann sich über das Lenkrad gebeugt hatte und an der Zündung hantierte. Den zweiten, der in der Dunkelheit gelauert hatte, hatte er allerdings nicht bemerkt. Als er näher gekommen war, hatte ihn ein schwerer Schlag mit einer Eisenstange niedergestreckt und ihm den Schädel gebrochen.

Der zuständige Polizist sagte mir, es wäre ein Glück im Unglück gewesen, dass in dem Moment der kurdische Nachbar nach Hause gekommen war. Für meinen Vater war zwar jede Hilfe zu spät gekommen, aber wer weiß, was die beiden

Männer getan hätten, wenn sie nicht durch den Kurden aufgeschreckt worden wären. Meine Mutter war meinem Vater bereits gefolgt und hatte an der Pforte gestanden, als die Täter davonliefen. Noch in derselben Nacht hatte man sie gefasst. Zwei junge Männer aus dem Dorf, die sich bis dahin noch nie etwas hatten zuschulden kommen lassen. Was sind das für Zeiten, meinte der Polizist kopfschüttelnd, und es klang nicht wie eine Frage.

EDELGARD SPAUDE

12 O du tödliche …

Ich lass sie wütig kläffen
Und giftig nach mir spei'n[1)]

Eiskalt war dieser Wintermorgen und noch stockfinster, als Karl – wie seit urdenklichen Zeiten – seinen frühen Kontrollgang durch die Ausstellungsräume der Wiener Hofburg antrat. Der festliche Weihnachtslichterglanz von allen Seiten, der seit Wochen selbst durch die verhangensten Fenster schimmerte, ließ auf sich warten. Die Stadt war noch nicht recht zum Leben erwacht. Karl liebte es, wenn er die riesigen Räume ganz allein für sich hatte, ohne gaffende Touristen, ohne das Gewirr ihrer Stimmen. Wenn all jene, die längst schon in der Kapuzinergruft ihr Lager zugewiesen bekommen hatten, in der Dämmerung begannen zu wispern und zu flüstern. Er kannte sie alle. Und er verstand sie alle.

Liebevoll strich er über den Schaukasten, der den riesigen Fächer der von allen bewunderten, aber alles andere als glücklichen Kaiserin bewahrte, ging langsam weiter, bückte sich, rückte eine Ecke des roten, unter den Tausenden von Tritten schief gewordenen Läufers zurecht, warf einen zärtlichen Blick auf die Sisi-Statue, die verloren auf ihrem Podest stand, und wollte eben die hohe Flügeltür hinter sich schließen, als er unwillkürlich stutzte.

Etwas war anders. Karl wusste es genau. Anders als sonst. Im ersten Moment verschwamm der halbdunkle Raum vor ihm, dann kroch ein eisiges Gefühl seinen Rücken hinunter. Der viereckige Glaswürfel, der die spitze Feile barg, die das Leben der vorletzten österreichischen Kaiserin so abrupt beendet hatte, war verschoben. Und das Mordwerkzeug verschwunden.

Karl starrte auf das kleine leere Polster. Kein Alarm war ausgelöst worden, keine Einbruchsspuren waren sichtbar. Alles war wie immer. Nur hier nicht. Karl stand bewegungslos, zu keinem Gedanken fähig. Allein das Gefühl, das ihn sonst immer angesichts dieser kleinen unscheinbaren Feile beschlich, fehlte heute. Sein eigenes Herz wurde nicht wie sonst von ihr durchbohrt.

Draußen am Stadtrand, in der hellerleuchteten Großbäckerei mit den volltechnisierten sterilen Abläufen, gab es keine Dämmerung, keine Stille. Hier wurde vierundzwanzig Stunden durchgearbeitet. Und kurz vor Weihnachten zudem Sonderschichten gefahren. Kekse, Stollen, Süßigkeiten aller Art wurden massenhaft produziert. Nicht nur die Bäckereiketten, auch viele Standln auf den Weihnachtsmarkten der Stadt – die die Köstlichkeiten mit dem Schild «selbstgemacht» verzierten – mussten auftragsgemäß beliefert werden, sämtliche von Kaufhäusern und Nobelgeschäften gemieteten Weihnachtsmänner ihre gewohnte Verteilration erhalten. Als zusätzlichen Service bot die Großbäckerei für besonders ausgewählte Kunden kleine Cellophantütchen an, in denen drei oder vier Kekse und eine Mozart-Schokoladen-Weihnachtskugel verpackt waren. Auf den Schleifen prangte das entsprechende Firmenlogo. Im Akkord zählten, füllten, schnürten die extra hierfür eingestellten Hilfskräfte – schlechtbezahlte Aushilfen, auf die man nach Weihnachten wieder verzichten konnte. Sie waren für diese weihnachtlichen Werbe-Liebesgaben zuständig, schichteten sie in Kisten für den Versand zu den exklusiven Mode-, Parfüm- oder Juweliergeschäften, die damit alljährlich ihre Kunden in weihnachtliche Kauflust einzustimmen versuchten.

Die Liebesgaben-Arbeit in der Großbäckerei ging heute nicht so flott voran wie sonst. Elisabeth war nicht gekommen. Sie war bei weitem die Beliebteste, weil sie immer gute Laune hatte und jeden Morgen dafür sorgte, dass die Kolleginnen nicht allzu sehr von den ewig gleichen Handgriffen genervt waren. Sie verstand sich mit allen, und weil sie zuverlässig war, wunderten sich die anderen. Sie fehlte einfach.

Am Rathausplatz, gegenüber dem Burgtheater, entließ die Straßenbahn der Linie 1 aus ihren Wagen die ersten Frühaufsteher unter den neugierigen Touristen. Bewaffnet mit den unvermeidlichen Digitalkameras, machten sie sich auf den Weg zu den Standln vor dem Rathaus – so, als ob sie noch nie in ihrem Leben einen Weihnachtsmarkt gesehen hätten. Dabei glichen sich doch alle irgendwie. Aber immerhin konnte der am Wiener Rathaus mit einer prächtigen Kulisse aufwarten.

Wie jedes Jahr dienten die neugotischen Fenster als riesige Adventkalender-Türen. Rot beherrschte das Bild. Rot schien überhaupt die prägende Weihnachtsfarbe zu sein: rote Christbaumkugeln, rote Luftballons, rote Kerzen, rote Weihnachtsmannmützen und -mäntel und ein roter Fetzen Stoff hinter einem der vielen Punschstandln, die selbst am frühen Morgen bereits ihre süße, klebrige, alkoholschwere Flüssigkeit in Plastikbecher oder weihnachtliche Porzellanhäferln verteilten.

Der rote Fetzen Stoff aber störte. Er gehörte nicht dorthin. Es war auch nicht nur ein Fetzen, sondern Teil einer knallroten Daunenjacke, die Elisabeth vor der Kälte schützen sollte. Nur brauchte sie diesen wärmenden Schutz nicht mehr.

Die Jacke hatte an der linken Brust eine kleine, kaum sichtbare Verletzung, die weiter ging, durch Elisabeths roten Pullover, durch ihre Bluse und schließlich durch ihre Haut, mitten in ihr rotes Herz, das kein rotes Blut nach außen hergegeben, sondern es um sich herum gesammelt hatte. So lange, bis nicht mehr genug davon da gewesen war, um Elisabeths Adern und Venen zu versorgen. So lange, bis ihre rosige Haut bleich und weiß geworden war.

Ein italienischer Tourist, der sich ein wenig von seiner Gruppe entfernt hatte, um die rote, ekelhaft süß schmeckende Punschflüssigkeit aus dem Becher diskret in den Schnee zu leeren, entdeckte die rotumhüllte Elisabeth. Ihre Füße steckten unnatürlich verdreht in ebenso roten Lackstiefeln.

Das kühle Metall in seiner Tasche fühlte sich gut an. Glatt, fast schon vertraut. Es gefiel ihm, es ab und zu mit seiner Hand zu umschließen. Von außen war es fast nicht zu spüren, aber weil er wusste, dass es da war, genügte ihm ein leichter Druck mit dem Unterarm an die entsprechende Stelle seines Mantels.

Merkwürdig, wie viel es einem bedeuten konnte, solch ein kleines, immer vertrauter werdendes Ding bei sich zu wissen. Das Metall fühlte sich schon lange nicht mehr kalt an. Er hatte es so oft fast liebevoll mit seinen Fingern ertastet, dass es seine Körperwärme angenommen hatte. So, als wäre es ein Teil von ihm. Es gehörte ihm, ihm ganz allein. So lange hatte er es sich gewünscht. Nun endlich hatte er den Mut aufgebracht. Wie viel Trost von solch einem kleinen Stückchen Metall ausgehen konnte! Wie viel Wohlgefühl. Wie viel Geborgenheit es zu vermitteln imstande war. Warum kostete er nicht sofort wieder aus, was das kleine schmale Metallteil in seiner Tasche für ihn bereithielt?

Etwas ziellos wanderte er durch die Straßen. Er fror ein wenig. Es war kalt. Aber allein das Ertasten und die Erwartung steigerten sein Wohlbefinden. Der schmutzige Schnee der Innenstadt löste sich langsam in dunklen Matsch auf. Am frühen Morgen war alles noch wunderbar und einheitlich weiß gewesen. Wie die Zuckerwatte in seiner Kindheit, die es auf den Weihnachtsmärkten immer noch gab. Jetzt war sie allerdings manchmal auch rosa.

Die Wiener Polizei wurde gleich mit zwei neuen Fällen konfrontiert. Wie war es möglich, dass die sorgsam gesicherte Feile in der Wiener Hofburg einfach verschwinden konnte? Warum war kein Alarm ausgelöst worden? Und wie war es möglich, dass eine junge Frau einen einsamen, rotgefärbten Tod starb?

Beides wurde jedenfalls schnell und diskret vor den Augen der Weihnachtstouristen verborgen: Elisabeth in jener medizinischen Abteilung, die nicht mehr für die Lebenden, sondern nur noch für die Toten zuständig ist, und der Glaskasten mit einem dunkelroten samtenen Tuch, auf dem ein kleines Etikett die Auskunft erteilte, dass dieses Ausstellungsstück gerade als Leihgabe unterwegs sei. Nur Karl konnte seinen gewohnten Rhythmus nicht finden.

Die Polizei gab sich Mühe, brach ein in die weiß-sterile Atmosphäre der Großbäckerei, bohrte ihre Fragen in die Köpfe und Herzen der Kolleginnen, die mit Elisabeth gearbeitet hatten, störte den Ablauf der gewohnten Handgriffe, verbreitete Trauer und Entsetzen. Die arme Elisabeth! So musste sie enden. Niemandem hatte sie je etwas zuleide getan. Immer war sie fröhlich gewesen. Wo war sie gefunden worden? Was hatte sie nur mitten in der Nacht auf dem

Wiener Weihnachtsmarkt am Rathaus zu suchen? In roten Lackstiefeln? Unsicherheit wandelte sich in Argwohn und Argwohn in Ablehnung. Ach, so eine war sie also gewesen? Tatsächlich? Obwohl. Na ja. Etwas geahnt hatte man schon immer. Oder?

In der Großbäckerei lief alles auf Hochtouren: die Maschinen, die Arbeit der Polizisten, die Phantasie der Angestellten. Ein einziger Stich ins Herz war es gewesen. Die rote Daunenjacke hatte ihn nicht aufhalten können. Das wussten inzwischen alle. Wie war sie denn hergerichtet gewesen, die Elisabeth? Wie so eine von denen? Mit grellrot geschminkten Lippen? Bestimmt, ganz bestimmt war sie eine von denen gewesen. Die Polizisten hielten sich zurück. Dafür gebe es keine Anhaltspunkte ... Das glaubte ihnen aber keiner. Wer sie denn näher gekannt hatte, wollten sie wissen. Bitte! Mit so einer hatte man doch keine nähere Bekanntschaft! Nein. Aber sie hat hier immerhin gearbeitet, bereits seit Wochen ... Schon, aber privat? Nein, privat hat man nichts mit ihr zu tun gehabt. Mit so einer doch nicht. Männerbekanntschaften? Jedem hier hat sie schöne Augen gemacht, mit jedem hätte sie gern angebandelt. Ganz egal, ob verheiratet oder nicht. Und wie sie sich immer produziert hat, wollte immer im Mittelpunkt stehen. Hat mit ihrer Aufdringlichkeit alle an die Wand gedrängt. Kein Wunder, das war sie ja wohl auch gewohnt bei ihrer sonstigen Art der Geldbeschaffung. Es gebe keinerlei Hinweis für diese Vermutung? Das mussten die Polizisten schließlich sagen. Zu glauben brauchte man es ihnen nicht.

Wie im Traum ging Karl in den Räumen der Hofburg umher. Mit Argusaugen beaufsichtigte er das Tun und Treiben der Neugierigen. Kamen sie seiner Kaiserin auch nicht zu nahe? Jedes Fleckchen kannte er hier. Beinahe war ihm sein Arbeitsplatz vertrauter als seine Wohnung, obwohl er dort doch geboren und aufgewachsen war. Nie wäre es ihm in den Sinn gekommen, sie zu verlassen und sich eine andere zu suchen. Karl war überhaupt ein treuer Mensch. Jeder wusste das. Treu und absolut zuverlässig.

Karls Augen entging nichts. Er beobachtete nicht nur die Besucher, sondern auch seine Kollegen. Die meisten blieben eh nicht lange hier, nahmen ihre Arbeit auch nicht ernst genug. Studenten, die bloß Geld verdienen wollten. Denen es egal war, wovon sie hier umgeben waren. Die nichts spürten von dieser einzigartigen Atmosphäre. Freundlich war Karl zu allen, aber auf eine Unterhaltung ließ er sich nie ein. Mit keinem. Seine Gespräche führte er mit anderen. Mit solchen, die es wert waren. Denen er seine ganze Hochachtung und Ehrerbietung entgegenbringen konnte.

In der Großbäckerei kamen die Polizisten nicht recht voran. Alle Angestellten mussten schließlich vernommen werden. Vor allem die, die keinen Nachtdienst gehabt hatten. Wo sind sie gewesen? Oder hatte sich jemand für ein, zwei Stunden einfach davongeschlichen? Das sei nicht möglich, sagte man ihnen. Hier fiele es auf, wenn einer den Arbeitsplatz verließe. Die Maschinen mussten bedient, die Öfen kontrolliert werden. Zuverlässig.

Misstrauen und Ablehnung schlug den Beamten entgegen. Warum suchten sie nur hier? Schließlich hatte diese Elisabeth ein Privatleben. Und was für eins! Rote Lackstiefel! Das sagte schließlich alles. Sollten sie sich doch dort umschauen, wo sie ihre Kunden gehabt hat. Nicht hier in einer weißen, sterilen Großbäckerei, wo Zimtsterne, Husarenkrapfen und Weihnachtsstollen die besinnliche Zeit einläuteten.

Die Hartnäckigkeit der Beamten störte. Was hatten die Angestellten hier überhaupt mit dem Mord an Elisabeth zu tun! Schlimm genug, dass man so lange mit so einer zusammengearbeitet hatte. Die ganze Weihnachtsstimmung wurde einem verdorben.

Die grellen Lichter in der Großbäckerei erloschen nicht. Tag und Nacht waren sie eingeschaltet. Tag und Nacht herrschte ununterbrochen der gleiche eintönige Lärm, den irgendwann keiner mehr hörte, der hier arbeitete. Nur den Polizisten, die sich hier aufgehalten hatten, dröhnte er noch eine Weile in den Ohren. Sie wussten jetzt wenigstens, auf welche Weise Elisabeth in der roten Daunenjacke zu Tode gekommen war. Und sie ahnten auch, wo das Mordinstrument, das man noch nicht gefunden hatte, fehlen könnte.

Karl mochte den Weihnachtsschimmer, der sich ab dem frühen Nachmittag, wenn sich das frühe Dunkel über die Stadt breitete, in die Hofburgfenster einschmeichelte. Sonst waren ihm die Jahreszeiten, die sich draußen abspielten, egal. Aber die Weihnachtszeit mochte er. Das Licht war dann ein anderes, ein besonderes. Auch hier drin. Abends spazierte er jetzt gern noch auf den Rathausplatz hinüber, trank einen Punsch auf dem Weihnachtsmarkt und ging dann wie gewohnt in sein Stammcafé zu den Zeitungen. Spät wurde es nie. Schließlich war er morgens der Erste, der in aller Frühe, wenn es auf den Straßen noch ganz ruhig war, sich wieder auf den Weg in sein eigentliches Zuhause, in die Hofburg, machte.

Nichts hatte sich verändert am Tag nach Elisabeths Tod. Bis auf die großen roten Lettern auf den Titelseiten der Boulevardblätter, die über den Weihnachtsmarktmord berichteten und sich gegenseitig mit Vermutungen überschlugen. Von der verschwundenen Feile, die einst den Tod der Märchenkaiserin vorbereitet hatte, wussten sie nichts. Denn davon durfte nichts an die Öffentlichkeit dringen.

Die Informationen der Polizei über den Elisabeth-Mord waren rar gewesen. Folglich waren die Reporter darauf angewiesen, eigene Erkundigungen anzustellen. Wo hatte Elisabeth gewohnt? Wer hatte sie gekannt? Was wussten die Nachbarn? Das alles war wenig ergiebig. Elisabeth war in dem Hochhaus mit der roten Backsteinfassade kaum bekannt. Gesehen hatte man sie hin und wieder. Schon, ja. Sonst nichts. Folglich waren die Kolleginnen in der Großbäckerei die bevorzugten Gesprächspartnerinnen. Und die gaben bereitwillig Auskunft. Ja, man hatte es immer schon geahnt. Obwohl sie sich Mühe gegeben hatte, sich zu verstellen. Eine von denen ist sie gewesen.

Dem Auftrieb der Journalisten machte schließlich die Polizei ein Ende. Verstärkung hatten die Beamten mitgebracht. Sie suchten nach etwas. Nach etwas Bestimmtem. Wer war für die Geräte verantwortlich? Wo wurde das Bäcker-Handwerkszeug aufbewahrt? Wie viele dieser dünnen Metallstäbe gab es, die man für das Einstechen in den Teig benutzte?

Karl fiel es an diesem Morgen – so wie gestern schon – noch leichter als in all den vergangenen Jahren, seine Wohnung zu verlassen. Endlich war er am Ziel. Endlich hatte er sich ein Herz gefasst und das getan, was er tun musste. Endlich konnte seine Geliebte zur Ruhe kommen, musste sich nicht mehr der dauernden Gegenwart jenes Instrumentes aussetzen, das sie an den jähen Schmerz erinnerte. Karl hatte diese unsägliche Last von ihr genommen. Er wusste, von nun an würde sein Zusammenleben mit ihr in der Hofburg ungetrübt sein. Niemand würde je die Feile finden. Niemals würde sie an ihren Platz unter dem Glaswürfel zurückkehren. Sollten sie ruhig eine Nachbildung anfertigen, wie es gestern beschlossen worden war. Es würde nicht die echte, die richtige sein, nie mehr. Denn die lag wohl verwahrt in dem Kasten mit der

Kinderwäsche, die sie beide, seine Mutter und er, so oft und gern in den Händen gehalten hatten, als sie noch gemeinsam in der Wohnung lebten.

Niemand in der Großbäckerei konnte mit Gewissheit sagen, ob einer der dünnen, spitzen Metallstäbe fehlte. Aber einer von ihnen hatte die tödliche Wunde verursacht. Das schien offenbar festzustehen. Ein Mörder in der weißen, sterilen Großbäckerei mit den Weihnachtskeksen? So, wie gestern zuerst die Trauer, machte sich nun erneut der Argwohn breit. War es einer der Angestellten, der Elisabeth mit einem Teigprüfer erstochen hatte? Jemand von ihnen? Das konnte gar nicht sein. Jeder kannte hier jeden. Obwohl ... Die Aushilfskräfte waren noch nicht lange hier. Und das Stammpersonal wechselte auch häufig. Aber warum sollte jemand von ihnen Elisabeth erstechen? Sie gehörte doch gar nicht zu ihnen. Sie war doch eine von denen, eine von der Straße.

War sie nicht, sagten die Polizisten. Und zogen ein Foto aus der Tasche. Das haben wir in ihrer Wohnung gefunden, behaupteten sie. Kennt jemand den Mann auf der Aufnahme? Ja, sicher. Der war eingeteilt für die Teigmischung der Weihnachtsstollen. Dahinten.

Wie eine geschlossene Armee bewegten sich die Beamten und alle Neugierigen auf den Teigmischer zu. Der wurde weiß wie die Umgebung um ihn herum. Was wollten sie von ihm? Nein, er hatte sie nicht näher gekannt. Nein, er hat sie nicht getroffen gestern. Doch, er hat. Am späten Abend auf dem Weihnachtsmarkt. Er habe nämlich vorgehabt, Elisabeth umzubringen, und dafür die Teignadel mitgenommen. Er habe sie in ihr Herz gebohrt. Gnadenlos. Habe sie danach einfach dort liegenlassen. Warum? Nur weil sie ihn nicht mehr hat haben wollen? Weil sie einen anderen lieber gehabt hat? Weil sie fortwollte? Das war Grund genug, Elisabeth zu erstechen? Ja, schließlich habe ich ihr auch die roten Lackstiefel geschenkt und die rote Daunenjacke. Jetzt machte sich Entsetzen breit. Mit so einem hat man zusammengearbeitet? Die arme Elisabeth! Warum hat sie nur nie etwas gesagt? Man hätte ihr so gern geholfen. Bestimmt. Wenn man nur gewusst hätte … Im Grunde war sie ja wirklich eine liebe Person gewesen, die Elisabeth.

Das kleine Metallteil wanderte auch an diesem Morgen wieder in seine Manteltasche. Nachher, im Büro, würde er es herausholen und vor sich auf den Schreibtisch legen. Damit er sich den ganzen Tag über daran freuen konnte. Den ganzen Tag über würde er sich darauf freuen, mit diesem Schlüssel die Tür zu seiner eigenen kleinen Wohnung über den Dächern Wiens zu öffnen. Endlich! Sein Traum über viele Jahre. Um sein eigenes Leben zu leben, hatte es sich gelohnt, einen Schlussstrich zu ziehen. Und der Schlüssel kam ihm nicht wie ein einfacher Schlüssel vor, sondern wie der zu einem kleinen – wenn auch bescheidenen – Paradies, von dem aus er die roten Luftballons, die roten Kerzen und die roten Weihnachtsmannmützen auf dem Rathausplatz sehen konnte.

1) Aus dem *Klingellied*, einem der vielen Gedichte, die von der österreichischen Kaiserin Elisabeth, besser bekannt als Sisi, verfasst wurden. Sie wurde geboren am 24. Dezember 1837 in München und am 10. September 1898 in Genf ermordet. Der italienische Anarchist Luigi Lucheni erstach sie mit einer dreieckig zurechtgesägten messerscharfen Feile. Der Audioguide der Wiener Hofburg informiert die Besucher, dass die Feile, die in einem der Schauräume im Sisi-Museum zu sehen ist, die Mordwaffe sei.

HORST ECKERT

13 Ex und hopp

Ela Bach überlegte, was ihr an der Leiche nicht gefiel. Zu wenig Blut, die Augen geschlossen – vielleicht war es das.

Es war ungemütlich hier draußen vor dem Hochhaus. Betonplatten, blattloses Gestrüpp, dahinter der Autobahnzubringer. Ein trostloser Ort, bereits ohne Leiche.

Elas Hals kratzte. Der Frost hatte nun auch den Rhein erreicht – es würde Glatteis geben, warnten die Nachrichten. Noch elf Tage bis Heiligabend.

Kollege Becker hob die Videokamera, um den Fundort zu dokumentieren. Ela ging der gestrige Abend durch den Kopf. Weihnachtsfeier, im Präsidium war es hoch hergegangen. Dunkel erinnerte sie sich, dass sie mit dem Blondschopf geknutscht hatte. Die Chefin des KK11 und ihr Mitarbeiter – Ela konnte nur hoffen, dass Becker sich nicht etwas einbildete. Sie musste niesen und stopfte sich die Enden des Wollschals fester in den Kragen ihrer Regenjacke.

Der Rechtsmediziner ächzte, als er sich neben dem Toten niederkniete, der sechs Stockwerke unterhalb eines geöffneten Fensters im Scheinwerferlicht auf den grauen Platten lag. Erste Schneeflocken taumelten aus dem abendlichen Himmel und schmolzen bei der Berührung mit dem Toten, der nichts als einen Bademantel aus dünner schwarzer Seide trug und noch warm war.

Fast als hätte man ihn so hindrapiert, dachte Ela. Eine seltsam gekrümmte Haltung für einen, der unbeobachtet in den Tod gesprungen war: die Knie leicht angezogen, die Arme parallel zum Körper, der Kopf mit den grauen Stoppelhaaren in den Nacken gebeugt.

Der Rechtsmediziner nickte den Bestattern zu und streifte die Latexhandschuhe ab. Zu Ela sagte er: «Keine Anzeichen von Fremdeinwirkung.»

Missmutig schleuderte der Weißkittel die Handschuhe in seinen Koffer. Die Oper drohte ohne ihn zu beginnen – oder was immer der Arzt an diesem Abend noch vorhatte.

Die Bestatter legten die Bahre neben dem Toten ab und öffneten den Reißverschluss des Leichensacks. Das Geräusch erinnerte Ela an die Campingurlaube ihrer Jugendzeit. Mit den Jungs und Mädels der Manta-Bande in den Dünen von Zeeland – viel zu lange war das her.

«Wann ist es Ihrer Meinung nach passiert?», fragte sie.

«Vor zwei Stunden, plus minus fünfzehn Minuten.»

«Sicher?»

«Wir haben die Temperaturwerte des Körpers und seiner Umgebung und können das ziemlich genau berechnen. Müssten Sie doch auch gelernt haben.»

Arroganter Arsch, dachte Ela. Sie deutete in Richtung Leiche – die Bestatter mussten die Beine gerade drücken, um sie in den Sack zu bekommen.

«Aber nach zwei Stunden setzt erst die Leichenstarre ein, und zwar ganz allmählich. Hier ist sie schon fast vollständig ausgeprägt.»

«Ein Fall von kataleptischer Erstarrung.» Der Arzt knüllte seinen Overall zusammen und stopfte ihn in den Koffer. «Kommt vor», brummte er und eilte zu seinem Porsche.

Thilo Becker trat neben Ela. Er riecht anders als gestern, dachte sie. Rasierwasser, nicht Glühwein.

«Die Spurensicherung ist fertig mit der Wohnung», sagte er, den Blick auf den Toten gerichtet. «Keine Fingerabdrücke. Nicht am Griff, nicht am Fensterbrett und auch nicht am Rahmen.»

«Keine verwertbaren?»

«Nein, gar keine. Alles offenbar sauber abgewischt.»

Ela wandte sich um. Der Rechtsmediziner ließ gerade den Kofferraumdeckel zuknallen.

«Doktor …!», rief sie ihm zu. Sie hatte den Namen vergessen.

«Is' was?»

«Sieht aus, als bräuchten wir doch 'ne Obduktion.»

Der Arzt musterte sie missmutig. «Morgen früh geht es nicht.»

Sie antwortete: «Dann jetzt gleich.»

Die Bullen waren höflich zu ihr, fand Claudia Golz. Die Ermittlungen leitete eine Frau um die vierzig, die ihre Figur unter einem rustikalen Wollpulli verbarg. Die Chefin der Mordkommission war bereits die Zweite, die Claudia in einem schäbig möblierten und schlecht geheizten Dienstzimmer vernahm.

«Soso, das *Bugatti*», sagte die Kommissarin, die sich als Ela Bach vorgestellt hatte. «Was gab's denn Gutes zu essen, Frau Golz?»

Die Spulen des kleinen Aufnahmegeräts drehten sich mit leisem Knirschen.

«Linsenschaum mit Jakobsmuscheln, danach Rehmedaillons an Cranberry-Sabayon», antwortete Claudia.

Kopfschmerzen quälten sie. Ihre Migräne, die sie im Winter öfter plagte als sonst, verstärkt durch den billigen Grauburgunder, den das *Bugatti* teuer verkaufte. Ohne auf die Uhr zu sehen, schätzte Claudia, dass Mitternacht schon vorüber war. Sie sehnte sich nach ihren Tabletten, die in ihrem Büro lagen. Excedrin, das einzige Mittel, das zuverlässig gegen ihre Anfälle half.

«Und Lebkuchenhalbgefrorenes mit irgendeiner Früchtepampe zum Dessert. Das hab ich alles bereits Ihren Kollegen erzählt.»

Bach nickte. «Und wer saß mit Ihnen am Tisch?»

Die Bullen nervten. Sie lassen mich schmoren, dachte Claudia. Spekulieren darauf, dass ich mich in Widersprüche verwickle. Claudia kannte diese Spielchen aus zahllosen Fernsehkrimis, und sie wunderte sich nicht – wer sonst hatte ein solches Mordmotiv?

Sie schilderte der Ermittlerin die letzten Stunden in allen Details. Conradis Galerie hatte zum zwanzigjährigen Jubiläum ihres Bestehens eine Ausstellung mit Bronzen von Modigliani vorbereitet. Zum Essen nach der Pre-Vernissage war ein exklusiver Kreis der wichtigsten Kunden und Geschäftspartner eingeladen gewesen. Claudia hatte neben Conradi gesessen, der sie unverhohlen umwarb, seit sie sich von Markus getrennt hatte. Abgesehen von Conradi war es nett gewesen.

Von ihrem Platz aus hatte Claudia den Blick auf die Lichter genossen, die in der Vorweihnachtszeit die Königsallee verzauberten. Zigtausendfach funkelte es in den Platanen. Wie ein Himmel, dem sie ganz nah war, fand Claudia.

Die Tafel im ersten Stock des Restaurants war prominent besetzt gewesen. Zwei Dutzend erstklassiger Zeugen würden bestätigen, dass Claudia in der fraglichen Zeit für keinen Moment den Tisch verlassen hatte. Selbst der Kulturdezernent am Ende des Tisches würde sich an sie erinnern – ihr Dekolleté war der Hingucker des Abends gewesen.

Danach sei sie zu Markus gefahren und habe entdeckt, dass er aus dem Fenster gesprungen war.

Die Polizistin nieste in ihr Taschentuch, dann fragte sie: «Was wollten Sie bei ihm?»

«Ich habe noch ein paar Sachen dort», erklärte Claudia – immerhin war es bis vor sechs Wochen auch ihre Wohnung gewesen.

«Stimmt es, dass Sie auch am Nachmittag bei Ihrem Mann waren?» Der lauernde Blick der Kommissarin erinnerte Claudia an die Leiterin ihrer Schule, die früher jedes Mal so geguckt hatte, wenn Claudia etwas ausgefressen hatte.

«Wir hatten wegen der Scheidung etwas zu besprechen. Aber auch das habe ich Ihren Kollegen schon gesagt.»

Die Schnüffler hatten die Nachbarn im Haus gefragt und waren auf die alte Schmidt gestoßen, die in der Wohnung gegenüber bei jedem Geräusch am Spion lauerte.

«Und dabei hat es Streit gegeben.»

Diese Schmidt sollte man auch aus dem Fenster stoßen, dachte Claudia. Eines Tages würde das Ohr der greisen Hexe noch an der Wand festwachsen.

«Glauben Sie nicht alles, was Frau Schmidt behauptet. Die Dame übertreibt.»

«Sie behauptet, Sie hätten schon öfters gedroht, ihn umzubringen.»

«*Er* hat *mir* gedroht. Und wenn er mal nicht davon sprach, mich umzubringen, dann faselte er etwas von Selbstmord. Zuletzt waren das seine Lieblingsthemen gewesen. Markus war krank und unberechenbar. Erwarten Sie bitte nicht, Frau Bach, dass ich die trauernde Hinterbliebene spiele. Ehrlich gesagt, ich bin froh, dass er gesprungen ist. Auch wenn ich nicht vermutet hätte, dass er etwas von dem Unsinn wahr machen würde, den er so gern von sich gab.»

«Es gibt Zweifel, dass Ihr Mann sich selbst getötet hat.»

«Markus hat mir damit gedroht, dass er es wie Mord aussehen lassen wollte.»

Es klopfte an der Bürotür. Ein junger Beamter steckte seinen blonden Schopf ins Zimmer und winkte. Die Mordermittlerin reagierte nicht weiter.

Claudia sagte: «Markus hat die Fingerabdrücke abgewischt, bevor er sprang, stimmt's? Sie wären nicht die Erste, die auf ihn reinfallen würde. Er machte nichts ohne Berechnung. Markus war schlau und bösartig bis in seinen Tod. Zum Glück saß ich im *Bugatti*, als er es tat.»

Die Kommissarin nickte, dann erhob sie sich und folgte dem blonden Polizisten nach draußen.

Ela schnäuzte sich in ihr Tempo, dann fuhr sie Thilo Becker an: «Können die von der Haustechnik das Scheißpräsidium nicht anständig heizen?»

Der junge Kollege war nicht allein. Am Ende des Gangs traktierte Schranz den Kaffeeautomaten mit Boxhieben. Schranz war gut darin. Er war Stammgast in einer Muckibude.

Thilo erwiderte: «Du hättest erst mal die Obduktionshalle erleben sollen.»

«Dort *muss* es kühl sein. Hier nicht. Was gibt's Neues?»

Der Blondschopf machte zum Glück nicht den Eindruck, als leite er aus dem Gefummel auf der gestrigen Büroparty eine Sonderstellung ab. Ela war zu betrunken gewesen, um noch zu wissen, wie weit sie gegangen war, als sie sich hinter die Schränke der Aktenhaltung verzogen hatten. Hoffentlich hatte es auch Thilo vergessen.

«Nichts», antwortete er. «Der Doc bleibt dabei: Todeszeitpunkt etwa zwanzig Uhr.»

Schranz stieß einen Schrei aus und trat zu. Das Scheppern des Blechs hallte im Flur nach, dann floss tatsächlich Kaffee in den Becher. Schranz reckte die Faust, sein Siegerblick suchte nach Zuschauern.

Ela gesellte sich zu ihm. «Und was sagt die Spurensicherung?»

Schranz rührte mit einem Plastikstäbchen, obwohl er weder Milch noch Zucker in den Becher gegeben hatte. «Die Kriminaltechnik hat Spuren von Kaliumzyanid in der Wohnung des Opfers gefunden. In der Küche, um genauer zu sein. In einem Mörser aus grünem Marmor. Du weißt schon. So ein Ding, das man Leuten, die schon alles haben, zu Weihnachten schenkt.»

«Nach Bittermandel hat der Tote aber nicht gerochen», antwortete Ela.

«Auch nicht bei der Leichenöffnung», pflichtete Becker ihr bei.

«Man riecht es nicht immer, behaupten die Leute vom Labor.»

«Heißt das, seine Frau hat ihn vergiftet *und* aus dem Fenster gestoßen?»

«Vielleicht wollte sie auf Nummer sicher gehen.»

«Der Typ muss ein Kotzbrocken gewesen sein.» Ela nahm dem Kollegen den Becher aus der Hand. Die Brühe war dünn, aber sie wärmte.

«Hey, gib her!»

Ela wich Schranz aus. «Habt ihr sein Aquarium gesehen?»

«Das ist *mein* Kaffee!»

Sie nahm einen weiteren Schluck. Dann sagte sie: «Ich frag mich, wer sich jetzt um all die Fische kümmert.»

Becker antwortete: «Automatenfütterung. Alles vom Feinsten.»

«Fest steht, dass wir der Frau nichts beweisen können. Danke, mein Lieber.» Ela gab Schranz den halbleeren Becher und ging zu ihrem Büro zurück.

Becker sagte: «Du wirst sie doch nicht laufenlassen?»

Die Stadt lag still und starr, der Schnee ließ die Straßen leuchten. Spätestens morgen würde die Pracht zu grauem Matsch zusammenschmelzen, dachte Claudia, als sie ins Hafenviertel fuhr. Wie die Liebe, die von gleicher Vergänglichkeit war. Sogar seinen blöden Buntbarschen war Markus mit mehr Aufmerksamkeit begegnet als ihr.

Vielleicht lag es am Schnee, dass Claudia plötzlich an ihre Kindheit denken musste. An ihre Mutter, die sie allein großgezogen und ihr alles beigebracht hatte, was im Leben wichtig war. Schon damals hatte sich Claudia vorgenommen, sich niemals von einem Mann wehtun zu lassen.

Und doch hatte Markus es geschafft. Das Schwein hatte sich nicht einmal Mühe gegeben, die Briefe seiner Tussi zu verstecken. Zartgrünes Papier mit aufgedruckten Röschen. Eine Schnörkelschrift wie die eines Schulmädchens. Doch der Inhalt war frei von jeder Unschuld.

Als Markus beteuerte, dass die Affäre mit dieser aufgetakelten Boutiquentante längst beendet sei, war für Claudia das Fass übergelaufen. Das war es, was sie an ihrem Mann am meisten gehasst hatte: Einfalt, gepaart mit Arroganz.

Claudia kramte den Schlüssel aus der Handtasche und freute sich auf ihr ganz privates Fest. Die Bullen hatten sie auf freien Fuß gesetzt. Damit hatte sie gewonnen – der Schampus stand kalt, eine Flasche vom Allerfeinsten.

Ihr die Firma, ihm die Luxuswohnung mit Blick bis zum Rhein, so hatte sie sich mit Markus zunächst verständigt. Doch in den letzten Tagen hatte der Kerl draufgesattelt. Die Firma habe während der Ehe eine beträchtliche Wertsteigerung erfahren.

Als hätte Markus dazu beigetragen.

Raffgier, gepaart mit Kaltschnäuzigkeit: Wenn sie nicht flüssig sei, solle sie ihre Klitsche eben verkaufen. Der Nichtsnutz hatte tatsächlich *Klitsche* gesagt.

Der Bewegungsmelder klickte, die Beleuchtung im Treppenhaus sprang an. Die Mieten im sogenannten Medienhafen waren sündhaft hoch, aber das Geschäft lief gut, und die ausgefallene Architektur des Bürohauses hatte bislang jeden Kunden beeindruckt, nicht nur Conradi, den Galeristen. *Art Mobil* war ihr Baby, von dem sie sich niemals trennen würde.

Claudia tippte den Nummerncode in das Kästchen neben dem Eingang im ersten Stock. Mit dem Summton drückte sie die Glastür auf. Sie hatte bereits überlegt, die Ziffernkombination zu ändern, um wenigstens hier ihre Ruhe vor Markus zu haben.

Das war jetzt nicht mehr nötig.

Den blinkenden Anrufbeantworter ignorierte Claudia. Sie erkannte, dass ihr Terminplaner aufgeschlagen war. Eine Schublade war nicht ganz geschlossen.

Markus war hier gewesen. Wahrscheinlich, als sie am Vormittag die Anlieferung der Modiglianis beaufsichtigt hatte.

Du Schwein hast hier zum letzten Mal geschnüffelt, dachte Claudia.

In der Schublade fand sie die Kapseln gegen ihre Kopfschmerzen. Jemanden zu ermorden war einfacher, als diese Migräne abzustellen. Und sie hatte es perfekt angestellt. Wie alles, was sie anpackte.

Darauf wollte sie anstoßen.

An der Auffahrt zur Rheinkniebrücke war ein Taxi in einen Kleinwagen geschlittert – keine gute Art, den dritten Advent zu beginnen. Ela fiel ein, dass heute Abend bereits die nächste Weihnachtsfeier bevorstand. Mit ihrer Badmintongruppe wollte sie nach dem Spiel zum Griechen gehen. Ausschließlich Mädels – Ausrutscher wie mit Blondschopf Becker waren ausgeschlossen.

Um zwanzig nach zwei war Ela endlich zu Hause. Als

Hauptkommissarin konnte sie sich eine hübsche Singlewohnung in Pempelfort leisten, mit Balkon und Blick auf einige Wahrzeichen der Stadt, die an der Rheinfront aufragten.

In ihren Gliedern spürte sie ein fiebriges Kribbeln. Noch bevor sie Regenjacke und Pullover auszog, drehte Ela den Heißwasserhahn der Badewanne auf. In der Küche gabelte sie ein paar Gnocchi aus der Olivensauce, die erkaltet auf dem Herd stand – ihr Abendessen, zu dem sie wegen des toten Markus Golz nicht gekommen war.

Die Witwe ging ihr nicht aus dem Sinn.

Ela zog sich rasch aus und stieg in die dampfende Wanne.

Kataleptische Erstarrung – die Diagnose des Rechtsmediziners hielt Ela für Unsinn. Noch nie hatte sie einen taufrischen Toten gesehen, der so steif war, als hätte er schon vor sechs Stunden den Löffel abgegeben. Und sie hatte Hunderte von Leichen gesehen. Garantiert mehr als diesen Porschefahrer.

Das Telefon schrillte. Ela wartete darauf, dass sich der Anrufbeantworter einschaltete, dann wurde ihr klar, dass sie das Gerät nicht aktiviert hatte. Sie sprang aus der Wanne und hinterließ eine nasse Spur bis in den Flur. Bevor sie den Hörer packen konnte, brach das Klingeln ab. Zitternd beeilte sich Ela, ins Wasser zurückzukehren.

Jetzt begann ihr Handy zu dudeln. Sie beugte sich über den Wannenrand und wühlte im Klamottenhaufen, der auf dem Hocker lag. Diesmal schaffte sie es.

Becker war dran.

«Was gibt's?», fragte Ela und dachte, dass sie vielleicht eine Spur zu ruppig klang.

«Das Zyankali hat mir keine Ruhe gelassen, Chefin.»

«Du sollst nicht *Chefin* zu mir sagen.»

«Ich hab nochmal mit dem Labor telefoniert und gedacht, es würde dich interessieren. Liegst du in der Wanne?»

«Wie kommst du darauf?»

«Ich hör's plätschern. Außerdem hast du mir auf der Weihnachtsfeier gebeichtet, dass du nach jedem Leichenfund das Bedürfnis nach einem heißen Bad hast. Erinnerst du dich nicht?»

«Ich will keine Grippe kriegen, das ist alles. Schieß los, was sagen die Laborratten?»

«Dass das Cyanid von einem Algenvernichtungsmittel stammt. Ein Pulver, das Golz für sein Aquarium benutzt hat. Und dass die Leiche frei von Spuren war. Gift hat seine Frau also nicht verwendet. Falls sie es war.»

Ela bedankte sich und warf das Handy auf die Wäsche. Wieder eine Spur, die in einer Sackgasse endete.

Sie ließ heißes Wasser nachlaufen und rutschte nach vorn, um mit den Schultern einzutauchen. Nun ragten ihre Knie aus den wärmenden Wellen. Es war nicht so einfach, eine komplette Person in die Wanne zu packen.

Plötzlich erkannte Ela, dass sie die gleiche Haltung eingenommen hatte, in der Markus Golz auf die Erde geknallt war. Diese Stellung hatte sie von Beginn an irritiert.

Ela rekapitulierte, was sie in diversen Lehrgängen über die wichtigsten Kriterien zur Todeszeitbestimmung gelernt hatte: Abkühlung und *Rigor mortis*.

Sie stieg aus dem Wasser, rubbelte sich trocken und wusste, wie sie die losen Enden verknüpfen konnte.

Kataleptische Erstarrung – von wegen.

Claudia öffnete den Kühlschrank. Der roséfarbene Jahrgangschampagner war jetzt genau das Richtige, um ihre Excedrin-Kapseln hinunterzuspülen.

Art Mobil würde ihr erhalten bleiben. Markus würde nie wieder in die Geschäfte ihrer Kunstspedition pfuschen. Und sein millionenschweres Apartment gehörte ihr obendrein.

Claudia ließ den Schampus ins Glas schäumen. Sie trat ans Fenster und prostete ihrem Spiegelbild zu.

Nicht zum ersten Mal empfand sie die Einfalt der anderen als einen Grund zu triumphieren. Die Bullen ahnten, dass sie es getan hatte, aber sie kamen nicht auf das *Wie*. Dabei war es nur eine Frage der Körperpflege gewesen, um zu verhindern, dass Markus in der Wanne eine Waschhaut bekam, während sie an der Party im *Bugatti* teilnahm und Conradis Flirtversuche über sich ergehen ließ.

Sie nahm zur Sicherheit gleich drei Kapseln und trank einen kräftigen Schluck hinterher. Auf das neue Leben!

In diesem Moment schellte es an der Haustür.

Claudia ignorierte die Klingel. Sie griff nach ihrem Ideengeber und prostete ihm zu, einem rechtsmedizinischen Lehrbuch – das Wissen über die Bestimmung von Todeszeiten konnte man in jedem Buchladen kaufen.

Halt den Mistkerl warm, und sie glauben, er sei hopsgegangen, während du vor Zeugen halbrohes Rehfleisch gegessen hast.

Das Klingeln hörte nicht auf.

Claudia wurde flau in der Magengegend. Sie sagte sich, dass es keinen Grund gab, nervös zu werden, und lief zur Gegensprechanlage.

«Wer ist da?»

Zuerst lärmte nur ein vorbeifahrendes Auto aus dem kleinen Lautsprecher, vielleicht ein Streufahrzeug. Dann tönte eine Frauenstimme, die ihr bekannt vorkam: «Ich hab Licht gesehen und dachte, wir könnten uns nochmal unterhalten.»

Hauptkommissarin Bach. Die Polizistin in dem ausgeleierten Pullover.

Claudia leerte ihr Glas, stützte sich an der Wand ab und neigte sich dicht an das Kästchen. «So ganz *zufällig* spazieren Sie hier vorbei?»

«Richtig, Frau Golz. Mir schwirrt etwas durch den Kopf, das mich nicht schlafen lässt. Sie finden sicher auch keine Ruhe, stimmt's?»

Claudia versuchte, das Rumoren in ihrem Magen zu ignorieren. Selbst wenn die Ermittlerin auf die Idee mit der Wanne gekommen war, hatte sie keine Beweise.

«Und ich dachte, Beamte hielten sich an ihre Bürozeiten.»

«Wir können das natürlich auch morgen im Präsidium besprechen.»

«Wenn Sie schon mal hier sind …» Claudia betätigte den Türöffner. «Erster Stock.»

Sie würde der Polizistin Champagner anbieten. Neugier trieb sie an und eine Art sportlicher Herausforderung.

Claudia war sich sicher, keinen Fehler begangen zu haben. Sie hatte Markus mit der flachen Seite einer Bratpfanne erschlagen – die Verletzung sah aus wie eine Aufprallwunde. Sie hatte das Bad gründlich geputzt und sogar daran gedacht, Wanne und Leiche trocken zu reiben. Die alte Schmidt hatte nicht bemerkt, wann Claudia zurückgekehrt war, denn zu dieser Stunde glotzte sie die Quizsendung auf RTL in einer Lautstärke, die durch alle Wände drang.

Schritte näherten sich im Treppenhaus. Claudia hielt sich den Magen. Das Reh, vermutete sie. Warum hatte sie sich von Conradi so viel davon aufdrängen lassen?

Claudia erschrak, als ihr Blick auf das medizinische Lehrbuch fiel. Keine Zeit, es durch den Aktenvernichter zu jagen. Sie stellte es in den Kühlschrank.

Ein Pochen an der Glastür, die unverschlossen war. Claudia nahm ein zweites Glas aus dem Regal. Sie zitterte, als sie eingoss. Ihr war, als bekäme sie zu wenig Luft.

Die Kommissarin betrat den Raum. Claudia zwang sich zu lächeln. Es gab keinen Grund, warum sie das Duell nicht bestehen sollte. Sie würde es meistern wie alles andere.

Mit dem Champagnerglas deutete Claudia eine einladende Geste an. Es entglitt ihr und klirrte zu Boden. Mist, dachte Claudia.

Ela registrierte, wie das Lächeln der Witwe einem Ausdruck von Panik wich. Die Frau machte einen Ausfallschritt, als stemmte sie sich gegen einen schwankenden Schiffsboden. Der Alkohol, dachte Ela zuerst.

Claudia Golz stieß gegen den Schreibtisch und suchte Halt. Ihre unkontrollierte Bewegung fegte einen Arzneikarton vom Schreibtisch. Kapseln kullerten über das Parkett.

Die Zeugin brach zusammen, dann herrschte Stille im Büro.

Ela kniete sich hin und tastete nach der Halsschlagader.

Kein Puls zu spüren.

Der Mund war halb geöffnet. Ela nahm einen leichten Geruch wahr. Als habe die Frau Amaretto getrunken und nicht Champagner.

Bittermandel.

Ela kramte ihr Handy hervor und alarmierte den Notarzt. Dann studierte sie die Medikamentenschachtel.

Excedrin, ein Schmerzmittel. Die meisten Kapseln lagen über den Fußboden verteilt, ein Teil davon war beim Aufprall geplatzt und hatte helles Pulver verstreut.

Offenbar hatte nicht nur der Hass der beiden Eheleute auf Gegenseitigkeit beruht, sondern auch ihr krimineller Einfallsreichtum.

Ela stellte sich Markus Golz vor, wie er sich Zutritt in die Räume seiner Frau verschaffte und das Medikament präparierte. Wie er die Kapseln aufschnitt, den Inhalt austauschte und mit Fingern, die vor Aufregung zitterten, die jeweiligen Hälften zusammensteckte. Eine langwierige Fummelei, schätzte Ela und konnte sich denken, woher das Gift stammte: Algenvernichter für das Aquarium in Golz' Wohnung – die Kriminaltechniker würden es bestätigen.

Was hatten die Weißkittel behauptet? Man rieche Zyankali nicht immer?

Ein Märchen, wie das des Rechtsmediziners von der *kataleptischen Erstarrung*.

Ela wählte die Nummer der Spurensicherung.

Dann beschloss sie, den Badmintonfrauen einen Korb zu geben und stattdessen Thilo Becker ins *Bugatti* einzuladen. Zum Abschluss des hoffentlich letzten Mordfalles in diesem Jahr.

Denn ganz so übel war der junge Blondschopf nicht.

CARLO SCHÄFER

14 KF

Es freut mich, dass Enrico Most tot ist. Diese Freude allerdings beschämt mich. Zwischen solchen konträren Gefühlszuständen hin und her gerissen, entwickle ich hysterische Verhaltensweisen, das ist seit meiner Kindheit so – auf Stress reagiere ich in einer Weise, dass es dann nur noch mehr Stress gibt. Das könnte einer der Gründe dafür sein, dass ich es nie geschafft habe, meine Heimatstadt Storzbach dauerhaft zu verlassen, neben meinen begrenzten finanziellen Mitteln – für dreimal im Examen durchrasseln gibt es nun mal keine staatliche Rente – und neben meiner tragischen, lähmenden Liebe zur tauben Bibliothekarin Starenhorst.

Auch diesmal lässt sich mein offensichtlich grotesk strukturiertes Unterbewusstsein nicht lumpen. Tagsüber finde ich nur dann ein bisschen Seelenfrieden, wenn ich mit einer Reitgerte so heftig auf die Wand einschlage, dass Flocken der Raufasertapete mit einer gewissen Anmut im Wärmeauftrieb meiner wimmernden Heizung schweben.

Bis mich heute mein Freund Schmoll besucht, mit der Begründung, so etwas tue man in der Weihnachtszeit. Er war lange nicht mehr da, sehr lange, aber ich will mich nicht beschweren, denn ich war noch nie bei ihm.

«Was ist mit deinen Wänden passiert?», fragt er sofort, während ich Kaffee aufsetze.

«Nichts», antworte ich, «es ist ein altes Haus.»

«In Storzbach gibt es keine alten Häuser», entgegnet Schmoll.

Das stimmt: Im Februar 1945 haben britische Bomber aus Storzbach einen großen Schutt- und Leichenhaufen gemacht, ein Inferno, drei Flüsse gibt es hier, auf allen dreien brannten Phosphorplacken, und den Feuersturm soll man bis Stuttgart, fast hundert Kilometer weit, gesehen haben. Wenn meine Eltern davon sprachen, weinten sie.

Die zweite Katastrophe war dann der Wiederaufbau.

«Das Haus wurde in den Fünfzigern schnell hochgezogen, ohne Isolierung, es ist also ein relativ altes Haus, ein altes neues Haus sozusagen», korrigiere ich mich.

Letztlich ist ebendiese fehlende Schallisolierung der Grund meiner verwerflichen Freude. Der sicher längst dahingegangene Architekt ist schuld. Ich entspanne mich und lege die Reitgerte, die ich achtlos fallen gelassen habe, ordentlich auf die Heizung.

«Ich habe das von deinem Nachbarn gehört», sagt Schmoll.

Ich nicke nur. «Er war laut.» Schmoll behaucht versonnen meine Fensterscheibe, draußen fällt Schnee. «Ossi eben», fügt er hinzu, und dann noch: «Dein Kaffee schmeckt zum Kotzen.»

Ja, Enrico Most stammte aus Sachsen, aber ich bezweifle, dass es irgendwelche landsmannschaftlichen Gründe dafür gibt, Tag und Nacht Volksmusik im dreistelligen Dezibelbereich zu hören, scheinbar auch zum Schlafanzug die schweren Arbeitsschuhe mit Stahlkappen zu tragen, mit geplatzten Mülltüten neben der Tonne Ratten anzufüttern, trunksüchtige Huren lautstark mit nach Hause zu bringen und noch lärmender wieder hinauszuschmeißen. Für den schwachsinnigen Vornamen, für den vielleicht schon – so heißen sie ja: Enrico, Lorenzo, Mario, seltener Walter und Erich.

Namen befremden mich, ihre Willkürlichkeit erschreckt mich geradezu.

Mein Vater hieß Raimund, und so heiße ich eben auch Raimund. Und dann wird man ja doch anders genannt.

In meinem Fall Eule, weil ich wie eine Eule aussehe und von jeher schlecht schlafe. Aber mit Menschennamen hört es nicht auf: «Storzbach» klingt dumm und vulgär, leitet sich aber vom lateinischen «Portus», der Hafen, ab. Wie konnten meine Vorfahren es zum lächerlichen «Storzbach» kommen lassen, ohne Widerstand, ohne Achtung vor der eigenen Zunge?

Die drei Flüsse! Unz, Negel und Bürb. BÜRB!

Noch nicht einmal der Name meiner Straße taugt etwas.

Ich wohne in der «Kaiser-Friedrich-Straße», aber weil es zum Erscheinungsbild besser passt, sagt jeder nur «KF». Eine Schlucht aus Asbestplatten, verdreckten Fassaden, missglückten Bauhauskuben und braunen Siebziger-Jahre-Balkonen, die aus den Häusern wie Abszesse hervorquellen. Wenn überhaupt, hat man nur im obersten Stockwerk eine menschenwürdige Bleibe, mitunter dann sogar einen Blick auf die Unz, auf Rewe, Penny und den Rest des Kriegsschutts, den die Storzbacher einfach liegen ließen und «Monte Scherbelino» nennen. Ich wohne im zweitobersten Stockwerk.

«Ich muss aufs Klo», sagt Schmoll, der wirklich Schmoll heißt, und das passt sogar, ein Zufall, oder er hat sich dem weichen, wolligen Klang hinterhergefressen.

«Das ist kaputt», sage ich. «Leider. Seit einer Woche. Morgen kommen die Handwerker. Lass uns in die Stadt gehen. Da kannst du irgendwo.»

«Es ist noch nicht so dringend», sagt Schmoll. «Aber gehen wir ruhig ein bisschen raus, Eule.»

Der KF enteilt, verlangsamt sich unser Schritt, als wir die Innenstadt erreichen. Wir fühlen und tun oft dasselbe, Schmoll und ich, seit Kindertagen.

«Wie schaffst du das ohne Klo?» Schmoll tritt dezent hinter eine Litfaßsäule, da ist man hier nicht so penibel. Man könnte gegen jedes Storzbacher Haus pinkeln und täte ein gutes Werk.

«Ich geh runter in die Pizzeria, wenn ich scheißen muss», erläutere ich in sein Geplätscher und erleichtertes Stöhnen hinein. «Ich trink als Alibi vorher einen Espresso, dann geht es sogar noch besser. Und pissen kann ich ...»

Schmoll nickt. «Überall. Schließlich ist es Storzbach. Ich muss kurz telefonieren, wartest du?»

Er entfernt sich einige Schritte und nimmt sein Handy aus der Tasche. Ich lasse den Blick schweifen. Wir sind am Sedanplatz, die Weihnachtsdekoration, Sterne und Lichterketten, machen das Gelände nur noch trostloser. Da rechts stand in meiner Kindheit noch eine Baracke, ein kleiner Schreibwarenladen, wo ich meinen ersten Füller gekauft habe. Dann starben die beiden Damen, und auch diese Bombenlücke wurde geschlossen, mit einem Bombenhaus. Der Schneefall wird stärker.

Schmoll hat sein Gespräch beendet und kommt wieder zurück.

«Gehen wir auf den Weihnachtsmarkt», schlägt er vor. «Glühwein saufen.»

«Davon bin ich ausgegangen», sage ich, «sind ja schon auf dem Weg. Wir zwei.»

Der Storzbacher Weihnachtsmarkt ist auf dem Marktplatz, der in den späten Siebzigern sein heutiges Aussehen erhalten hat. Da kann man geradewegs froh sein, dass er nicht braunlindgrün gefliest ist. Ansonsten zeigt er aber schon, dass man Beton vor dreißig Jahren sinnesberauschend fand und stolz auf einen kubistisch-verkrüppelten Quader als neues schickes Rathaus war. Unter dessen düsterer Wucht ducken sich die kleinen Weihnachtsbuden.

Wir stehen am Rand des Marktplatzes mit Blick auf den rostroten Legoturm der Stadtkirche und trinken Glühwein. Rechts vom Turm erhascht man einen Blick auf ein orangefarbenes, siebenstöckiges Giebelhaus, dazwischen das ambitionierte Theater, das wie eine gestorbene Aluminiumechse vor dem nächsten Fluss liegt.

«Ich habe immer gedacht», sagt Schmoll verträumt, «dass aus dir was Besonderes wird. Und das schien sich ja auch zu bestätigen, als du angefangen hast zu studieren.»

Will er mich kränken? Eine Schneeflocke fällt in meinen Glühwein und löst sich auf, und in diesem Moment tritt jemand zu uns, das ist schon fast zu viel auf einmal.

Es ist Pfarrer Rammsauter, er hat uns konfirmiert. Daher duzt er uns.

«Na, Schmoll, wie geht's dir?», fragt er. «Und du, Eule? Du siehst nicht gut aus!»

«Ich weiß», erwidere ich, «aber das ist eben mein Aussehen.»

«Ach was», sagt Rammsauter lachend und schlägt mir schmerzhaft auf die Schulter. «Ich sehe euch doch wohl bald mal wieder», er lächelt verschwörerisch und reckt den Zeigefinger in den schmutzigen Himmel, «in SEINEM Haus?»

«Ich war in einer Adventsvesper», verteidigt sich Schmoll. «Mein Sohn hat Xylophon gespielt. Es war nicht gut. Haben Sie mich nicht gesehen? Oder meinen Sohn? Er sieht aus wie ich, leider. Aber zum Glück nicht wie meine Frau!»

Rammsauter denkt nach, schüttelt den Kopf. «Ihr müsst mal zu einem Gemeindenachmittag kommen», schlägt er vor.

«Wir haben den Gemeindesaal renoviert. Er ist jetzt menschlicher. Dann wünsche ich euch frohe Weihnachten.»

«Er wird ein bisschen alt», bemerkt Schmoll, während er dem steif davonstaksenden Pfarrer nachsieht. «Wir sind auch nicht mehr die Jüngsten. Ich dachte immer, aus dir wird was Besonderes.»

«Aus dir ist auch nicht viel geworden.» Schmolls Kränkungen verdrießen mich. «Es wird dunkel, und kalt ist es sowieso, vielleicht gehen wir besser nach Hause. Wir reden ein andermal über diese Dinge. Nicht in der Adventszeit.»

«Ach, Eule, sei nicht so!» Schmoll klopft mir auf den Rücken. «Noch einen Glühwein, Eule? Ich lade dich ein!»

«Du hast ja recht», nimmt Schmoll den Faden wieder auf. «Bei der Polizei haben sie mich nicht genommen, weil ich zu dick war, und ich bin nur immer noch dicker geworden. Der Arzt sagt, ich soll schwimmen gehen.» Er grinst, er muss es nicht sagen, ich weiß es, Schmoll kann nicht schwimmen. «Und meine Stelle bei der Bahn haben sie gestrichen – ehrlich gesagt glaube ich sogar, dass das richtig war. Man merkt keinen Unterschied. Die Züge fahren, ich sehe sie ja fahren.»

«Ich weiß ja auch, was du meinst», sage ich versöhnlich. «Durchs Examen gefallen, bei den Eltern gewohnt und jetzt …»

«Ihr hattet ein schönes Haus», sagt Schmoll. «Oben auf der Rotplatte, reiche Leute, ein schöner Garten …»

«Hat auch einen schönen Preis erzielt», ergänze ich stolz. «Davon hab ich noch ein paar Jahre.»

«Ja, da hast du es gut. Ich muss mich jetzt in der Selbständigkeit bewähren, das ist nicht leicht, wenn man Mitte vierzig ist, und der Kleine isst auch schon eine ganze Menge. Genau: Ich habe Hunger, Eule. Essen wir eine Bratwurst?»

Wir wechseln den Stand und schauen jetzt in die Ladenpassage, in deren Mitte der Kiosk ist, wo es *die* Hefte gab, wenn man doppelt zahlte. Man hat den Kiosk und die ihn umgebenden Häuser optisch aufeinander abgestimmt, alles ist mit weißen Kunststoffplatten verkleidet. Wenn man weitergeht, kommt man zur Eisdiele, dem Schuhgeschäft und einem Stück Wand, das am ehrlichsten meine Heimatstadt zeigt.

Es ist nämlich einfach nur eine Wand, sinnlos, und man sagt, es sei nichts dahinter.

Der Kiosk hat sicher immer noch die Hefte, aber ich kaufe sie nicht mehr.

«Ich muss schon wieder aufs Klo», stöhnt Schmoll. Er hat die Wurst schon weggeputzt, ich bin gerade bei der Hälfte. «Wahrscheinlich geht das jetzt mit der Prostata los, war bei meinem Vater auch so. Gestorben ist er aber an was anderem. Man weiß es nicht genau, es hat niemanden so richtig interessiert, er war einfach tot. So schnell kann das gehen, und die Zeit ist seitdem auch schnell vergangen. Wie lange sind deine Eltern schon tot?»

«Zehn Jahre», antworte ich zwischen zwei Bissen.

Schmoll schüttelt den Kopf. «Dabei waren sie doch erfahrene Pilzsammler! Dass so was heute noch passiert. Also nicht heute, sondern vor zehn Jahren. Zehn Jahre, Eule, wo sind die Jahre hin?

Was ich schon die ganze Zeit fragen wollte», wechselt er das Thema. «Was ist das eigentlich für eine Anstecknadel an deinem Kragen?»

«Ach die!» Ich lächle. «Vom Polizeisportverein, hat jeder in der B-Jugend bekommen, der beim Turnier geholfen hat.»

«Du warst im Polizeisportverein?», fragt Schmoll staunend.

«Kurz», erwidere ich. «Weißt du das nicht mehr?»

«Nein. Du bist doch vollkommen unsportlich, wir beide sind vollkommen unsportlich!»

«Ja, deshalb war ich ja nur kurz dort.»

«Aber beim Turnier hast du geholfen.»

«Ein bisschen.»

Schmoll scheint nachzudenken. Schließlich sagt er: «Ich habe diese Nadel noch nie an dir gesehen.»

«Sie ist mir erst vor ein paar Jahren wieder in die Hände gefallen», entgegne ich leichthin, muss aber langsam gegen meine Gereiztheit ankämpfen. Was halten wir uns so lange mit diesem Thema auf? Das ist nicht gut. «So oft sehen wir uns nicht, Schmoll.»

Schmoll nickt, endlich, jetzt klingt er fast aufgeregt: «Du, Eule, dahinten ist eine öffentliche, ich komme gleich wieder. Ich muss so dringend pinkeln, Eule. Hier mach ich nicht einfach so, auf dem Weihnachtsmarkt. Wegen der Kinder. Auweia, ich muss, Eule!»

Als Schmoll wiederkommt, lache ich.

«Was lachst du?», fragt er.

«Du hast telefoniert», sage ich. «Du warst gar nicht auf dem Klo. Du hast nichts an der Prostata, wahrscheinlich noch nicht einmal dein Vater!»

«Jetzt mal langsam, Eule!», sagt Schmoll. «Langsam, Eule! Es stimmt beides! Ich war pinkeln und habe rasch zu Hause angerufen. Dass ich eine Wurst gegessen habe, dass ich trotzdem mitesse. Wie hast du überhaupt gemerkt, dass ich telefoniert habe?»

«Vorhin war das Handy in deiner linken Jackentasche, jetzt ist es in der rechten. Du hast ein altes, dickes Handy, und man sieht es, weil deine Jacke spannt, weil du dick bist.»

«Alle Achtung.»

«Ich achte auf Kleinigkeiten.»

«Weiß ich. Trotzdem: alle Achtung.»

«Es ist schon spät. Wir sollten gehen, oder?»

Schmoll nickt wieder, gar nicht so leicht bei dem Doppelkinn. Wir sind schon so zwei, wir zwei.

«Ich begleite dich nach Hause, Schmoll», schlage ich vor, «ich komme selten raus. Tut mir gut. Die Kälte, der Schnee. Ich bin richtig in Weihnachtsstimmung!»

«Ach, weißt du», Schmoll kratzt sich nachdenklich am Kopf. Er hätte eine Mütze aufsetzen sollen, immer wenn es kalt ist, juckt ihn sein grindiger Kopf. «Ach, weißt du», wiederholt er, «der Weg ist nicht schön.»

«Als ob es in Storzbach schöne Wege gäbe», entgegne ich.

«Aber dieser ist besonders hässlich.»

«Wir könnten einen kleinen Umweg durch den Stadtgarten machen», schlage ich vor. «Da ist es jetzt schön mit dem Schnee. Relativ schön.»

Schmoll denkt nach, ausgiebig, wie das seine Art ist. Manche nannten ihn langsam, aber ich wusste, er war gründlich. Das hat mich beruhigt. Deshalb ist Schmoll mein bester Freund, mein einziger dazu.

«Na gut», sagt er schließlich, und seine Stimme klingt irgendwie anders, fester. «Dann können wir uns noch ein wenig unterhalten.»

Morgen wird es im Stadtgarten von Kindern wimmeln, weiße Weihnachten, wann gibt es die noch, aber jetzt ist es Nacht, keine Spuren im frischen Schnee, wir sind allein.

«Du achtest wirklich auf Kleinigkeiten», sagt Schmoll. «Das fand ich schon als Kind faszinierend. Du warst immer anders. Ja, du hast mich fasziniert, du faszinierst mich immer noch. Ich weiß, ich beruhige dich, aber ich weiß nicht, ob das ein Kompliment ist.» Er lacht und fasst mich am Arm. «Vielleicht wäre alles anders gekommen, wenn dich diese blöde

Starenhorst erhört hätte. Vielleicht hat dich das aus der Bahn geworfen.»

«Na ja», entgegne ich achselzuckend. «Als Mann einer Tauben …»

«War sie taub?», fragt Schmoll überrascht. «Das wusste ich nicht! Sie war doch Bibliothekarin! Da haben die Menschen doch Fragen.»

«Sie hat von einem Tag auf den anderen nichts mehr gehört.»

In der Dunkelheit kann ich das Gesicht meines Freundes nicht erkennen, aber ich weiß, er zieht jetzt verblüfft die Augenbrauen hoch, fast bis zum Haaransatz, das kann nur Schmoll in diesem Maß.

Jetzt sind wir am Wehr und blicken in den Fluss. Wir schweigen.

«Das ist bestimmt, weil wir den Pfarrer getroffen haben», sagt Schmoll schließlich. «Aber ich muss an unsere Konfirmandenfreizeit denken. Sicherlich kennt er uns deswegen heute noch mit Namen.»

«Ja, das war schlimm. Ein großes Unglück.» Es hat aufgehört zu schneien, der Himmel hängt tief über der Stadt, es wird Nebel geben. Ich mag Nebel.

«Die Starenhorst war ja älter als du», Schmoll spuckt ins Wasser, das macht er, wenn er nervös ist. «Aber wer kann schon sagen, dass es nicht gutgegangen wäre! Wobei, irgendwie hat sie mich immer an deine Mutter erinnert, und deine Mutter war ja eine ziemlich harte Person.»

Ich merke, dass mein Ärger zurückkehrt, stärker wird. «Ich kann es nur wiederholen», meine Stimme wird lauter, «ich weiß nicht, was das soll. Ich weiß nicht, warum du solche Sachen sagst. Ich finde, das alles sprengt bei weitem den

Rahmen eines vorweihnachtlichen Besuchs. Kommt jetzt das Übliche? Was mein Vater hingegen für ein feiner Mann war? Der tolle Arzt!»

«Nein, nein», ich ahne Schmolls abwehrende Handbewegung. «Ich weiß es doch! Ich meinte nur, deiner Mutter sah man die Bitterkeit an …»

«Er hat uns mit einem Gummiknüppel geschlagen, der Herr Doktor.»

«Ich weiß doch, Eule, verzeih mir.»

Schmoll tritt einen Schritt zurück, der Schnee knirscht, Nebel, jetzt ist er da, der Nebel.

«Okay, Eule. Das in meiner Hand ist eine Waffe.»

«Du achtest auf Kleinigkeiten, so warst du immer. Und wenn dich was gestört hat, hat es dich auch gleich wahnsinnig gemacht. Du warst unbeliebt und hässlich wie ich. Aber manches entgeht auch dir, Eule. Meine Jacke hat eine Innentasche, zum Beispiel. Die Pistole ist dir entgangen. Und das ein oder andere hast du ja wohl auch im Medizinstudium nicht mitbekommen. Oh, ich weiß, die vielen Namen, die du lernen solltest, die dich verwirrten und ärgerten! Und wehe, dich ärgert etwas, nicht wahr?

Du hast mich gar nicht gefragt, worin meine neue Beschäftigung besteht. Nun, es interessiert dich sicher auch nicht, so richtig interessiert dich niemand, Menschen sind nicht einmal Kleinigkeiten für dich, aber ich will es dir trotzdem sagen. Der alte Traum: Wenn schon nicht bei der Polizei, dann eben als privater Ermittler.

Darin unterscheiden wir uns, Eule, ich habe Träume, du nicht.

Und noch etwas: Dein Enrico Most kam aus gutem Hause, man glaubt es kaum, man glaubt es ja auch bei dir kaum. Der

Bruder hat ein Hotel in Dresden und eine Belohnung ausgesetzt. Ich kriege sie, weil ich dich gekriegt habe.

Dieses eine Mal werde ich respektiert werden. Denn du bist weit schlimmer, als die Leute ahnen. Und ich weiß es, Eule, weil wir so ähnlich denken. Wir denken und fühlen das Gleiche. Wir sind beide kaputt, aber du bist ein Monster.» Schmoll keucht, der Arme wird doch keinen Herzinfarkt bekommen. «Weißt du noch, Eule? Wir haben manchmal zusammen geklaut. Nichts Großes, mal einen Bleistift oder – besonders ich – eine Wurst im Supermarkt. Ich habe mitgemacht, ja, aber es war immer deine Idee. Einmal habe ich dich gefragt, warum wir das eigentlich tun, du konntest es nicht begründen. Du wolltest einfach kleine Triumphe, Souvenirs, Zeichen, dass du auch mal was geschafft hast.

Seit ich Detektiv bin, lese ich alles, was ich über ungeklärte Fälle in unserer Gegend in die Finger kriege. Hätte ich das doch schon früher getan!

Man hat die Starenhorst nie gefunden, nur Blut im Teppich, das allerdings von ihr stammte. Laut ihrer Familie fehlte nichts, außer einer Reitgerte. Dem maß man keine Bedeutung bei.

Und dann diese Anstecknadel, die so überhaupt nicht zu deinem Stil passt. Wenn da nicht diese Erinnerung aufgestiegen wäre an das, was die Mutter von Timon Bender sagte, ach was, unter Schluchzen hervorgepresst hat. Ich habe sie nämlich besucht, nach der Konfirmandenfreizeit, Blumen vorbeigebracht, meine Eltern meinten, das gehöre sich so. Und da hat sie gefragt, ob ich wüsste, wo seine Nadel ist, die vom Polizeisportverein. Das hat sie mir vorhin am Telefon bestätigt. Abgestürzt ist er, nachts von der oberen Terrasse auf der Burg Steinbeck. Ein rätselhaftes Unglück. Er war eine Nervensäge, du hast ihn gehasst, sogar seinen Namen gehasst, weil dich die Lautfolge ‹i-o› an eine quietschende Tür erinnerte. Das hast du damals gesagt. Wir beide, Eule, hatten Einzelzimmer, weil wir so unbeliebt waren. Uns kann man ja niemandem zumuten, ist doch so.

Timon war jede Nacht draußen und hat geraucht, hat sich anscheinend als Einziger getraut, an Rammsauters Zimmer vorbeizuschleichen, anscheinend – jemand anders war wohl genauso mutig. Einer, von dem man das nie gedacht hätte.

Außerdem, wie oft hast du über die Stahlkappenschuhe deines Nachbarn geklagt, und jetzt hast du sie an! Und von ihm fehlt auch jede Spur! Wieder nur Blut! Dein Klo ist nicht kaputt. Ich habe in der Pizzeria angerufen, du warst seit Monaten nicht da. Wozu benutzt du deine Badewanne, Eule? In den ersten Semestern lernt man doch, Leichen zu zerschnippeln, da warst du doch noch ganz gut!

Wahrscheinlich hätte ich es mir trotzdem nicht vorstellen können, wenn nicht der Tod deiner Eltern so seltsam gewesen wäre. So erfahrene Pilzsammler essen giftige Pilze, und du Armer hättest beinahe mitgegessen, wenn du an diesem Tag nicht mit Kommilitonen gefeiert hättest. Du und mit Leuten feiern! Das hat mich schon damals gewundert. Nicht einmal wir zwei haben je zusammen gefeiert, wir hatten auch nie was zu feiern. Aber ich jetzt schon, heute Nacht noch!

Ich muss dir dankbar sein, dass du mich nach Hause bringen wolltest. Ich wäre ganz brav zur Polizei gegangen, aber so ist es viel besser. Ich liefere dich ab. Los, zur Polizei, du gehst vor mir her. Nach dir, Eule. Los, Eule!»

Wir gehen zurück. Nur unsere Spuren sind zu sehen, alles ist friedlich und still. Aber mein guter Schmoll kann sich noch immer kaum beruhigen.

«Fragt sich nur, wen du noch alles umgebracht hast, welche Souvenirs man noch findet und was du von deinen Eltern aufbewahrst. Wahrscheinlich ist es …»

Genau, der Gummiknüppel.

Mein Freund kann es nur leider nicht mehr sagen. Nein, Schmoll ist keiner, der gleich abdrückt, wenn man sich umdreht, die wenigsten Menschen sind so entschlossen. Er lebt noch, als ich ihn zum Wehr schleife, aber er kann nicht schwimmen.

Durch den Nebel sehe ich Lichter eines Hauses, das mich immer besonders ratlos gestimmt hat. Wie soll man es beschreiben? Ein Riesenschuhkarton auf Arkaden, aber irgendwie klingt das komisch.

Ich habe es erwähnt: Wenn ich zwischen Freude und Reue fast zerrissen werde, neige ich zu Zwangshandlungen. Schmolls lächerliche Damenpistole mag auf dem Schwarzmarkt teuer gewesen sein, sie imponiert mir trotzdem nicht. Sein Handy dagegen mag ich irgendwie. Und nun mache ich es seit Tagen an und aus und an und aus und an und aus … Das ist dumm, denn so kann man es orten. Die Polizei ist da und untersucht meine Wohnung. Ich komme ins Gefängnis. Der Gedanke gefällt mir, denn so komme ich raus aus dieser Stadt.

Nur eines stört mich. Das, was jetzt der eine da zu dem anderen sagt, und die beiden anderen hören auch noch zu. «Halt!», rufe ich. «Darf ich Ihnen etwas erläutern?», sage ich. «Wenn Sie bitte kurz mit mir ins Bad kämen?» Sie schauen sich an, der eine nickt zögerlich, schließlich zerren sie mich zu viert durch die Wohnung, als wäre ich ein wildes Tier.

«In diesem Zuber hier», sage ich, «sehen Sie Enrico Most. Er ist tot, und seine sterblichen Überreste lösen sich in der Flüssigkeit allmählich auf, aber dies», ich deute auf die Badewanne, «ist der bevorzugte Aufenthaltsort meiner Frau, sie ist eine geborene Starenhorst, vor allem aber ist sie keineswegs tot. Sie ist nur», ich kann meine Bekümmerung nicht verbergen, «leider sehr plötzlich ertaubt.» Zärtlich schaue ich meine Liebe an. Sie sieht schlecht aus, sehr schlecht. Ich muss mich dringend um sie kümmern, Formaldehyd in die Venen, Wachs auf ihr Gesicht … «Ich zeige es Ihnen», sage ich, denn die Polizisten scheinen mich einfach nicht verstehen zu wollen. «Ich beweise Ihnen, dass sie taub ist. Man kann nicht mit ihr reden, das ist so schade.» Ich schreie ihr direkt ins Ohr, sie reagiert nicht, nochmal: «Fröhliche Weihnachten!»

Nichts.

THOMAS RAAB

15 Die Ankunft des Herrn

An und für sich, global gesehen, ist der Name Jesus ja nichts Besonderes. In Mexiko, Kuba, Puerto Rico, Venezuela, Kolumbien, Guatemala, Spanien, Portugal und weiß der Teufel, werden vorwiegend männliche Mitglieder der Gesellschaft zuhauf so gerufen, sie müssen nicht einmal katholisch sein.

Hört allerdings jemand auf diesen Vornamen, ohne dass dahinter beispielsweise ein klingendes Martinez, Salvador oder Rodriguez folgt, ist das sehr wohl etwas Besonderes. Vor allem, wenn sich aus heiterem Himmel, wie ein stilistischer Handkantenschlag – als ließe sich eine Stradivari freiwillig von einer Melodica begleiten –, ein Holzinger dazugesellt.

Jesus Holzinger also! Warum Marianne Holzinger, Ehefrau vom hundertprozentig einheimischen Hans und Mutter von Jesus, diesen Namen wählte, begründete sie immer mit: «Wenn es im Umkreis von zwei Kilometern eine Jessika Baumgartner, eine Chiara Haluschnig, einen Moses Brunner oder einen Ronaldo Zellmoser gibt, warum keinen Jesus Holzinger.» Wobei sie drauf bestand, das «J» ihres Sohnes möge ausgesprochen werden wie ein «Ch», und das erste «e» wie ein «ä». Chäsus Holzinger also!

Ohne Chance auf Erfolg, versteht sich. Im schwer katholischen Städtchen Gmeining blieb Jesus Holzinger stets nur der Holzinger Jesus, oder maximal «Jessas der Holzinger».

Keine Spur von südländisch. Südländisch passte zu ihm so gut wie ein Mongole in ein Dirndl.

Zu allem Übel, als wollte der Holzinger Jesus sein Schicksal herausfordern, wurde er Tischler. Das eigentliche Übel daran war aber weniger die Arbeit mit Holz als sein Drang, dieses Holz auch selbst herzustellen. Jesus Holzinger erarbeitete sich mit viel Fleiß im Lauf der Jahre seinen eigenen Wald, oder eigentlich den Wald vom ehemaligen Bauern Heindling, seine eigene Baumschule und schließlich seine eigene kleine Tannenzucht. Die Holzinger-Tannen.

Nur was hilft einem die schönste Tannenzucht, wenn jahraus, jahrein auf den einzigen beiden zugelassenen Standplätzen vor der Gmeininger Kirche, als wäre es eingesessenes Recht, dieselben zwei Christbaumhändler ihre Christbäume unters fromme Gmeiningervolk bringen. Dem frommen Jesus samt seiner Baumschule blieb vorerst nichts anderes übrig, als den eigenen Bäumen beim Wachsen zuzusehen, obwohl sich sein frommes Herz nur nach einem sehnte: nach diesen einzigartigen lachenden Kinderaugen, in denen sich im Kerzenschein der regelmäßige Wuchs einzigartiger Christbäume widerspiegelt – seiner Christbäume, versteht sich.

Vorerst.

Denn wie der Hase so läuft zwischen den beiden Händlern gegenüber seiner Tischlerei am Kirchenplatz, das wusste er, der Holzinger Jesus. Obwohl, gelaufen ist da gar nichts mehr. Warum sollen Männer, die vehement einen Standplatz verteidigen, auch nur einen Schritt aufeinander zugehen? Zugegangen ist es dann allerdings wie im Wilden Westen:

Seit mehr als drei Wochen, und während dieser Zeit Tag für Tag, vom Acht-Uhr- bis zum 17-Uhr-Geläute der hellen, schrillen Kirchenglocken vom Zwiebelturm der Pfarrkirche

Gmeining, Friedrich Kurpartl mit seinem Filzhut und seinem unappetitlichen Vollbart vor sich zu haben war nämlich für Sepp Riedinger einmal mehr genauso entsetzlich, wie für Friedrich Kurpartl der alljährliche ungustiöse Anblick des fettleibigen, stets gutgelaunten Sepp Riedinger mit seiner ekelhaften Pfeife.

Aber nicht, dass sich die beiden aufgrund dieser gepflegten Antipathie davon hätten abhalten lassen, einen anderen Standplatz zu beantragen. Wie das Amen im Gebet, oder besser so verlässlich wie das Entzünden der ersten Adventskranzkerze hinter den Fenstern der frommen Gmeininger, bauten die beiden an diesem sonntäglichen Startschuss zur Vorweihnachtszeit wieder ihre Tannen vor der Kirche auf. Was heißt «sie bauten auf»! Friedrich Kurpartl und Sepp Riedinger forsteten auf, sie errichteten Nadelwälder auf den Pflastersteinen des Marktplatzes, dagegen ist die gepflegte Tannenzucht vom Holzinger Jesus ein Dokument des Waldsterbens. Natürlich waren die Bäume am Marktplatz noch viel eher dem Tod geweiht als die Pflanzen vom Holzinger. Und wenn also schon aus christlichem Anlass dem Tod geweiht, dann natürlich ganz im Sinn der katholischen Tradition, zum qualvollen Feierabend, um nicht zu sagen Massenmord, am Holzkreuz.

Und genau damit begann nun die frostige Geschichte zwischen dem Kurpartl, dem Riedinger und indirekt auch dem Holzinger: mit dem Kreuz.

Dem heiteren Riedinger kam nämlich fünf Tage vor Weihnachten aus ebenso heiterem Himmel die glorreiche Idee, den Christbaumkäufern, die bei ihm einen Baum erstanden, gratis ein Holzkreuz dazuzugeben und mit der flachen Rückseite seiner Axt auf den Stamm zu klopfen, auf dass der Baum bombenfest auf dem Wohnzimmerteppich neben dem Heizkörper seinem Ende entgegenrieseln könne. Das schrieb er dann auch auf eine Tafel: «Christbäume plus gratis montiertem Holzkreuz».

Logisch, dass das mit dem heiteren Himmel nur der Kurpartl annahm, ohne einen blassen Schimmer von der verteufelten dahintersteckenden Idee zu haben.

Von der wusste natürlich der Riedinger auch nichts, als ihm da eines Abend der Tischler Holzinger einen großmütigen Vorschlag unterbreitete: Er hätte doch so viele Holzreste und würde sich freuen, wenn er daraus Christbaumkreuze zimmern könnte, die der Riedinger zu dieser frommen Zeit wohlgemerkt weiterverschenken könne.

Aber wirklich verschenken, bitte! Darauf bestand er, der Holzinger Jesus.

Logisch, dass der Riedinger danke gesagt hat, und logisch, dass ihm dann mit diesem Zusatzangebot die Tannen weggingen wie die warmen Semmerln.

Jetzt hatten sich die beiden Geschäftsmänner aber bis zu diesem Zeitpunkt ohnedies nicht mehr zu sagen als ein grimmiges «Guten Morgen» oder «Guten Abend», und das natürlich nur, wenn es sich nicht vermeiden ließ. Trotzdem trugen sie ihren Wettbewerb nicht mit verkaufsstrategischer Finesse und Heimtücke aus. Keiner versuchte, den anderen auszutricksen oder zu übervorteilen. Man tat einfach so, als wäre man der einzige Händler am Platz. Jedenfalls machte so jeder der beiden sein Geschäft, bisher.

Nur, durch diese Holzkreuzaktion des fetten Riedinger war es beim vollbebarteten Kurpartl aus mit der Höflichkeit.

Denn gerade in diesem Jahr bereiteten ihm diese Kreuze genauso viele Qualen wie sein eigenes, was natürlich für den Holzinger aus seiner Tischlerei seit langem deutlich sichtbar war. Nur mit Spritzen konnte der Kurpartl dem Herumgerutsche seiner nervösen Bandscheiben halbwegs standhalten. Folglich ergab sich aus seiner Sicht der einleuchtende Gedankenschluss: «Der Riedinger, das elende Schwein, der mir ja täglich bei der Arbeit zusieht, weiß von meinem Kreuz mit dem Kreuz und erhofft sich genau deshalb mit seinen Kreuzen einen Wettbewerbsvorteil.»

Menschen, deren Leid sich andere zur eigenen Bereicherung zunutze machen, können da blöderweise ganz schön sensibel reagieren.

«Da hast du dich aber in den Finger geschnitten, du Saukerl!», ging es dem Kurpartl durch den Kopf, während er an diesem folgenschweren Morgen bereits bei Tagesanbruch der eisigen Kälte mit dem selbstgebrannten Marillenschnaps zuleibe rückte. Wahrscheinlich hatte er dann im Laufe des Tages von genau dem auch ein wenig zu viel erwischt. Denn anders ist es nicht zu erklären, dass er kurz vor Mitternacht mit einem Fuchsschwanz anrückte und sich nicht zu blöd war, trotz heftiger Rückenschmerzen unter das Abdecknetz zu kriechen und allen Riedinger-Bäumen den Stamm bis zur Höhe der untersten Astreihe abzusägen. So, dass keine der Tannen mehr aber auch nur irgendwo hingesteckt werden konnte, maximal an den Hut.

Jetzt sind die armen Christbäume in gewisser Weise ja ohnedies schon viel weniger Sterbende als vielmehr Leichen, wenn auch gepflegte, verehrte und aufgeputzte, deren im Vergleich zum Menschen eher langwieriger Zersetzungsprozess mit allerlei buntem, meist geschmacklosem Krimskrams selbst für gewiefte Kinderaugen einigermaßen erträglich gehalten wird, so als würde man der geschminkten Omama im Sarg noch schnell mit Botox die Falten wegspritzen.

Bei dem, was der Kurpartl nun allerdings mit seinem Fuchsschwanz angerichtet hatte, spräche selbst ein abgebrühter Bestatter von Leichenschändung. Traurig entstellt lagen sie da, die entstellten Riedinger-Tannenleichen.

Und während am nächsten Morgen der stets gutgelaunte

Sepp Riedinger zum ersten Mal, seit ihn Friedrich Kurpartl ertragen muss, eben nicht mehr gut gelaunt allen seinen Bäumen abermals ein Stückchen Stamm samt den dazugehörigen unteren Ästen abschneiden musste, um sie wieder, einen Kopf kürzer, in seine geschenkten Holzkreuze pferchen zu können, machte der Kurpartl das Geschäft seines Lebens, gut gelaunt, mit einem Spezialservice: Jedem Kunden wurde zum Baumaussuchen ein Stamperl Selbstgebrannter kredenzt, mit dem in Richtung Riedinger-Bäume zugeprosteten Trinkspruch: «Immer kühlen Kopf bewahren!»

In der darauffolgenden Nacht rauchte sich der mittlerweile wieder gutgelaunte Sepp Riedinger eine Pfeife an, sagte sich: «Jetzt werden Köpfe rollen!», und begab sich mit einer Astschere auf den Weg, um den Kurpartl-Tannen alle Wipferln abzuzwicken. «Da kann der dann nämlich einpacken, der Saukerl», dachte er.

Und weil der Friedrich Kurpartl vieles war, nur nicht blöd, dachte der sich natürlich auch etwas. Nämlich, dass sein ausgefressener Konkurrent auf die Idee kommen könnte, diese Nacht eventuell spätestens um 23 Uhr, wenn der Gmeininger Kirchenwirt seine Sperrstunde hat, am Marktplatz vor der Kirche anzutanzen, um Rache zu üben. Zu Recht, kann man da nur sagen.

So standen folglich kurz vor Mitternacht:

der Riedinger auf seinem Standplatz zwischen seinen etwas kürzeren Tannen, mit einer Astschere in der Hand,

ihm gegenüber der Kurpartl ebenfalls auf seinem Platz, zwischen seinen immer noch gleich großen Tannen, mit einem Fuchsschwanz im Anschlag,

und im Hintergrund der Holzinger Jesus still und heimlich in seiner dunklen Tischlerei, mit einem Feldstecher vor den Augen.

«Saukerl!», hat er gebrüllt, der Riedinger.

«Saukerl!», hat er erwidert, der Kurpartl.

«Saugut!», hat er gedacht, der Holzinger.

Und nachdem die beiden «Saukerl» am Marktplatz vor der Gmeininger Kirche gänzlich verhallt waren, entlud sich der ganze Zorn der beiden Kontrahenten in verharrender Stille.

Jetzt ist das nicht so einfach, wenn zwei Dickschädeln aufeinandertreffen, gewillt, sich die Schädel einzuschlagen, und doch zu feige zu beginnen.

Da macht keiner so schnell eine Kehrtwendung und rückt wieder ab, da hält jeder zumindest die Stellung und wartet, bis der andere irgendetwas tut.

Nur, wenn zwei dieselbe Strategie wählen, was soll da herauskommen?

Gehustet haben sie, gefroren haben sie, einen kühlen Kopf haben dann beide gehabt, seinen Schnaps hat er leer gesoffen, der Kurpartl, an seiner verglühten Pfeife hat er gekaut, der Riedinger, aber von der Stelle gerührt hat sich keiner. Auch nicht der Holzinger in seiner beheizten Werkstatt.

Am Morgen standen sie noch immer da, ermüdet, mittlerweile auch der Riedinger mit Kreuzschmerzen. Und wie dann der helle Klang der Kirchenglocken acht Uhr schlug, drehten sich die beiden an diesem 22. Dezember wie ausgemacht um, stellten ihre Bäume auf, öffneten ihre Klappstühle und taten so, als wäre nichts geschehen.

Wie gesagt, sie taten so. Denn in Wahrheit ging es den beiden hundsmiserabel.

Nur vor der Tischlerei hing ein Schild: «Heute Ruhetag».

Mit dem Glockenschlag um 17 Uhr wurden die Bäume wieder abgebaut, mit den Netzen überdeckt, und jeder der Christbaumhändler ging in seine Unterkunft.

Um 23.30 Uhr zischte es abermals über den Marktplatz.

«Saukerl!», hat diesmal der Kurpartl gebrüllt.

«Saukerl!», hat er erwidert, der Riedinger.

«Saugut!», hat er sich gedacht, der Holzinger.

Diese Nacht allerdings hatte jeder schon seine Jause unterm Anorak, seine Thermoskanne Kaffee unterm Arm, seine Thermounterwäsche unterm Beinkleid und seinen Klappstuhl aufgeklappt unterm Gesäß.

Alles gut und schön, nur gemütlicher wurde es deshalb noch lange nicht. Wie sollen mehr als acht Stunden Wachdienst im Freien, bei Minusgraden, schon gemütlich werden, noch dazu in Not, in größter Not? Der Riedinger und der Kurpartl waren nämlich beide nicht mehr die Jüngsten, ihre Blasen nicht mehr die geduldigsten und ihre Kaffeekannen bald geleert. Noch dazu froren sie wie zwei rasierte Pudel auf der eiskalten Lederrückbank einer klimatisierten Großraumlimousine. Unter Schmerzen, aber mit regungslosem Gesicht saßen sie sich gegenüber. Was ist schon der Harndrang im Vergleich zum Bedürfnis, sich gegenseitig eins auszuwischen! Wegen ein bisserl Urin aufgeben, niemals.

Um fünf Uhr morgens brannte sich der Strahl vom Riedinger, der sehr zur Aufregung seines Kontrahenten plötzlich aufgestanden und ein paar Schritte vorwärtsmarschiert war, demonstrativ in Richtung Kurpartl gelblich in den weißen, gefrorenen Schnee des Kirchenplatzes.

«Saukerl!», brüllte der Kurpartl erleichtert, erleichtert weil der drohende Riedinger-Angriff nur ein Angriff auf die guten Sitten war.

Um 5.20 Uhr schmetterte der Riedinger aus genau demselben Grund das gleiche Wort in Richtung seines Kontrahenten. So erleichtert war der Kurpartl dank der Erleichterung – wenn es nicht so dunkel gewesen wäre, der Riedinger hätte ihn lächeln sehen können.

Aber auch ohne Wahrnehmung dieses Schmunzelns war nun, nicht nur an zwei Stellen im weißbedeckten Kirchenplatz, auf beiden Seiten das Eis gebrochen, still und heimlich natürlich. Obwohl still und heimlich nicht ganz richtig ist, zumindest was den Grund der versteckten Erheiterung betrifft, denn dem erleichterten Kurpartl kam während seiner Erleichterung zusätzlich noch ein alles andere als dezentes Lüftchen aus, keines von der Sorte, bei dem man nicht weiß, woher der Wind weht.

Diese brummende Brise brach nicht nur das Eis, sondern auch das Schweigen.

«Aber einen Haufen vor die Kirche legen tust nicht!», ließ der Riedinger nach einiger Zeit seinem «Saukerl» folgen.

«Wenn's sein muss, ganz bestimmt, da kannst du Gift drauf nehmen!», retournierte der Kurpartl, und der andächtig vor ihrem Kindlein knienden Marienfigur im Inneren des barocken Gotteshauses wurde angst und bang: «Schnaps regt nämlich die Verdauung an, sollte man wissen!»

«Bevorst' dich wegen diesem Haufen noch mehr versündigst, sag was, da gehen wir lieber vorher!»

«Na, dann gehen wir!»

Es ist ja hinlänglich bekannt, dass sich die Menschen des Öfteren wegen jedem noch so lächerlichen Furz ein Leben lang in die Haare geraten. Wie man sieht, auch zur Versöhnung reicht ein solcher, wären nur die Herzen dafür offen genug.

Welch wunderbares, beinah weihnachtliches, wenn auch ein klein wenig derbes Ende! Eine richtige kleine Weihnachtsgeschichte, könnte man meinen.

Nur hat offen gesagt die richtige Weihnachtsgeschichte langfristig gesehen alles andere als ein wunderbares Ende, womit wir wieder bei den Holzkreuzen wären und diesem ehernen Gesetz:

So viel versöhnen können sich zwei in Wahrheit gar nicht, wenn ein Dritter das nicht will.

Zuerst war der Holzinger Jesus natürlich zornig über diesen brüderlichen Akt der Schwäche, diesen lächerlichen Friedensguss der beiden Kontrahenten. Es hat aber nicht lange gedauert, da ist aus diesem Zorn eine euphorische Glückseligkeit geworden, als hätte die schockierte Jungfrau Maria schutzsuchend in seiner Werkstatt um Herberge gebeten.

Um acht Uhr am folgenden Morgen war der Kurpartl der Erste am Platz vor der Kirche. Kein Wunder, immerhin hatte er reichlich Erfahrung mit seinem Selbstgebrannten. Und während der Riedinger zufrieden wie ein Kind nach der Bescherung seinen Marillenschnaps-Versöhnungsrausch ausschlief, stand der Kurpartl blass, gedemütigt und erfüllt von unbändiger Wut vor seinem ruinierten Bestand. Anstatt als krönender Abschluss einer gepflegten Zucht die Wipfel seiner Bäume zu zieren, lagen die Spitzen der enthaupteten Tannen in trauriger Niedergeschlagenheit neben der gelben Grube im Schnee.

Menschen, deren neuerworbenes Vertrauen sich andere zur eigenen Bereicherung zunutze machen, können da blöderweise ganz schön sensibel reagieren.

Lang stand er folglich nicht blass und gedemütigt am Kirchenplatz herum, der Kurpartl, immerhin gab es da ja noch die unbändige Wut. Die hat ihm dann eine Zornesröte ins Gesicht getrieben, dagegen wäre ein vom Sonnenbrand geschwollenes Gesicht eines deutschsprachigen männlichen Mallorca-Touristen ein feiner Teint. Vorgelehnt wie ein Skispringer ist er zur Riedinger-Unterkunft marschiert, und wäre da nicht der Vollbart gewesen, man hätte ihn gesehen, den Schaum vorm Kurpartl-Mund.

Danach hörte man wüstes Geschrei aus der Riedinger-Unterkunft, Schimpfwörter, die den kleinen frommen Gmeininger-Kindern zuvor noch nie zu Ohren gekommen waren, das Zerbrechen von Glas, dem ein aus dem Fenster fliegender Sessel folgte. Durch diese beachtliche Lücke flog dann auch Sepp Riedinger.

Der Gmeininger Fenstersturz ging in die Geschichte ein, da spielte die Ebenerdigkeit dieses Fensters gar keine Rolle, und endete am 23. Dezember mit einem verstauchten Riedinger-Bein, jeder Menge blauer Flecken und für beide zuerst vor dem Schreibtisch des diensthabenden Polizeibeamten, dann vor dem Schreibtisch jenes Gemeindebeamten, der für die Vergabe der Standplätze zuständig war, dann am Marktplatz. In diesem Jahr wurde schon am 23. Dezember abgebaut. Und da war es dann auch völlig egal, dass die Spitzen der Riedinger-Tannen den dazugehörigen Stämmen ebenso zu Füßen lagen.

Am darauffolgenden 24. Dezember standen jede Menge Gmeininger Väter, die in der Hoffnung auf gesalzene Rabatte die Strategie des Kaufs zur letztmöglichen Stunde verfolgten, mit ihren Sprösslingen am leergeräumten Kirchenplatz.

Und während sie ihre selig erwartete Feier der Ankunft des Erlösers, im Kreise der Familie umgeben von strahlenden Kinderaugen vorm geschmückten Weihnachtsbaum, dahinschmelzen sahen wie den Schnee an zwei unübersehbaren Stellen am leergeräumten Kirchenplatz, marschierte an diesem 24sten aus heiterem Himmel Jesus der Erlöser mit stolz geschwellter Brust bereits am Vormittag ein.

Mit frisch geschnittenen, hochpreisigen Holzinger-Tannen.

FELICITAS MAYALL

16 Ein alltäglicher Mord

Der Zug war voll wie ein Viehtransporter und roch auch so. Nach feuchten Fellen, dampfigem Atem. Schneekristalle schmolzen auf den Mänteln und Haaren der Reisenden, tropften auf den Boden. An jeder Haltestelle drängten neue Massen herein, machten es unmöglich, der feuchten körperlichen Nähe zu entkommen, die allen zusetzte. Arm an Arm, Rücken an Rücken, Bein an Bein, Plastiktüte an Plastiktüte. Der Regionalzug am Abend des letzten verkaufsoffenen Samstags vor Weihnachten. Ein junger Mann schrieb mit dem Finger «Hilfe!» an eine beschlagene Fensterscheibe. Wenigstens ein paar der Umstehenden grinsten. Es machte die Situation ein bisschen erträglicher.

Auf wunderbare Weise war ich zu einem Sitzplatz gekommen. Von den Leibern der anderen bedrängt, fiel ich auf ein junges Mädchen, das erschrocken aufsprang und mir seinen Platz überließ. Es machte mir kurz zu schaffen, das gebe ich zu. Nach der ersten Erleichterung machte es mir zu schaffen. Natürlich war ich älter als dieses Mädchen, aber keineswegs alt. Vierundvierzig ist nicht alt heutzutage. Mit vierundvierzig geht man meistens für fünfunddreißig durch. Ich meine, wer ein bisschen an sich arbeitet.

In der Plastiktüte, die zwischen meinen Stiefeln klemmte, steckte das Weihnachtsgeschenk für meinen Mann Peter.

Ein Bademantel. Etwas anderes war mir nicht eingefallen. Nur dieser Bademantel. Weil Peter dreimal in der Woche in die Sauna geht. Ich hätte ihm auch einen Jogginganzug schenken können, denn viermal in der Woche geht er laufen. Aber er hatte schon einen Jogginganzug. Peter hasste Verschwendung. Sein alter Bademantel dagegen löste sich allmählich auf. Den neuen würde er deshalb gnädig entgegennehmen.

Ich hätte ihm gern ein Buch geschenkt oder einen besonderen Wein. Aber Peter liest nicht, und er trinkt keinen Alkohol. Es gab nichts Besonderes oder Außergewöhnliches, das ihm Freude gemacht hätte. Zwischen all diesen dampfenden, zusammengepressten Wesen dachte ich plötzlich darüber nach, warum mir nie ein wirklich passendes Geschenk für Peter einfiel. Für jeden anderen hätte ich mit Leichtigkeit etwas gefunden: eine CD, einen Film, einen Roman oder Bildband, eine Pflanze, Gedichte, eine Konzertkarte …

Peter hatte keine speziellen Interessen. Nur seine Karriere und seine Fitness. Ich will damit nicht sagen, dass er ein unerträglicher Ehemann ist. Nein, meistens wirkt er höflich und freundlich. Aber irgendwie nicht ganz wirklich. Irgendwie so, als verkörpere er seine Vorstellung vom perfekten Ehemann. Ich kann das nicht so genau beschreiben, weil es nur mein vages Gefühl ist, dass etwas nicht stimmt.

Vielleicht bin ich es, mit der etwas nicht stimmt. Peters Meinung nach trinke ich zu viel. Er trinkt nie. Ich lache auch zu laut. Er sagt es mir beinahe jedes Mal, wenn ich lache. Er lacht nur selten und dann nie laut.

Na ja, meistens ist er ohnehin nicht zu Hause, weil er ständig auf Geschäftsreisen muss. Muss! Darauf liegt stets die Betonung. Und er bringt mir jedes Mal etwas mit: Parfüm, Schmuck (nicht zu teuer natürlich). Was man Frauen eben so mitbringt, wenn man sie nicht kennt. Ich bin seit zehn Jahren mit ihm verheiratet und mache mir weder aus Parfüm noch aus Schmuck etwas.

Wenn ich allerdings genau nachdenke, dann weiß ich nicht, woraus ich mir etwas machen würde … in Zusammenhang mit Peter jedenfalls. Er hat mich auch nie gefragt. Ging einfach davon aus, dass ich Parfüm und Schmuck mag, weil ich eine Frau bin und Frauen so was mögen.

Was er mir diesmal wohl zu Weihnachten schenken wird? Vielleicht auch einen Bademantel. Weil er der Meinung ist, dass Sauna mir ebenfalls nicht schaden würde. Ich hasse Sauna!

Abgesehen von alledem geht es mir gut. Peter verdient eine Menge Geld, wir haben ein schönes Haus, zwei Autos. Keine Kinder. Peter wollte keine. Er ist der Meinung, dass Karriere und Kinder sich ausschließen. Seine Karriere. Und meine. Ich übersetze Patente für eine Anwaltskanzlei. Englisch, Französisch. Ich weiß nicht, ob ich Kinder will. Eher nicht, wenn ich mir meine Freundinnen ansehe. Aber ganz sicher war ich mir nie. Wir haben keine, weil Peter sehr überzeugend sein kann. Das nützt auch seiner Karriere. Er überzeugt alle von der Großartigkeit und Richtigkeit seiner Ideen.

Während ich also mit meiner Plastiktüte zwischen den Beinen dasaß, in meinem Lammfellmantel schwitzte und meine Augen geschlossen hielt, um die anderen von mir fernzuhalten, hörte ich plötzlich diese Stimme. Leicht heiser, rauchig und sehr deutlich zu hören.

«Wir können uns schönnen Abend machen, wenn wir hier raus sind», sagte die Stimme. Rauchig, wie gesagt, und ziemlich tief mit einem leichten Akzent. Irgendwas Südöstliches wahrscheinlich. Kroatisch vielleicht.

Niemand antwortete auf ihren Vorschlag.

«Ich koche was Schönnes. Was du willst. Knoblauchschnitzel vielleicht?» Jetzt klang die Stimme verführerisch.

«Oder Cevapcici? Die magst du immer!» Jetzt drängte die Stimme ein bisschen.

Obwohl ich mich anstrengte, konnte ich noch immer keine Antwort hören. Vielleicht nickte der Angesprochene nur? Vielleicht war es ihm unangenehm, dass die vielen Leute um ihn herum auf diese Weise von seiner Vorliebe für Cevapcici erfuhren. Peter wäre es sicher unangenehm gewesen.

«Sag schon! Sag was! Ich mach alles, was du willst! Im Eisfach ist noch Tintenfisch. Kann ich auch machen. Ich freu mich auf den Abend, weißt du. So letzter Samstag vor Weihnachten. Mit Kerzen und so. Ist schönn, Weihnachten im Schnee, was sagst du?»

Er sagte offensichtlich nichts.

Allmählich wurde ich neugierig, öffnete langsam meine Augen und schaute die Frau an. Sie saß mir schräg gegenüber: eine große, beinahe schöne Frau mit langen schwarzen Haaren, die in wilden Locken bis auf ihre Schultern fielen. Nur beinahe schön. Ein wenig zu viel an Schärfe lag in ihren Zügen, um die Nase, den Mund, zwischen den Augenbrauen. Kräftige Schminke unterstrich diese Schärfe, schwarzer Lidschatten und sehr roter Lippenstift, der ein paar Millimeter in die feinen senkrechten Falten über ihrer Oberlippe zerlaufen war. Vielleicht lag es auch an dem Kontrast zwischen ihrer sehr blassen Haut und dem dunklen Haar. Ich schätzte sie auf Anfang vierzig. Trotz der Hitze im Zug hatte sie den schwarzen Kunstpelzkragen ihres Mantels hochgeschlagen, als friere sie. Jetzt beugte sie sich vor, streckte die rechte Hand aus, legte sie auf das Knie des Mannes, der genau neben mir saß. Eine beinahe flehentliche Geste der Nähe, die mir gleichzeitig wie ein Angriff auf dieses Schweigen vorkam.

«War doch ganz schönn in Stadt, was?!» Sie lächelte.

Ihre Hand lag noch immer auf seinem Knie, knetete es, und der Stoff seiner Hose kräuselte sich zwischen ihren Fingern.

Ich tat so, als suchte ich etwas in meiner Handtasche, und musterte den Mann unauffällig. Der Reißverschluss seiner wattierten grauen Jacke stand offen, und er hielt die Arme vor der Brust verschränkt. Den Kopf leicht nach vorn geneigt, saß er da, schaute nach unten, irgendwohin zwischen die Einkaufstüten, Beine und Stiefel. Ich folgte seinem Blick bis zu dem braunen, schleimigen Matsch, der den Boden bedeckte.

«War gut, der Glühwein! Ich trink gern Glühwein in Winter mit dir!» Sie sprach zu laut. Betrunkene reden manchmal so, laut und drängend. Alle im Wagen mussten es hören. Er zog kaum merklich die Schultern hoch, und sein Kopf sank tiefer in die wulstige, wattierte Jacke. Mir fiel die Schildkröte ein, die in meiner Kindheit eine Weile in unserer Wohnung lebte, bis wir sie im Zoo aussetzten. Auch sie hatte immer den Kopf eingezogen, wenn jemand zu laut redete. Nickte er? Jetzt fuhr er sich mit der rechten Hand über das kurze, rötlich blonde Haar, dann über die Stirn. Er hatte Schweißtropfen auf der Stirn, seine Haut war leicht gerötet.

«Und du?! Trinkst gern Glühwein mit mir?»

Die Leute um uns herum starrten. Unbehaglich ruckte er neben mir. Sein Bein berührte meins, zuckte wieder weg.

«Ja», murmelte er kaum hörbar.

«Was? Was hast gesagt? Ich hab nicht verstanden! Kannst nicht reden, was? Muss ich immer fragen und fragen, und du sagst nie was!» Sie zog ihre Hand von seinem Bein zurück und starrte ihn düster an. Irgendwie war mir die Szene vertraut. Nicht der vulgäre Auftritt der Frau, aber die Szenerie. Peter antwortete zwar, wenn ich ihn etwas fragte, aber er war nie wirklich anwesend. Er machte «mhm» oder irgendeinen anderen dieser beruhigenden Nulllaute. So wie viele Mütter ihren Kindern antworten, ohne hinzuhören. Um ihn zu testen, habe ich mal ziemlich laut gesagt: «In München ist vor einer Stunde eine Atombombe gezündet worden.» Peter antwortete «mhm», während er weiter gebannt auf den Bildschirm seines Laptops starrte.

Jetzt lehnte die Frau sich zurück, warf den Kopf nach hinten und schloss kurz die Augen. Dann lächelte sie plötzlich und zwinkerte dem Schildkröten-Mann zu.

«Willst mich ärgern, was? Kommst ja doch! Also was? Cevapcici oder Kotelett?»

Sein Kopf kroch ein Stück aus dem Jackenpanzer hervor, er beugte sich zu ihr hinüber und murmelte etwas, das nur sie verstand.

«Na, was! Bist woanders eingeladen? Dann geh doch! Geh nur! Ich brauch dich nicht! Hab dich noch nie gebraucht!» Ihr Gesicht war plötzlich kalkweiß, sie knetete ihre Finger, schien mit den Tränen zu kämpfen. Er war wieder in seinem Jackenpanzer versunken.

Irgendwas klopfte in mir, harte Hammerschläge von innen gegen meine Rippen. Wieso raste mein Herz, wenn zwei wildfremde Menschen sich stritten?

Ich beschloss, nicht mehr hinzuhören und die Augen zu schließen. Wie viele Stationen noch? Zwei mindestens. Wieso wurde dieser verdammte Zug nicht leerer? Stieg denn niemand aus?

«Aber du brauchst mich! Wo gehst denn hin, wenn dich die andern rausschmeißen? Immer zu mir, was! Wer gibt dir deine Herztabletten, wenn's dir schlechtgeht? Sag's mir! Sag!»

Ich wollte es nicht hören, aber sie sprach so entsetzlich laut. Peter kam auch nur dann wirklich zu mir, wenn es ihm schlechtging. Dann hatte ich die richtige Medizin, den richtigen Arzt. Für ihn war es eine Niederlage, krank zu sein. Deshalb konnte er sich nicht selbst darum kümmern. Er delegierte seine Krankheiten an mich.

«Ich hab doch gemerkt, dass du Glühwein nicht vertragen

hast! Hättest nicht trinken dürfen. Aber du musst ja vier Gläser trinken von dem Gesöff! Und jetzt geht's dir schlecht, was! Du schwitzt ja schon und hast roten Kopf. Wahrscheinlich Blutdruck zweihundertzwanzig, was!»

Sein Atem ging schwer. Ich wollte diesen Atem nicht hören oder spüren, doch es gab keinen Ausweg, denn er saß direkt neben mir, Körper an Körper. Selbst seinen Schweiß konnte ich riechen, und mein Herzrasen schien sich mit seinem zu vermischen. Plötzlich hasste ich ihn und die Frau mit den schwarzen Haaren. Sie waren mir zu nah, obwohl ich absolut nichts mit ihnen zu tun hatte. Ich schaute in die andere Richtung, suchte eine Lücke im Wall der Körper und Taschen. Es gab keine.

«Hast natürlich Herztabletten nicht dabei, was! Ich aber auch nicht. Sind zu Hause. Bin ich nicht Kindermädchen, was!»

Ich hielt ihre Stimme nicht mehr aus, diese rauchige, überdeutliche, viel zu laute Stimme. Er auch nicht. Taumelnd erhob er sich, verlor beinahe das Gleichgewicht, als der Zug sich in eine leichte Kurve neigte.

«Wo willst denn hin? Rosenheim ist noch zwei Stationen. Da draußen ist kalt. Kannst doch nicht aussteigen, einfach irgendwo, was!»

Er blieb stehen, hielt sich an den Rückenlehnen der Sitze fest, sagte nichts. Bei jeder Bewegung des Zuges streifte seine wattierte Jacke mein Gesicht. Draußen glitten kleine Häuser vorbei und Weihnachtsbäume mit bunten Lichtern. Warum sagte er nichts? Warum konnte er nicht mit ihr reden? Wie ein Mensch? Ein normaler Mensch, der zu Knoblauchschnitzel oder Cevapcici eingeladen wurde. Warum nicht? Warum konnte Peter nicht entsetzt aufspringen, wenn ich ihm von der Atombombe in München erzählte? Warum hörte er mir nicht zu? Warum schenkte er mir jeden zweiten Samstag Blumen? Pünktlich jeden zweiten Samstag. So pünktlich wie die Müllabfuhr, die jeden zweiten Dienstag kam. Warum schlief er nur am Sonntagabend mit mir? Immer am Sonntagabend? Warum ließ ich es über mich ergehen, dieses unfruchtbare, lustlose Ritual? Alles bei Peter war Ritual. Und ich machte mit, alle seine Rituale. Warum machte ich sie mit? Ich wusste es nicht, wusste es einfach nicht! Hasste mich selbst mit solcher Kraft, dass mir schwindlig wurde.

Die wattierte Jacke bewegte sich an mir vorüber auf den Wall der Leiber zu.

«Steig nur aus! Wirst schon sehen, was du davon hast! Bild dir nicht ein, dass ich dich brauch, was! Komm bloß nicht wieder! Verschwinde!» Sie machte eine heftige Armbewegung, als wollte sie nach ihm schlagen. Er sah es nicht, wandte ihr den Rücken zu, während sich der Menschenwall zögernd öffnete und ihn langsam verschluckte.

«Scheißkerl!» Plötzlich klang ihre Stimme leise, und sie drehte den Kopf zum Fenster, starrte hinaus.

Als der Zug endlich hielt, sprang ich auf und griff nach meiner Tüte mit dem Bademantel. Es war nicht meine Station. Trotzdem folgte ich einem seltsamen Impuls, einer Neugier, die mich schmerzte, sich anfühlte wie etwas Kaltes, Eckiges in meiner Brust. Ich wollte wissen, wohin er ging. Warum er ausstieg. Was ihn antrieb.

Die Menschenwand hatte sich wieder geschlossen, und nur höchst unwillig machten mir die anderen Platz.

«Hätt dir auch früher einfallen können!», blaffte mich einer an. Ich nahm nicht mal wahr, ob er alt oder jung war. Er war einfach ein Teil der Masse, mehr nicht. Weihnachtsmasse, dachte ich, feindliche Weihnachtsmasse. Konsumentenmasse. Mir war ein bisschen schlecht von der Hitze, dem

Herzklopfen und den Gerüchen. Als ich endlich die Tür erreichte, setzte die Schaffnerin gerade ihre Pfeife an die Lippen.

«Halt!»

Sie machte eine ungeduldige Armbewegung, setzte die Pfeife nicht ab. Ich steige nicht gern aus Zügen aus. Habe immer die Vorstellung, auszurutschen oder zu stürzen und zwischen Waggon und Bahnsteig zu fallen. Die Stufen waren rutschig. Draußen schneite es riesige, träge Flocken, die alles ausfüllten und das Atmen schwermachten, als gäbe es keine Luft mehr zwischen ihnen. Wie weiße Lappen fielen sie vom Himmel, und eine Liedzeile fiel mir plötzlich ein: «Vom Himmel auf die Erden fall'n sich die Engel tot …» Ich wusste nicht mehr, von wem das Lied war und wann ich es gehört hatte. Aber diese eine Zeile hatte ich nie ganz vergessen. Es war etwas aus meiner Vergangenheit, aus der Zeit, als ich noch anders war und keine Bademäntel kaufte. Als ich noch in Konzerte ging und nicht die Rituale anderer Menschen mitmachte.

Wo war er hin? Wo die anderen, die hier ausgestiegen sein mussten? Der Zug fuhr an, wurde schnell vom Schneetreiben und der Dunkelheit verschluckt. Ich lief an dem kleinen Bahnhofsgebäude vorbei auf die Straße hinaus. Eine bunte Lichterkette blinkte über der Kneipe gegenüber. Autos fuhren langsam vom Parkplatz, selbst das Licht ihrer Scheinwerfer wurde von den Schneeflocken beinahe erstickt. War er in einen dieser Wagen gestiegen? Hatte jemand ihn abgeholt? Seine Freundin? Hatte Peter eine Freundin? Manchmal war ich mir beinahe sicher, aber es machte mir nichts aus. Seit wann machte es mir nichts aus? Ich wusste es nicht.

Plötzlich sah ich ihn. Er lehnte rechts von mir an einem Baumstamm, ganz weiß von all den Riesenflocken. Ich war sicher, dass er es war, obwohl es auch irgendwer sonst hätte sein können. Zu dicht fiel der Schnee, so dicht, dass ich jetzt die Flocken fallen hörte. Wie kaum wahrnehmbares Knistern klang es oder wie Flüstern. Fallende Engel.

Jetzt ging er weiter. Langsam überquerte er die Straße. Wollte er in die Kneipe? Nein, er bog in eine Seitenstraße ein. Ich schlug den Kragen meines Lammfellmantels hoch und folgte ihm. Schwankte er? Vielleicht war er betrunken und hatte deshalb nichts gesagt? Aber er hatte nicht nach Alkohol gerochen. Obwohl, die Schwarzhaarige hatte ihm die vier Gläser Glühwein vorgeworfen.

Peter trank nicht.

Warum gehe ich ihm eigentlich nach? Es ist kalt, nass und dunkel. Wenn ich im Zug geblieben wäre, dann hätte ich zwei Stationen von hier in meinen Wagen steigen können und wäre in zehn Minuten zu Hause gewesen. Peter würde ohnehin erst in drei Tagen aus Stockholm zurückkommen. Vielleicht auch erst in vier. Kurz vor Heiligabend. Mit einem schwedischen Parfüm. Falls es so was gab.

Jetzt stolperte er, hielt sich an einem Gartenzaun fest. Der Schnee fiel immer dichter, eigentlich konnte ich fast nichts mehr erkennen. Ob es in Stockholm auch schneite?

Ich konnte ihn nicht mehr sehen, ging langsam zu dem Zaun hinüber, an dem er gestanden hatte.

Er war noch da. Lag auf dem Rücken, den Mund weit offen. Röchelnd zog er die Luft ein. Ich starrte auf diesen offenen Mund, in dem die Schneeflocken verschwanden. Starrte auf dieses Gesicht, das bereits so weiß war wie eine Maske. Wenn es so weiterschneite, würde er in zehn Minuten begraben sein.

Er sagte noch immer nichts.

Ich wartete. Worauf? Nicht darauf, dass er etwas sagte. Einfach nur so. Weil ich wissen wollte, was passieren würde. Nach vier Minuten hörte er auf zu röcheln, aber sein Mund blieb offen. Herzinfarkt vermutlich. Das hatte sie ganz gut hingekriegt, die Schwarzhaarige mit dem herben Gesicht.

Peter hat kein schwaches Herz.

Ich nahm den nächsten Zug, ließ die Plastiktasche mit dem Bademantel einfach im Abteil stehen.

WOLFGANG SCHORLAU

17 Heimkehr

Hinten im Bus

D. saß im Bus, ganz hinten, in der vorletzten Reihe. Draußen schneite es, und er rieb mit dem Ärmel eine kreisrunde, kaum mehr als handtellergroße Fläche auf dem beschlagenen Fenster frei. Wie klein die Schule war, dachte er. Auch die BP-Tankstelle gab es noch. In dem Spielwarengeschäft war nun eine Boutique. Die Hauptstraße hatte er viel breiter in Erinnerung.

Ihn fror, obwohl der Bus beheizt war. D. trug nur die dünne blaue Sommerhose und den grauen Blouson aus Popeline. Ob Blousons noch in Mode waren?

An der alten Post stieg er aus. Nur ein junges Paar blieb noch im Bus. Bierflaschen in der Hand. Auch das Mädchen. Sie lachten laut. Aber nicht über ihn. Ihn schienen sie nicht zu kennen.

An der Haltstelle blieb er stehen, als müsse er sich ausruhen. Dicke Flocken taumelten vom Himmel herab. Weihnachten sollte er zu Hause verbringen, hatten sie gesagt. Er ging die Schlossstraße hinauf. Er keuchte bereits an der ersten Seitenstraße und blieb stehen. Die Kälte kroch die Hosenbeine hinauf. Schnee setzte sich auf seine Brillengläser. Er ging weiter. An der Ecke zur Genossenschaftsstraße stand Claudi und winkte. D. lief sofort los. Doch mitten in der Bewegung des ersten Schrittes verschwand die Erscheinung. Er nahm die Brille ab und wischte den Schnee von den Gläsern.

Seine Mutter öffnete nach dem ersten Klingeln. Auch sie war viel kleiner, als er sie in Erinnerung gehabt hatte. Sie stand in der Tür, ihre Arme hingen herunter. Er konnte zusehen, wie sich ihre Augen mit Tränen füllten. Er wollte etwas Tröstliches sagen, aber er brachte kein Wort heraus.

«Ich wusste es», sagte sie. «Ich wusste es einfach.» Sie weinte lautlos wie ein fremdes Tier.

Er blieb stehen.

«Komm erst mal rein und iss etwas», sagte sie.

Sie drehte sich um und ging in die Küche, vornübergebeugt, gebückter als früher. Das linke Bein schleifte etwas nach. Das kam vielleicht von dem Schlaganfall, den sie vor drei Jahren gehabt hatte. Oder war es vor vier Jahren gewesen?

Er folgte ihr in die Küche. Sie war groß, viel größer, als er sie in Erinnerung gehabt hatte. Dann ging er durch die anderen Räume, das Wohnzimmer und sein Zimmer. So groß. So viel Platz.

Sein Kopf war leer.

Was würde nun werden?

«Ich habe alle Zeitungsartikel aufgehoben», hörte er seine Mutter rufen.

«Die aus der letzten Zeit», fügte sie hinzu, als würde das etwas erklären. «Willst du sie lesen?»

«Nein», erwiderte er.

Claudi

Claudi war das Glück seines Lebens gewesen. Niemals hatte D. es bereut, dass er sie kennengelernt hatte. Auch nicht nach allem, was geschehen war. Niemals. Bis heute hatte er nicht verstanden, warum sie ausgerechnet ihn ausgewählt hatte. Er war nichts Besonderes gewesen, hatte sich nie als etwas Besonderes gefühlt. Bis Claudi kam. Danach war er etwas Besonderes. Aber warum sie ausgerechnet ihn … Er wusste es nicht.

Sie gingen in die gleiche Schule, Claudi eine Klasse tiefer. Claudi war der Blickfang gewesen, auf dem Schulhof, auf dem Nachhauseweg. Samstags, wenn sie zum Beichten geschickt wurden. Sonntags, wenn sie den Kirchgang schwänzten. Alle Jungs waren hinter ihr her. Auch Alexander, der Sohn des Doktors. Der fuhr morgens immer schon nach E., ins Gymnasium. Alexander war etwas Besonderes. Aber er doch nicht.

Claudi war schon früh entwickelt. Lachte viel und gerne. Sie hatte als Erste von allen das Rauchen probiert. Ihre Eltern kamen nicht aus dem Ort. Sie waren zugezogen, kamen irgendwo aus dem Ruhrpott, redeten anders als die Leute im Ort. Die Leute lachten manchmal über sie, weil sie so komisch redeten. Aber Claudi machte das nichts aus.

Einmal hatte er gesehen, wie sie mit Alexander knutschte. Sonntagvormittags, als sie die Kirche schwänzten. Das tat weh, damals. Er versuchte, sich nichts anmerken zu lassen. Alexander merkte es und lachte. Und drehte Claudi dann so, dass alle es sehen konnten, hielt ihren Kopf in der linken Hand, als würde sie ihm gehören. Aber dann, viel später, fragte sie ihn, ob er ihr bei den Schulaufgaben helfen könne, ihre Eltern seien nicht da, sie seien in Bochum bei der Tante, der es gar nicht gutginge. Und sie lächelte ihn auf diese Art an, wie das eben nur Claudi konnte, eigentlich nur ein Lächeln, mehr nicht, aber doch so, dass ihm ganz heiß wurde und seine Gedanken sich überschlugen, bis er das Gefühl hatte, nichts mehr zu denken.

Als er bei ihr klingelte, hatte er alle Schulbücher dabei. Aber sie lachte ihn aus. Sie küsste ihn sofort, nachdem sie die Tür hinter ihm geschlossen hatte. Sie nahm seine Hand und legte sie auf ihren Hintern. Er hatte sich einiges ausgemalt, aber was Claudi an diesem Nachmittag mit ihm anstellte, übertraf all seine Erwartungen. Er lag nackt auf ihrem schmalen Jugendbett, auf dem Rücken, die Füße auf dem Teppichboden, die Knie angewickelt. Zwischen seinen Beinen kniete Claudi. Als sie sein Geschlecht in den Mund nahm und daran saugte, überkam ihn ein Gefühl unbeschreiblicher Süße, ein Gefühl, von dem er bislang noch nicht gewusst hatte, dass es existierte. Er richtete seinen Oberkörper auf, stützte sich mit den Ellbogen ab und sah Claudi zu. Seinen Körper sah er mit den Augen eines Fremden an. Als es ihm kam, ließ sie sachte von ihm ab. Dann öffnete sie ihren Mund und streckte die Zunge heraus. In der Kuhle hinter ihrer Zungenspitze sah er seinen Saft, rund und gerollt wie eine Perle. Claudi ließ die Zunge wieder im Mund verschwinden. Dann hob sie den Kopf, stolz wie eine Königin, und schluckte. Zweimal, er erinnerte sich genau. Dabei ließ sie ihn nicht aus den Augen. Dann streckte sie die Zunge noch einmal heraus, um ihm zu beweisen, dass die Perle tatsächlich verschwunden war.

In diesem Augenblick dachte er, dass er nie wieder von Claudi getrennt sein wollte. Es dauerte drei Wochen, bis er es ihr sagte. Sie lachte nicht.

«Ich hab dich ganz doll lieb», sagte sie, und dann sah sie ihn ernst an und stupste ihn mit dem Zeigefinger an die Nasenspitze. «Aber ich werde dir niemals treu sein. Ich bin niemandem treu. Hörst du? Wenn du damit nicht leben kannst, geh lieber. Aber wenn du kannst», sie umarmte ihn, «bleib bei mir.»

Ihre Stimme klang weich, als sie das sagte, immer noch mundartlich, mit einem Einsprengsel von Bitternis vielleicht, aber von einer so aufrichtigen Bitternis, wie D. sie von ihr noch nie gehört hatte.

D. blieb. Er hatte ohnehin nicht geglaubt, dass er eine Wahl hatte. Seit diesem Tag gingen sie zusammen, wie man damals sagte.

Nur einmal noch erinnerte sie ihn an dieses Gespräch. Das war Jahre später, nachdem er seine Lehre beendet hatte. Er verdiente – die Überstunden eingerechnet – richtig gutes Geld und fragte, ob sie ihn heiraten wolle. Da erinnerte sie ihn an das, was sie ihm damals gesagt hatte. Er nickte, auch wenn sein Mund trocken war. Er bestellte dann das Aufgebot, und sie heirateten im Mai.

Heimkehr

Von jenem Abend, zwei Jahre später, konnte D. jede Minute nacherzählen. Es war alles rekonstruiert worden. Die Version der Staatsanwaltschaft wich in Zeitfragen nicht von seiner Geschichte ab. Nur darin, was in dieser Zeit geschehen war. Fünf Minuten nach fünf hatte er in der Firma gestempelt. Eine Stunde früher als geplant, weil der hochlegierte Stahl ausgegangen war. Dann war er in den Umkleideraum gegangen, hatte sich Hände und Gesicht gewaschen und sich umgezogen. Seine Kollegen hatten vor Gericht ausgesagt, dass an ihm nichts Auffälliges zu bemerken gewesen sei. Dann verließ er die Firma mit Bernd und Helmut. Sie gingen, wie fast jeden Tag, zusammen bis zum Bahnhof. Dort mussten die beiden noch acht Minuten auf ihren Zug warten. Um zehn vor sechs schloss er die Tür zu seiner Wohnung auf. Musik klang aus dem Wohnzimmer. Er rief Claudis Namen. Sie antwortete nicht. Er ging ins Wohnzimmer und stellte das Radio ab. Rief erneut nach ihr. Heiter. Froh, dass er früher nach Hause gekommen war. Er ging in die Küche und trank ein Glas Wasser. Er war unruhig. Irgendetwas stimmte nicht – die Musik, die Stille, das passte nicht zusammen. Er stellte das Glas ab und ging zum Schlafzimmer. Vielleicht war sie eingeschlafen. Die Tür war angelehnt. Er öffnete sie und sah das Böse.

Claudi lag nackt auf dem Bett, seitlich verrutscht, ihr linker Fuß berührte den Teppich mit den Zehen. Der Kopf voller Blut. Der Oberkörper voller Blut. Das Leintuch rot. Vor dem Fenster lag ein nackter Mann auf dem Bauch. Um seinen Schädel eine riesige Blutlache. Die Fensterläden waren geschlossen, aber das Fenster stand auf, als habe der Mann versucht, auf diesem Weg zu fliehen, bevor er erschlagen wurde.

Er nahm Claudi in die Arme und schaukelte sie sanft in seinen Armen. So hatte ihn die Polizei gefunden. Blutverschmiert. Verstört. Irre.

Zwischenspiel

Nach ein paar Jahren hatte sich D. an das Leben im Gefängnis gewöhnt. Er war für alle ein Doppelmörder. Jeder lachte, wenn er von seiner Unschuld sprach. Jeder glaubte, dass er Claudi erschlagen hatte. Sie hatte noch mit ihrem Mörder gekämpft. Der hatte sie vergewaltigt, bevor er sie erschlug. Unter ihren Fingernägeln fand man Hautfetzen und Blutspuren. Und auf seinem Rücken waren Kratzwunden. Die waren von Claudi, sicher. Aber ihn kratzte sie vor Liebe, nicht in Todesangst.

Er führte sich gut im Gefängnis, kam mit allen zurecht, mit den Männern aus aller Herren Länder. Mit den Betrügern spielte er stundenlang Monopoly, deren Lieblingsspiel. Nach drei Jahren war er Kalfaktor und gab das Essen aus. Später organisierte er andere Kalfaktoren. Er sorgte dafür, dass im ganzen Knast die Essensausgabe funktionierte. Es hätte schlimmer kommen können.

Vor zwei Jahren war ein Professor mit zwei Studenten aufgetaucht. Im Rahmen einer Seminararbeit seien sie über seinen Fall gestolpert. Gestolpert, hatte er tatsächlich gesagt. Und dass es so viele Ungereimtheiten gebe. Die Tatwaffe sei nie gefunden worden. Und die Schläge seien von einem Linkshänder ausgeführt worden. Er aber sei Rechtshänder. Außerdem sei nicht sicher, von wem die Hautfetzen unter Claudis Fingernägel stammten. Heute könne man das nachweisen. Sie wollten einen DNA-Test erzwingen. Sie untersuchten Fälle, bei denen sie einen Justizirrtum vermuteten. Sie sprachen von einer Wiederaufnahme des Verfahrens und dass es nicht einfach werde. Kein Spaziergang. Die beiden Studenten hatten leuchtende Augen. Und tatsächlich, sie rollten den Fall nochmal auf. Manchmal fühlte er sich überfahren von ihrem Eifer, und manchmal ging ihm alles zu schnell.

Ein Bier

Vier Tage versteckte sich D. in der Wohnung seiner Mutter. Einmal ging er zwei Stunden im Wald spazieren. Danach hatte er einen so fürchterlichen Muskelkater, dass er sich nicht regen konnte. Erst am fünften Tag ging er mit seiner Mutter in die Stadt. Er brauchte neue Kleidung. Neue Jeans. Hemden, Strümpfe, Pullover und einen Wintermantel.

Die Stadt war weihnachtlich geschmückt. Lichterketten hingen von der einen Straßenseite zur anderen. Am Marktplatz stand ein großer Weihnachtsbaum. Die Menschen hasteten die Hauptstraße entlang. Ihm kam es vor, als wäre ein unsichtbarer Korridor um seine Mutter und ihn gezogen, den die Menschen mieden.

Sogar Frau Sommer, die ihn schon gekannt hatte, als er noch ein Kind gewesen war, ging an ihnen vorbei. Sie tat so, als habe sie seine Mutter und ihn nicht gesehen.

Ich bin unschuldig – am liebsten hätte er es laut gerufen. Es ist nun erwiesen, dass ich es nicht war. Ich bin unschuldig. Trotzdem machten die Leute einen Bogen um sie. Er sah, wie seine Mutter tief einatmete und versuchte, sich nichts anmerken zu lassen. Sie lebte seit ihrer Geburt in der Stadt. Sie hatte harte Zeiten hinter sich. Während des Prozesses und danach. Aber nun war es doch erwiesen: Er war unschuldig. Und trotzdem mied sie die Stadt, als hätten sie die Pest.

Am Abend ging er in das Marktplatzstüble. Es sah so aus wie immer. Manfred stand hinter dem Tresen, Fritz und Hermann davor. Sie waren älter geworden. Sonst hatte sich nichts verändert.

«Ich bin wieder da», sagte D.

Und dann zu Manfred: «Ein Bier, bitte.»

Manfred rührte sich nicht.

Fritz trank sein Glas aus.

«Zahlen», sagte er dann.

«So früh schon», sagte Manfred.

«Zahlen», sagte Fritz.

«Ich war's nicht», sagte D.

«In der Zeitung stand's», sagte Hermann.

«Zahlen», sagte Fritz.

«Vier Euro dreißig», sagte Manfred.

Fritz zog den Geldbeutel aus der Tasche und legte vier Euro fünfzig auf die Theke.

«Stimmt so», sagte Fritz.

«Ich war's nicht», sagte er zu Fritz. Und zu Manfred: «Mein Bier, bitte.»

Fritz schob den Geldbeutel zurück in die Gesäßtasche.

«Einer muss es ja gewesen sein», sagte Fritz.

«Ich war's nicht. Das ist jetzt endlich bewiesen. Sie haben mich laufenlassen.»

«Wer soll's denn sonst gewesen sein?», fragte Fritz und ging.

«Bleibste jetzt bei uns hier wohnen?», fragte Manfred.

«Ich hab immer hier gewohnt.»

Er überlegte, ob er seine Bestellung wiederholen sollte.

«Mach mir noch 'n Bier», sagte Hermann.

Manfred stellte ein Glas unter den Zapfhahn.

«Kommt gleich», sagte er.

Da drehte sich D. um und ging.

Der Kommissar

Es war ein grobes Klingeln. Es klingelte, wie nur Polizisten klingeln können. Grrrr – Grrrr – Grrrrrrrr, Grrrr – Grrrr. Wie bei einem Notfall.

Oder einem Überfall.

Der Hauptkommissar hatte zugenommen. Richtig auseinandergegangen war er in den letzten Jahren. Breites Gesicht, von Fett und Schweiß glänzend. Unter dem Arm trug er zwei dicke Papierstapel, jeder in einen braunen, speckigen Umschlag gehüllt.

Ohne einen Gruß ging er ins Wohnzimmer, knallte die beiden Stapel auf den Esstisch und ließ sich auf einen Stuhl fallen. Er keuchte.

Er kannte sich in der Wohnung immer noch aus.

D. stand in der Tür und sah ihm zu.

«Setz dich», sagte der Hauptkommissar und deutete auf den Stuhl auf der anderen Seite des Tisches.

Zögernd ging D. auf den Tisch zu und setzte sich.

«Ich hätte nicht gedacht, dass ich dich wiedersehe», sagte der Polizist und blätterte in der Akte.

«Claudis Mörder läuft immer noch frei herum», sagte D.

«Ich hab diese Scheißakte wieder auf dem Tisch», fuhr ihn der Hauptkommissar an. «Wieder ist Unruhe im Ort.»

«Ich war's nicht. Sie haben mich eingesperrt. Aber ich war's nicht.»

Dann fragte er: «Werden Sie jetzt Claudis Mörder suchen?»

«Deine Scheiß-Claudi hat's mit jedem getrieben. Und ich muss die Scheiße jetzt zum zweiten Mal aufwischen.»

D. wurde blass. Er stand auf und ging zu seiner Mutter in die Küche. An der Tür drehte er sich noch einmal um.

«Sie haben versagt. Sie haben Claudis Mörder laufenlassen. Und jetzt ...»

Er machte eine Handbewegung, die zugleich wütend und hilflos war.

Agentur

«Das wird schwierig», sagte der Mann und stieß mit einem Ruck die Luft aus.

Dann kratzte er sich am Kopf

«Das wird schwierig.»

D. sah, dass der Mann auch einen Blouson trug, darunter ein rotkariertes Hemd. Aus Gründen, die er selbst nicht verstand, flößte ihm das Vertrauen ein.

Er hatte sich beim Arbeitsamt gemeldet, das nun Arbeitsagentur hieß.

«Ich bin Dreher», sagte er. «Ich habe gute Zeugnisse.»

«Sie waren im ... Gefängnis.»

«Ich war unschuldig.»

Er reichte dem Mann im Blouson die Entlassungspapiere.

Der Mann kratzte sich erneut am Kopf.

«Wenn die Leute das immer unterscheiden könnten», sagte er. «Man könnte eine Arbeitserprobung versuchen. Dann kommen Sie wieder rein – in den Arbeitsprozess. Aber auch das wird schwierig.»

«Ich kann arbeiten. Ich muss nichts erproben.»

«Sie sind über 45. Die große Unterbrechung im Erwerbsleben …»

Etwas kroch aus seinem Magen nach oben und nahm ihm beinahe die Luft. Wut? Oder Angst? Oder beides?

Der Mann im Blouson und dem rotkarierten Hemd schien zu merken, dass ihm die Situation entglitt. Er kratzte sich am Kopf.

«Ich weiß etwas», sagte er plötzlich. «Sie sind doch katholisch?»

D. nickte.

«Gehen Sie zu Ihrem Gemeinderat. Da sitzt bestimmt jemand drin, der einen kleinen Betrieb besitzt. Der Ihnen eine Chance gibt. Der sieht, dass Sie für Ihre Lage nichts können. Probieren Sie das. Ich glaube, das ist der beste Weg. Sie sind ja unverschuldet …»

Da war D. schon aufgestanden und gegangen.

Dritter Advent

Am Sonntag war der dritte Advent.

Der Professor und seine Studenten hatten tatsächlich Wort gehalten: Das nächste Weihnachten wird er zu Hause feiern. Aber ohne Claudi. Sie fehlte ihm. Sie fehlte ihm in Freiheit noch mehr als in seiner Zelle.

«Gehst du mit mir in die Kirche?», fragte seine Mutter. «Ins Hochamt?»

Er führte sie am Arm durch das große Holzportal ins Kirchenschiff. Sie setzten sich beide in die rechte Reihe. Ziemlich weit nach hinten. Er hatte das Hochamt immer am liebsten gemocht. Weihrauch hatte er schon als Messdiener geliebt. Claudi wurde davon immer übel. Er mochte das Feierliche des Hochamts. Es gab ihm so ein erhabenes Gefühl. Doch heute war er nicht erhaben. Er fühlte sich wie ein Mörder, der seine Strafe verbüßt hatte. Aber ich bin kein Mörder, dachte er.

Pastor Dibarth war immer noch in der Gemeinde. Er war älter geworden. Sein Gesicht war breiter geworden. Im Gegensatz zu seiner Mutter stand er immer noch gerade und aufrecht. Jetzt hob er mit beiden Händen die Hostie in die Höhe und verwandelte das Brot in den Leib des Herrn. Dass der Herr sich von dem verwandeln ließ, wunderte D. Wieso machte der Herr alles mit, ließ Dinge geschehen, als ginge ihn alles nichts an?

Neu war, dass der Pfarrer nach der Messe vor der Kirchentür stand und die Kirchgänger mit einem Handschlag verabschiedete. Das hatte er früher nicht gemacht.

«Ich freue mich, dass du wieder zurück bist, mein Sohn. Die Gemeinde nimmt dich wieder auf in ihre Mitte», sagte er.

Er war freundlich und väterlich wie früher, als D. noch Messdiener gewesen war.

«Ich bin unschuldig.»

«Ich habe es gelesen. Und ich habe mich darüber sehr gefreut. Der Herr lässt keines seiner Schafe …»

«Erinnern Sie sich noch, Hochwürden: Lasset uns beten. Zu Dir, o Gott, voller Gnade wenden wir uns heute mit der Fürbitte für ein Mitglied unserer Gemeinde, das vor Dir und den Menschen zwei schwere Verbrechen begangen hat. Dann haben Sie meinen Namen genannt. Da war das Urteil des

Gerichts noch nicht gesprochen. Sie haben den ersten Stein geworfen.»

Der Pfarrer verlor nur kurz die Fassung. Nur für die Dauer eines Lidschlags.

«Ich musste an die Gemeinde denken, mein Sohn. Die Gemeinde war in Unruhe geraten. Ich musste die alte Ordnung wiederherstellen. Das Alltagsleben mit seiner Routine, das wir im Allgemeinen nicht wertschätzen. Aber wenn sie verloren ist, vermissen wir sie, als wären wir gerade eben erst aus dem Paradies vertrieben worden. Das, mein Sohn, war meine Sorge. Ich war der Hirte.»

«Und als ich im Gefängnis saß, kam die Alltagsroutine zurück?»

«Ich werde für dich beten», sagte der Pastor und zeichnete ihm mit dem Zeigefinger ein Kreuz auf die Stirn.

Am Fluss

Trotz der klirrenden Kälte trieb er sich zwei Tage am Fluss herum. An den Uferrändern, dort wo das Wasser ruhiger floss, hatte sich bereits Eis gebildet. Er überlegte, ob es ihn tragen würde und wie es wäre, wenn er einfach über das Eis in den Fluss laufen würde, bis in die tiefe Mitte.

Bald ist Weihnachten, dachte er. Er erinnerte sich an den Professor, der ihm versprochen hatte, an Weihnachten zu Hause zu sein. Aber es gab kein Zuhause mehr. Er erinnerte sich auch an die unzähligen Weihnachten im Gefängnis. An den Chor. An die katholischen Frauen, die ihnen Geschenke gebracht hatten. An die Predigt des Pfarrers, der von Hoffnung, und die Ansprache des Direktors, der von einem neuen Anfang sprach. Doch ohne Claudi gab es keine Hoffnung und keinen Ort, an den er gehörte. Eher noch ins Gefängnis zurück als in die kleine Wohnung seiner Mutter oder an den zufrierenden Fluss.

Am Nachmittag fand er ein Stahlrohr. Es war rostig, fast armlang. Beinahe hätte er es übersehen, so gut versteckt lag es unter den verdorrten Blättern des Huflattichs. Für einen Augenblick dachte er, er habe die Tatwaffe gefunden. Vielleicht sollte er sie bei dem Hauptkommissar abgeben. Doch dann nahm D. das Stahlrohr mit in die Wohnung seiner Mutter und versteckte es oben auf dem Küchenschrank. Am nächsten Tag kaufte er sich Schmirgelpapier. Nachts, als seine Mutter schon ins Bett gegangen war, schliff er das Rohr glatt.

Immer öfter dachte er darüber nach, dass der Mörder ein Linkshänder gewesen sein musste. Er saß auf dem Stuhl in der Küche und schmirgelte das Rohr. Auf und ab. Auf und ab.

Seine Erinnerung produzierte nur Bilder, die Claudi zeigten. Als hätte es kein Leben ohne sie gegeben. Wie in Zeitlupe lief der Film ab. Er stoppte plötzlich, als er bei der Jugendzeit angelangt war. Er sah, wie Claudi mit Alexander knutschte. Und wie er sie so drehte, dass es alle sehen konnten. Mit der linken Hand hielt Alexander ihren Kopf fest. D. betrachtete das Rohr. Es war nun blank.

Auf dem Berg

Alexander wohnte oben auf dem Berg. D. wunderte sich, dass er kein größeres Haus hatte. Er klingelte dreimal. Das Rohr, das er im Hosenbein mit einem Band an seine Wade gebunden hatte, drückte gegen seinen Unterschenkel.

«Ich hatte dich schon früher erwartet», sagte Alexander.

Dann trat er zur Seite, um ihn hereinzulassen. In der Küche stand eine Flasche Rotwein und ein Glas.

«Ich feiere nun schon zum vierten Mal allein Weihnachten», sagte Alexander und holte mit der linken Hand ein zweites Glas aus dem Küchenschrank.

Sie tranken, ohne anzustoßen.

«Hast du sie sehr geliebt?», fragte D.

«Mehr als alles andere auf der Welt», sagte Alexander nach einer kurzen Pause.

«Und warum hast du sie dann nicht geheiratet?»

Alexander lachte trocken.

«Claudi war keine Frau zum Heiraten. Sie hat es gewollt, aber … Ich konnte nicht. Dann hast du sie ja genommen. Damit hätte ich noch leben können …»

Hastig leerte er das Glas.

«Lassen wir das. Sie hat uns beide glücklich und unglücklich gemacht. So war sie.»

«Mich hat sie nicht unglücklich gemacht», sagte D. «Der Mörder hat mein Leben ruiniert. Nicht Claudi.»

Das Stahlrohr in seinem Hosenbein fühlte sich plötzlich sehr kalt an.

INES THORN

18 Im Dunkeln

Margarethe lag ganz still, die Arme ordentlich wie Besteck neben dem Körper, die Beine geschlossen. Die Augen hatte sie weit aufgerissen, doch sosehr sie auch in die Dunkelheit starrte, sie konnte nichts erkennen. Kein Lichtschimmer drang von irgendwo in die Finsternis. Vielleicht war sie in einem Kellerverlies. Vorsichtig tastete sie um sich, doch sie fand weder ein Lämpchen noch einen Schalter. Alles, was ihre Finger berührten, fühlte sich fremd an. Scharfe Kanten, kaltes Metall. Scharf und kalt wie ihre Angst.

Der Rücken tat ihr weh, und in den Beinen kribbelte es, doch sie bewegte sich nicht, aus Furcht, jede noch so kleine Bewegung könnte Geräusche verursachen.

Sie hatte keine Ahnung, wie sie in diese Dunkelheit gekommen war. Nichts kam ihr bekannt vor. Es roch anders als bei ihr zu Hause, die Luft fühlte sich anders an.

Von weit her hörte sie Stimmen. Zu Hause gab es keine Stimmen und keine Dunkelheit. Zu Hause war es warm und hell, zu Hause standen ihre zahllosen Blumentöpfe. Sie hatte so große Sehnsucht nach zu Hause.

Eine Frauenstimme erklang ganz in der Nähe. Augenblicklich begann Margarethe zu zittern. Der Schweiß brach ihr aus, und ihr Atem ging stoßweise. Wie gern hätte sie Licht gehabt. Bei Licht, dachte sie, könnte ihr nichts passieren.

Bei Licht würde ihr niemand etwas tun. Bei Licht würde die Angst aufhören.

Noch immer starrte sie mit weit aufgerissenen Augen in die Dunkelheit, ohne etwas sehen zu können. Die Stimmen waren nun deutlicher zu hören. Schritte näherten sich. Alles in ihr schrie, doch kein Laut kam über ihre Lippen. Sie drehte sich vorsichtig um, presste das Gesicht ins Kissen und schlang die Arme um den Leib.

Grelles Licht blendete sie, als sie erwachte. Sie zog sich die Bettdecke über den Kopf, doch jemand riss ihr den Schutz weg. Blinzelnd erahnte sie die Silhouette einer fremden Frau, die sich an ihrem Lager zu schaffen machte, das Kopfteil aufrichtete, sodass Margarethe überrascht in die Höhe schnellte. Dann legte die Fremde ein vierbeiniges Brett über die Mitte des Lagers und stellte einen Teller darauf.

«Guten Morgen», sagte die Fremde. «Hier ist dein Frühstück.»

Margarethe verzog das Gesicht. Sie mochte es nicht, wenn jemand, den sie nicht kannte, du zu ihr sagte. Die Frau lächelte, doch das Lächeln kam Margarete verschlagen vor.

«Und hier, deine Pille. Trink einen Schluck Kaffee dazu.»

Die Fremde hielt ihr die Hand mit einer Tablette hin. Misstrauisch betrachtete Margarete die weiße Kapsel. Sie war nicht krank, war noch nie krank gewesen. Wozu die Pille? Sollte sie jetzt getötet werden?

«Trink einen Schluck Kaffee dazu», wiederholte die Fremde streng, als wäre Margarethe ein ungehorsames Kind, und reichte ihr mit der anderen Hand einen Becher.

Margarethe sah zur Tür, die offen stand, dann schlug sie der Fremden blitzschnell die Pille aus der Hand. Die Frau schrie laut auf, heißer Kaffee rann ihr über die Hand. Margarethe atmete auf.

Die Frau fluchte und warf ihr einen wütenden Blick zu. Hastig rannte sie aus dem Raum und knallte die Tür hinter sich ins Schloss.

Kaum war sie weg, begann Margarethe zu weinen. Sie war so allein. Warum kam niemand, um ihr zu helfen? Warum ließ man sie in der Gewalt dieser Frau? Sie wollte so gerne nach Hause. Nach Hause, sonst nichts. Ihre Blumen. Sie mussten gegossen werden. Hoffentlich waren sie nicht schon vertrocknet.

Ihr Herz krampfte sich zusammen. Sie hatte Hunger und Durst, und sie fror so entsetzlich. Ihr Bett fühlte sich klamm an. Sie wusste nicht, wo sie war, wer sie hierher gebracht hatte. Was wollen die von mir, überlegte sie weinend. Geld? Aber ich habe doch nichts.

Auf dem Tablett stand ein Teller mit einem Hörnchen. Früher hatte sie gern Hörnchen gemocht. Dieses würde sie nicht essen. Sie hatten bestimmt etwas hineingetan. Margarethe schüttelte den Kopf. Nein, sie würde keinen Bissen davon anrühren.

Sie lehnte sich zurück, die Hände auf der Bettdecke, und lag ganz ruhig. Ihr Blick schweifte im Raum umher, blieb am Fenster haften. Sie sah einen kahlen Baum, der mit Raureif bedeckt war. Auf einem Ast saß ein Rabe und riss den Schnabel auf. Margarethe erschrak. Der Totenvogel ist da, dachte sie und sah schnell woandershin.

Die Tür ging wieder auf, aber Margarethe rührte sich nicht, hielt den Blick an die Decke gerichtet.

«Du musst etwas essen», sagte die Fremde, die einen weißen Verband um ihre Hand trug. Margarethe zog die Lippen zwischen die Zähne. Die Fremde brach ein Stück vom Hörnchen ab und schob es ihr an den zusammengekniffenen Mund.

Die Fremde rief: «Immer dieses Theater, Herrgott. Jetzt iss doch endlich!»

Margarethe antwortete nicht, hielt den Mund so fest geschlossen, dass ihr die Kiefer wehtaten.

Die Fremde ging mit dem Hörnchen hinaus, schloss die Tür hinter sich, und Margarethe atmete auf. Sie drückte ihr Gesicht ins Kissen. «Ich will nach Hause», murmelte sie leise. «Ich muss zu meinen Blumen. Vielleicht ist inzwischen eine aufgeblüht.»

Dann schlief sie ein. Sie erwachte, wusste nicht, wo sie war. Als sich die Zimmertür öffnete, versteckte sie sich unter der Bettdecke.

«Es ist alles in Ordnung», sagte die Stimme einer fremden Frau, die Margarethe noch niemals zuvor in ihrem Leben gesehen hatte. Margarethe wusste trotzdem, dass die Fremde log. Nichts war in Ordnung.

Die Frau zog ihr die Decke weg. Margarethe versuchte, einen Zipfel davon festzuhalten, doch vergeblich. Sie lag nur mit einem dünnen Hemdchen bekleidet da, zitternd vor Angst und Kälte, und starrte der Fremden bange in die Augen. Die Fremde lächelte. «Fürchtest du dich etwa?»

Margarethe schluckte und schüttelte den Kopf. Dann presste sie die Augen fest zusammen. Mit einem Arm bedeckte sie ihre Brust, mit dem anderen schützte sie ihre Scham.

Die Fremde zerrte an Margarethes Armen, schob das dünne Hemdchen nach oben, sodass Margarethe ganz entblößt lag. Tränen schossen ihr in die Augen. «Nein, nicht!», wimmerte sie. «Bitte nicht.»

Niemand sollte sie nackt sehen. Nicht einmal Hermann, ihr Mann, hat sie jemals nackt gesehen. Wo war Hermann eigentlich? Warum kam er sie nicht befreien? Kümmerte er sich wenigstens um die Blumen? Sie wollte die Hand der Fremden einfangen, aber die Fremde hielt sie einfach fest, zwang sie, den Mund zu öffnen, hielt ihr die Nase zu, sodass sie die Pille von vorhin schlucken musste. Danach wurde Margarethe plötzlich müde. Im Halbschlaf bemerkte sie, dass die Fremde ihr das dünne Hemdchen ganz auszog. Ihre letzten Gedanken waren: Wie bin ich nur hierhergekommen? Wer hat mich in die Gewalt dieser Fremden gebracht? Und was will sie von mir? Geld? Aber ich habe doch nichts!

Als sie wieder erwachte, war die Fremde immer noch da. Sie stand ihm Zimmer und betrachtete Margarethe. Plötzlich war sich Margarethe ganz sicher, dass sie von der Hand dieser Fremden getötet werden und ihre Blumen niemals wiedersehen würde. Es gab nichts, was sie dagegen tun konnte. Sie blickte die Fremde an, sagte resigniert: «Dann lass mich eben sterben. Mach halt endlich.» Es bereitete Margarethe nur eine winzige Freude, die Fremde einfach zu duzen.

Die Frau sah sie an. Sehr lange. Dann nickte sie langsam, lächelte und strich Margarethe sanft über die Wangen, ehe sie ging.

«Weihnachten», sagte Annett und ließ sich im Wohnzimmer auf die Couch sinken. Sie griff nach ihrem vollen Weinglas und trank es in einem einzigen Zug aus.

«Weihnachten», wiederholte sie.

Ralph schüttelte den Kopf. «Das sind noch vier Wochen. Das halten wir nicht durch.»

Jetzt erst fiel ihr auf, wie blass er war, die Augen dunkel umschattet, das Kinn kantig. Sie selbst fühlte sich müde und erschöpft wie noch nie in ihrem Leben.

«Trotzdem: Es bleibt bei Weihnachten», sagte Annett zum dritten Mal. «Sie hat Weihnachten immer so geliebt. Dass alle da waren, die Familie zusammen unter dem Baum und so weiter. Sie hat dran geglaubt. ‹An Weihnachten›, hat sie immer gesagt, ‹wird alles gut werden.› Und sie hat die Weihnachtslieder über alles geliebt. Die Lieder und den Christbaum.» Annett lächelte. «Als ich ein Kind war, da hat sie mich immer zum Fenster geschickt. Ich sollte nach dem Christkind Ausschau halten.»

Sie hielt Ralph ihr leeres Glas hin, und Ralph schenkte ihr sofort nach.

«Sie hat es gesagt, Ralph. Sie hat es selbst gesagt.»

«Was?»

Annett seufzte, dann wiederholte sie stockend: «‹Dann lass mich eben sterben. Mach halt endlich.›»

Der Mann nickte. «Ich konnte mir denken, dass sie nicht mehr lange durchhalten würde.»

Annett sah auf. «Ich möchte nicht wissen, wie du dich an ihrer Stelle verhalten hättest.» Ihre Worte hatten einen feindseligen Unterton. «Wahrscheinlich wärst du dreimal so schlimm wie sie.»

Ralph griff über den Glastisch nach ihrer Hand. «Lass uns jetzt nicht streiten. Nicht in dieser Situation.»

Annett ließ ihm ihre Hand. «Und jetzt? Wie sollen wir es machen?», fragte sie nach einer Weile.

«Insulin», erwiderte Ralph. «So war es abgemacht.»

«Hast du es?»

Ralph schüttelte den Kopf. «Im Internet habe ich gelesen, man benötigt zehn Ampullen mit je hundert Millilitern. Das ist so viel, wie ein Diabetiker pro Rezept verschrieben bekommt.»

«Wie viel hast du?», fragte Annett.

Ralph hob die Schultern. «Sieben Ampullen. Mehr konnte ich meiner Mutter nicht wegnehmen, ohne sie zu gefährden. Auch so habe ich über ein halbes Jahr gebraucht. Von jedem Rezept nur eine einzige Ampulle, nicht mehr.»

Annett nickte, sah aus dem Fenster. «Sieh, die ersten Schneeflocken in diesem Jahr. Es ist, als wolle Gott damit unsere Sünde bedecken. Vielleicht sollten wir alles noch einmal gründlich bedenken.»

«Rede nicht so einen Quatsch», fuhr Ralph sie an. «Wenn du willst, können wir sofort anfangen. Sie hat es selbst gesagt.»

Annett nickte. «Du hast recht. Es ist ihr Wille. Zehn Ampullen brauchen wir, nicht nur sieben. Ich will nicht das geringste Risiko eingehen. Woher wirst du die drei Ampullen nehmen?»

«Eine werde ich meiner Mutter aus dem Kühlschrank stehlen. Danach werde ich zum Notdienst in die Apotheke gehen. Sonntag in der Nacht. Ich werde einen Diabetikernotfall spielen. Man wird mir sicher eine Ampulle geben. Eine Woche später gehe ich in die Apotheke, die dann Notdienst hat, und wiederhole das Ganze. Wir könnten es früher machen. Überleg es dir, Annett. Wir halten das nicht mehr lange durch.»

Annett schüttelte den Kopf. «Nein, an Weihnachten.»

«In Ordnung. Dann an Weihnachten. Bis dahin habe ich das Zeug ganz sicher beschafft. Jetzt werde du mir bloß nicht noch sentimental.»

«O du fröhliche, o du selige, gnadenbringende Weihnachtszeit», sang Annett, hielt dabei die Hand ihrer Mutter Margarethe, während ihr die Tränen über die Wangen liefen.

Annett hatte nach ihrer Hand gefasst, und Margarethe war zusammengezuckt, hatte vergeblich versucht, sich loszumachen. Als sie den geschmückten Weihnachtsbaum in ihr Zimmer gebracht hatten, war Margarethe in Tränen ausgebrochen. «Nicht, nein», hatte sie gejammert.

Annett hatte sich auf den Rand des Bettes gesetzt und nicht auf das Gejammer gehört. «Fröhliche Weihnachten, Mama. Schau aus dem Fenster, vielleicht kannst du das Christkind am Himmel sehen.» Sie lachte, doch es klang zu schrill.

Margarethe schloss die Augen. «Warum bin ich nicht zu Hause?»

Annett lächelte und tätschelte ihrer Mutter die Hand.

«Ich bringe dich heim, Mama. So, wie ich es dir versprochen habe.»

Margarethes Augen flackerten; sie sah verwirrt um sich, deutete mit der Hand auf den geschmückten Lichterbaum, dessen Kerzen nicht brannten und den Raum in eine Dunkelheit hüllten, die merkwürdig glitzernd war. Sie suchte nach Worten, die sie nicht fand.

«Es ist alles gut, Mama», sagte Annett leise.

«Es ist so dunkel», murmelte Margarethe.

Annett nickte. «Du hast recht, Mama. Und weil es so dunkel ist, wurde uns in dieser Nacht ja auch der Heiland geboren.»

Annett sah ihre Mutter an und wusste, dass Margarethe glaubte, sie noch niemals gesehen zu haben, und auch vom Heiland nie gehört hatte.

Margarethe riss ihre Hand los und wollte sich die Bettdecke über den Kopf ziehen, doch Annett ließ sie nicht.

«Ralph will dir noch schöne Weihnachten wünschen, Mutter», sagte sie und deutete auf den Mann, der neben dem Tannenbaum stand und ihr zunickte. Jetzt hob er die Hand, und Margarethe duckte sich wie unter einem Schlag.

«Fröhliche Weihnachten, Schwiegermutter», sagte er, doch Margarethe hatte die Augen fest geschlossen und die Lippen aufeinandergepresst.

Ralph sah unsicher zu seiner Frau. «Jetzt?»

Annett saß neben dem Bett, betrachtete die verschlossene Frau. «Sie hat so gerne Weihnachtslieder gesungen», sagte sie. «Meinst du, es wäre barmherzig, sie in den Tod zu singen?»

Margarethe hatte jedes Wort gehört. Sie wusste nicht, was Weihnachten war, aber die glitzernde Dunkelheit, die hatte sie schon einmal gesehen. Im Krieg, als die Engländer mit Glitzerlichtern, die sie Christbäume genannt hatten, den Bombern den Weg zeigten. Immer wenn die Christbäume am Himmel standen, hatte sie in den Keller fliehen müssen. Dort hatte sie sich zusammengekauert, die Arme über den Kopf, und gewartet. Manchmal hatte sie gebetet, manchmal ein Lied gesummt gegen die Angst.

Aber damals war es laut gewesen. Hier war es leise. Sie öffnete die Augen, sah auf den geschmückten Baum. Eine Frau stand dort, die sie noch nie gesehen hatte. Um eine Hand trug sie einen weißen Verband, mit der anderen entzündete sie die Lichter am Baum. Ein Christbaum, dachte Margarethe erschrocken, ein Glitzerbaum. Sie legte die Arme über den Kopf und summte ein Lied gegen die Angst.

«Hörst du, sie singt. Es klingt, wie ‹Ihr Kinderlein kommet›. Ich wusste doch, dass sie die alten Weihnachtslieder mag.»

Ralph nickte. «Soll ich jetzt?»

«Ja.»

Er nahm einen Pen, zog eine Ampulle auf. Annett nahm der Mutter die Bettdecke vom Leib, legte den Bauch frei. Sie begann zu singen: «Stille Nacht, heilige Nacht.» Rasch drückte Ralph mit mehreren Stößen den Inhalt der Ampulle in den Körper. Dann zog er die nächste Ampulle auf. Margarethe zuckte ein wenig und verzog das Gesicht, doch sie wehrte sich nicht.

Als Annett bei «Christ, der Retter, ist da!» angekommen war, waren alle zehn Ampullen leer, und Margarethe ruhte, still wie der See.

ROMAN RAUSCH

19 Neunzehn

Diese Zahl hat mir mein ganzes Leben nur Unglück gebracht. Die Eins steht für meine Mutter und die Neun für meine Geschwister. Meinen Vater habe ich nie zu Gesicht bekommen, und die Väter meiner Brüder und Schwestern sind nicht der Rede wert. Ich heiße Ludmilla. In der Ukraine habe ich keine Wurzeln, und in Deutschland bin ich nie angekommen. So muss ich selbst sehen, wie ich zurechtkomme. Heute Nacht hätte ich die Chance gehabt, mich von allem zu befreien. Und jetzt das.

Es sind nur noch fünf Tage bis Heiligabend, und ich will gar nicht daran denken, wie alt ich heute werde. Ist auch egal, denn viel älter werde ich mit dieser Wunde ohnehin nicht. Wenn ich nicht schnell etwas finde, um die Blutung zu stillen, werde ich in einer halben Stunde bewusstlos sein und in einem Aufzug jämmerlich sterben.

Der Typ glaubt, er habe mich allegemacht. Mit einem einzigen Stich. Da muss schon mehr kommen als das. Ich habe ihn nicht kommen sehen, war mit den Gedanken bei Irina. Sie ist mein Lover, seitdem ich hier arbeite. Nach dem Bruch wollten wir zusammen Party machen. Das volle Programm. Freixenet, eine Tüte Gras und Sex bis zum Umfallen. Dann die beiden *Kill-Bill*-DVDs reinziehen, bis ich friedlich in ihren Armen weggepennt wäre. Hab mich die ganze Woche drauf gefreut. Sollte mein Geburtstags- und vorgezogenes Weihnachtsgeschenk sein.

Noch immer pumpt mein Herz Blut durch meine Finger. Nicht mehr lange, wenn ich hier noch länger rumsitze. Was für eine Schweinerei. Überall Blut. Ich muss was tun, bevor ich umkippe.

Ich bin im zweiten Stock dieses Kaufhauses, in dem ich tagsüber als Security arbeite. Damenbekleidung, Accessoires und die Klos für Frauen. Der Erste-Hilfe-Kasten hängt in der hinteren Kabine. Kann nur hoffen, dass noch was drin ist. Selbst die Feuerlöscher im Treppenhaus werden alle zwei Wochen geklaut, trotz Überwachungskameras.

Die Türen zum Treppenhaus sind nicht abgeschlossen, auch das Licht funktioniert. Der Verbandskasten ist tatsächlich noch nicht ausgeräumt. Ich zieh das T-Shirt hoch. Hätte er besser gezielt, hätte ich jetzt eine Niere weniger. Das gibt ein schönes Muster mit den beiden anderen Narben. Eine Handvoll Mull fest aufgedrückt und mit Klebeband rundum festgezurrt. Das sollte fürs Erste reichen.

Eine Tür schlägt zu. Der Krach kommt von oben, dröhnt durchs gesamte Treppenhaus. Ist er noch immer hier? Licht aus. Was will er denn noch? Er hatte alle Zeit der Welt, die Beute abzugreifen und zu verschwinden. Kommt er zurück, um mich endgültig fertigzumachen?

Ich muss schnellstens ins Untergeschoss – Feinkost- und Haushaltsabteilung. Ich habe mindestens ein Stockwerk Vorsprung. Das sollte reichen. Der Gestank von den gebratenen Wachteln hängt immer noch in der Luft. Den ganzen Tag habe ich mir das Gejammer über den neuen Luxusimbiss anhören müssen. Die Zicken aus der Parfümerie haben am lautesten gekräht. Dabei verpesten sie mit ihrem Nuttendiesel die Luft, seitdem ich hier arbeite.

Da drüben bin ich richtig. Die Samurai-Kollektion ist genau

das, wonach ich suche. Phantastische Auswahl. Hätte ich nur ein bisschen mehr Zeit. Ich wähle das Yanagiba-Messer. Zwanzig Zentimeter lange Klinge, rasiermesserscharf, ideal zum Filetieren. Mal sehen, ob es hält, was es verspricht.

Das Büro des Chefs liegt im fünften Stock. Ich muss über die Rolltreppen. Freier Blick zu allen Seiten, keine Überraschungen. Gedankenlos nehme ich die erste Hälfte der Stufen im Laufschritt. Mein Blut drückt gegen den Mullverband. Ich muss langsamer machen. Erdgeschoss. Okay, so kann es weitergehen. Noch fünf Treppen, und dann heißt es: Sesam, öffne dich, sofern er ihn noch nicht leer geräumt hat. Während ich noch darüber nachdenke, wie er mich überhaupt hat erwischen können, geht das Licht an. Etage für Etage erstrahlt mit dem ganzen Weihnachtskitsch, unzähligen Lichterketten, Christbaumkugeln und Sternen. Sogar die Rauschgoldengel über der Krippe am Haupteingang drehen wieder ihre Runden.

Er beobachtet mich. Wo steckt der Scheißkerl? Confiserie, Zeitschriften und Bücher, Schmuckabteilung, Frisiersalon und Beauty-Center. Er kann mir überall auflauern. Hinter einer Dekoration, einem Bücherstapel oder dem Schlitten des Weihnachtsmanns. Darauf hat noch vor ein paar Stunden ein mies bezahlter Student ein heiseres Hohoho durch seinen weißen Bart gekrächzt. Ich drücke mich in eine dunkle Ecke der Schaufensterauslage. Draußen herrscht tiefste Nacht. Kein Mensch ist bei dem Glatteis und dem widerlichen Regen auf der Straße. Genau darauf hatte ich ja spekuliert. Aber noch ist es nicht zu spät. Ich wage mich aus der Deckung und werde das zweite Mal kalt erwischt.

Die Beschallungsanlage, die bis Ladenschluss Weihnachtslieder gedudelt hat, geht los. *Strangelove* von Depeche Mode. Eins meiner Lieblingsstücke, uralt, aber die Achtziger waren von der Mucke her echt die beste Zeit. Geiles

Keyboard und diese irre Stimme von Dave Gahan. *Pain, will you return it?*

Die Rolltreppen beginnen zu laufen. An der Decke gehen die Monitore an. Dauergrinsende Models mit Geschenken im Kreis ihrer lieben Hosenscheißer. Verlogene Bande. Dann der nächste Schock: Die winzige grüne LED an der halbkugelförmigen Überwachungskamera leuchtet auf. Ab jetzt wird jeder meiner Schritte aufgezeichnet. Dabei hatte ich das System doch eigenhändig abgestellt.

Ich ducke mich hinter eine Vitrine. Wenn mein Gesicht morgen nicht auf der Titelseite erscheinen soll, brauche ich dringend irgendeine Art Maske. Der Schlitten des Weihnachtsmannes fällt mir ins Auge. Das sind rund zehn Schritte. Ich greife zur Seite und schnappe mir einen Schal, binde ihn mir ums Gesicht und laufe los.

Ich habe Glück. Ein Karton mit wertlosen Kundengeschenken steht noch an Ort und Stelle. Ich reiße eines nach dem anderen auf. Eine Trommel, eine Puppe, eine knallrote Mütze vom Weihnachtsmann mit Bommel. Besser als nichts. Ich ziehe sie mir tief ins Gesicht, kratze mit dem Yanagiba-Messer den Kunstschnee von der Dekoration und klebe ihn mir auf die Backen. Was muss ich dämlich aussehen. Egal. Der Typ dürfte im dritten Stock sein. Herrenabteilung. Neben dem Zugang zum Treppenhaus führt eine Tür in den Technikraum. Von dort aus wird alles gesteuert.

Jetzt schnell auf die Rolltreppe. Erster Stock. Baby- und Kinderklamotten, Bettwaren und Reisecenter. Wenn ich schnell bin, erwisch ich ihn noch am Schaltpult. Ich muss die Aufzeichnungen der Überwachungskameras löschen. Aber wieso hat er sie überhaupt wieder scharfgeschaltet? Damit liefert er sich doch selbst ans Messer. Dann das nächste Lied, das er für meine nächtliche Einkaufstour ausgewählt hat. *Poison* von den Weathermen. Was soll das? Danach hab ich vor ein paar Tagen noch getanzt. *Tell me the truth, I'll tell you a lie.* Das kann kein Zufall sein. Er muss mich kennen.

Bei den Kinderklamotten ist alles ruhig. Auf den Monitoren kann man den braven Spießernachwuchs in schweineteurem Designeroutfit bewundern. Verlogenes Pack. Zeigt doch lieber mal, wie es wirklich läuft. Letzte Woche haben die Bullen in meiner Straße Alina mitgenommen, weil sie einem Mädchen das Schmetterlingsmesser ihres Bruders in den Arm gerammt hat. Die wollte ihren iPod nicht rausrücken. Abends war Alina wieder zu Hause. Ist ja noch nicht vierzehn.

Weiter geht die Fahrt. Zweiter Stock. Dritter, Herrenabteilung. Gleich neben den Rolltreppen haben die Dekorateure auf Anweisung des Chefs Kleiderpuppen aufgestellt, die die Heiligen Drei Könige darstellen sollen. Maria und Josef stecken in schmucken Kaftans, die als Abendgarderobe in Sharm El-Sheikh durchgehen könnten. Das Christkind trägt eine Jeans im Wert von dreihundert Euro.

Ich habe keine Zeit, mich weiter damit zu beschäftigen. Muss dem geheimnisvollen Dirigenten dieser Freakshow auf die Schliche kommen, bevor ich mich ungestört meinem Weihnachtsgeschenk widmen kann. Ich setze gerade meinen Fuß auf die Rolltreppe, als sich jemand aus der Bethlehemgruppe löst. Es ist Josef im Kaftan und mit Wanderstab. Sein gewelltes Haar reicht ihm bis zu den Schultern, der Bart wirkt seltsam fremd, und seine Augen funkeln entschlossen. Während die Treppe mich nach oben trägt, gehe ich in Verteidigungsstellung, das Yanagiba-Messer in der Hand. Der Kerl kommt mir nach. Er trifft mich mit seinem Stock in die Magengrube, sodass mir die Luft wegbleibt, und vollendet seine Attacke mit einem Schlag auf meinen Kopf. Mit dröhnendem Schädel rette ich mich kriechend zur nächsten Rolltreppe. Den Stock setzt er gekonnt ein, seine Stiche und Hiebe prasseln auf mich herab wie ein Frühlingshagel. Er kennt keine Gnade. Die scharfen Kanten der Stufen schneiden in meinen Rücken, und mein Blick irrt hilflos an der Decke entlang, als er sich über mich stellt, den Stock mit beiden Händen hebt, um mir den Rest zu geben. Von weit weg höre ich Billy Squiers *The Stroke*. Mein Aufwach-Lied. Das darf nicht wahr sein. Passt aber gut: *Got a thirst for killing*.

Ich taste nach dem Yanagiba-Messer, das mir bei seiner Prügelattacke aus den Händen geglitten ist. Endlich fühle ich den Griff. Ich setze die Klinge in seiner Kniekehle an und ziehe sie der Länge nach durch. Er knickt sofort ein und brüllt vor Schmerz. Mit seinem Stock als Hebel stemme ich ihn mit letzter Kraft über den Handlauf. Nach dem dumpfen Aufschlag ist nichts mehr von ihm zu hören. Ich ziehe mich hoch und schaue nach unten. Im vierten Stock liegt er, bewegungslos, Blut rinnt ihm über die Stirn. Sein angeklebter Bart ist verrutscht. Das Gesicht kommt mir bekannt vor. Wo habe ich es schon mal gesehen? Egal. Fall erledigt. Du tust keinem mehr weh.

Mein Mullverband ist vollgesogen, und das Blut quillt hervor. Da muss was Neues drauf. Ich blicke mich um. Fünfter Stock. Computer, Foto und TV. Irgendwas Brauchbares muss doch hier zu finden sein. Ich humple durch die Reihen. DVDs, Drucker, Kabel, Zubehör. Das hier könnte helfen. Ich schnappe mir den Beutel, reiße ihn mit den Zähnen auf und nehme das antistatische Reinigungstuch heraus. Zusammen mit dem Kabelbinder gibt das keinen schlechten Notverband.

Nun kann ich mich wieder meinem ursprünglichen Plan widmen. Das Büro des Chefs liegt an den Computern vorbei hinten in der Ecke. Ich mache mich auf die letzte Etappe meines langen und blutigen Weges.

Den Schlüssel für das Büro trage ich an einem Band um den Hals. Ich stecke ihn ins Schloss und drehe ihn um, als die Tür einfach aufspringt. Das kann nicht sein. Diese Tür muss immer doppelt abgeschlossen sein. So will das der Chef. Seine Vorzimmerdame, Fräulein Sommer – so heißt Irina für die anderen im Haus –, wacht eisern darüber. Sie kann doch nicht so nachlässig gewesen sein. Und schon gar nicht heute.

Mein Verdacht fällt auf den toten Josef. Er war vor mir hier und hat die Tür geöffnet. Aber wie? Ich sehe keine Kratzspuren am Schließzylinder. Hat er einen Dietrich verwendet? Nicht bei diesem Sicherheitsschloss. Er muss einen passenden Schlüssel gehabt haben. Davon gibt es drei. Einen hat der Chef, einen Irina, und der dritte liegt für Notfälle bei der Wach- und Schließgesellschaft. Nicht einmal die hauseigene Security hat ein Exemplar. So viel zum Vertrauen in die Mitarbeiter. Aber das soll mir gerade recht sein. Ein Security hat keinen Zugriff auf diesen Schlüssel, und schon gar nicht einer mit meiner Vergangenheit. Meine Anstellung habe ich dem Resozialisierungsprogramm für Knackis zu verdanken. Dafür bin ich der Firma echt dankbar. Kein Scheiß.

Doch diese Gelegenheit war einzigartig und würde so schnell nicht wiederkommen. Ich war zur rechten Zeit am rechten Ort, als das Geldtransportunternehmen anrief. Sie steckten bei dem Glatteis hoffnungslos im Berufsverkehr fest. Der Chef entschied sich, die Einnahmen für diese Nacht in seinem Safe zu deponieren. Niemand außer ihm und der Obertussi aus der Buchhaltung wusste davon. Sie ahnten nicht, dass ich gerade nebenan im Vorzimmer mit Irina die anstehenden Sonderaktionen besprach. Und als die Kohle hochgebracht wurde, waren wir wohlweislich beide nicht da.

Den Letzten beißen die Hunde, sagten wir uns, und das würde der Chef sein. Das war unser Plan. Ein Alibi hatte er für den Abend nicht. Seine Frau und die Kinder waren bei der Oma. Er wollte mit einer Flasche Rotwein über den Quartalszahlen brüten. Dumm nur, dass lediglich zwei Menschen von den Einnahmen in seinem Tresor wussten. Und nur einer von den beiden einen Schlüssel hatte. Da würde der Chef den Bullen sicher einiges erklären müssen. Alles war perfekt arrangiert.

Vorsichtig schiebe ich die Tür zur Seite. Das Chefzimmer liegt an Irinas Tisch vorbei keine fünf Meter vor mir. Die Schreibtischlampe wirft ein schwaches Licht in den Raum. Ich humple los.

Wie kann ich nur die Blutspuren beseitigen, denke ich noch, als ich das Chefzimmer betrete. Der Safe ist in einem Schrank versteckt. Dessen Tür steht jedoch bereits offen.

Erschreckt blicke ich zur Seite, nicht zuletzt, weil ich die Anwesenheit von jemand anderem spüre. Der Schlag auf meinen Hinterkopf wirft mich zu Boden.

Ich liege benommen auf dem Teppich und starre in das hellerleuchtete Vorzimmer. Zwei Beine, die einer Frau, entfernen sich. Ich kenne diese Beine gut. In den Morgenstunden meines letzten Tages in Freiheit waren sie noch um meine Hüften geschlungen, während mich Irinas Mund verschlang.

Sie hat wohl andere Pläne, und in denen ist kein Platz für mich. Jetzt fällt mir auch ein, woher ich den toten Josef kenne. Irina und ihr Bruder auf einem Familienfoto. Er hat eine große Sache vor, wenn er erst mal aus dem Knast raus ist, sagte sie.

Nichts geht über die Familie. Hätte ich mir eigentlich denken können.

Heute ist der Neunzehnte, und in Bethlehem ist kein Bett für mich frei.

VOLKER KUTSCHER

20 Alex

Samstag, 20. Dezember 1930

Sie schaute aus dem Fenster, als ihre Hochbahn am Gleisdreieck aus dem Bahnhof rumpelte und langsam Fahrt aufnahm. Das hauchdünne Spiegelbild eines nachdenklichen siebzehnjährigen Mädchens im schmutzigen Fensterglas, dahinter schneehell und blendend die winterliche Stadt, der weißschwarze Rand der Dächer und Türme vor dem schneeschweren Himmel und, alles andere überragend, der Schöneberger Gasometer. Unten flossen die Eisenbahngleise eines neben dem anderen, streng parallel, und doch würden sie sich trennen, irgendwann, jedes in eine andere Richtung führen, in eine andere Ecke der Welt. Hinter einem Bauzaun lieferten sich ein paar Kinder zwischen Bauwagen und Bretterstapeln eine Schneeballschlacht. Alex glaubte, Schreie und Lachen zu hören, obwohl kein Laut aus der Welt dort draußen zu ihr drang. Nichts außer dem Rumpeln der Bahn, das immer schneller in ihre Ohren hämmerte.

Du musst. Du musst. Du musst.

Sie hatte kaum noch etwas von dem Geld übrig, gerade mal drei siebzig, und schon mit dem Gedanken gespielt, ihren Eltern alles zu sagen. Doch sie konnte nicht. Nach dem heutigen Morgen erst recht nicht. Um halb sieben hatte es an der Tür geklopft, und noch bevor Vater öffnete, hatte Alex gewusst, dass es Beckmann war. Jeder in der Familie kannte dieses Klopfen. Karl hatte Vater fragend angeschaut, doch der hatte seinem Sohn bedeutet, sitzen zu bleiben. Und Karl war ein guter Sohn. Wenn er sich raushalten sollte, hielt er sich raus.

Der Hausverwalter wartete gar nicht erst, bis Vater ihn hereinbat, er spazierte durch die Wohnung, als sei es seine eigene, schaute sich um und blieb am Esstisch stehen.

«Ah, die janze Familie Reinhold beim Frühstück, wie ich sehe! Wünsche wohl zu speisen!» Er schnupperte theatralisch. «Rieche ich da Bohnenkaffee? Man lässt es sich jutjehen, wie ich sehe. Da können Sie ja bestimmt auch die Mietschulden begleichen. Dann bin ich ooch gleich wieder weg und will nich länger stören.»

«Sie wissen genau, dass ich arbeitslos bin, Beckmann, wie soll ich denn fünfundsiebzig Mark …»

«Achtzig. Mit Zinsen sind's achtzig.»

«Wie soll ich denn so viel Geld auf einmal aufbringen?»

«Was weiß ich? Kaufense keenen Bohnenkaffee.»

«Meine Tochter arbeitet bei Wertheim in der Feinkostabteilung, da kann sie ab und zu schon mal Warenproben mitbringen.»

«Gute Sachen, wie ich sehe», sagte Beckmann und zwinkerte Alex zu. «Ich hoffe, die Kleene verdient da auch ein bisschen Jeld und bringt nicht nur ihre … *Naturalien*.»

Was für ein Stinkstiefel. Wäre sie ihm auf der Straße begegnet, hätte Alex ihm ordentlich die Meinung gegeigt, aber zu Hause riss sie sich zusammen. Besser, wenn ihre Eltern sie für die liebe Kleine hielten, die sie schon lange nicht mehr war.

Auch Vater war kurz davor, aus der Haut zu fahren. Sie merkte, welche Mühe es ihn kostete, sich zu beherrschen. «Heute ist Zahltag», sagte er, «Alex bekommt ihren Wochenlohn. Und Sie noch heute Abend eine Anzahlung auf die Miete.»

«Eine Anzahlung?» Beckmann taxierte Alex wie eine Ware. «Und wie will sie den Rest abbezahlen? Mit *Naturalien*? Meinetwejen. Is ja ’n hübschet Mädel.»

Mutter platzte der Kragen. «Was soll das heißen?», fauchte sie. «Werdense man nicht unverschämt hier!» Sie war aufgesprungen, stand direkt vor dem Hausverwalter, so nah, dass der zurückzuckte. «Sie bekommen Ihre verdammte Miete! Aber erlauben Sie sich in dieser Wohnung nie wieder eine anzügliche Bemerkung! In Gegenwart der Kinder!»

Kinder! Alex war siebzehn, Karl neunzehn. Manchmal fragte sie sich, ob die Eltern eine Vorstellung davon hatten, welche Schimpfworte und anzüglichen Bemerkungen ihre *Kinder* alle kannten. Auf der Straße hatte Alex Übleres gehört als die plumpen Anspielungen des notgeilen Hausverwalters.

«Ich weiß nicht, was Sie da missverstanden haben, gute Frau.» Beckmann lächelte, aber Alex konnte Schweiß auf seiner Stirn glänzen sehen. Obwohl sie Kohlen sparten und die Wohnung kaum geheizt war. «Ich will Ihnen nur deutlich machen, dass ich mich mit Anzahlungen nicht länger zufriedengebe. Sie liegen drei Monatsmieten im Rückstand, wie ich sehe, und ich möchte meine Bücher bis Weihnachten wieder in Ordnung haben! Also bitte ich Sie höflich, Ihre Rückstände zu begleichen. Ansonsten sehe ich mich …»

«Was ansonsten?» Wenn Mutter einmal in Fahrt war, war sie in Fahrt. «Wollen Sie uns drohen, Sie mieser kleener Erbsenzähler? Sie können uns gar nischt!»

«Sie werden sich wundern, was ich alles kann! Einen Räumungsbefehl hab ich schneller beigebracht, als Sie gucken können, Sie glauben gar nicht, wie fix das geht! Dann könnense Weihnachten draußen feiern! Unter dem großen

Christbaum vorm KaDeWe!» Er wischte sich den Schweiß von der Stirn und ging zur Tür. «Sie können sich die Sache ja mal durch den Kopf gehen lassen. Und Ihr Fräulein Tochter auch. Ich bin kein Unmensch, ich lass mit mir reden. Aber so muss ich mich nicht behandeln lassen! Guten Tag!»

Mit einem Türknallen war er wieder verschwunden.

«Rotes Pack», hörten sie ihn im Treppenhaus noch fluchen.

In der kleinen Wohnung war es plötzlich so still wie auf einer Beerdigung. Vater hatte wohl etwas auf den Lippen, aber der wütende Blick seiner Frau ließ ihn schweigen. Alex stippte mit einem Brotkanten eilig den letzten Rest Kaffee aus der Tasse, sie musste als Erste aus dem Haus. Karl kaute auf seiner Stulle, als sei überhaupt nichts geschehen. Doch sie kannte ihren Bruder gut genug, um zu wissen, dass es hinter dieser Stirn arbeitete. Karl, der stille Grübler, Vaters einzige Hoffnung, nachdem Helmut, der eine Sozialdemokratin geheiratet hatte, zu Hause ausgezogen und aus der Partei ausgetreten war, ein schlimmer Schock für den Alten, der Parteiaustritt mehr noch als Heirat und Auszug. Vater war ein verdammter Spießer, ein kommunistischer Spießer. Der gestickte Text der Internationale, verziert mit Hammer und Sichel, sorgfältig gerahmt, hing über seinem Ehebett wie bei anderen Leuten die Jesus- oder Marienbilder. Alex zählte für ihn nicht, sie war die Überflüssige, das Nesthäkchen. Vater hatte nie einen Hehl daraus gemacht, dass er eigentlich einen weiteren Sohn hatte haben wollen, einen weiteren Kämpfer, den er der Weltrevolution zur Verfügung stellen konnte. Karl enttäuschte seinen Vater nicht. Regelmäßig ging er zur Jungen Rotfront, war so linientreu, dass die Partei ihm sogar ein Studium finanzieren wollte. Weil er dafür wohl nach Moskau würde gehen müssen, büffelte er fleißig Russisch. Nein, Karl tat alles, um sich die Liebe seines Vaters zu verdienen.

Alex hingegen hatte es längst aufgegeben, darum zu betteln. Lieben konnte sie den sturen Alten ohnehin nicht. Wenn sie überhaupt jemanden in der Familie liebte, dann ihre Brüder und ihre Mutter, das musste reichen.

Die Bahn hielt im Bahnhof Bülowstraße, und ein paar grölende Burschen stiegen zu. Wahrscheinlich aus dem Sportpalast, irgendein Boxkampf, eine politische Versammlung oder sonst eine Veranstaltung, bei der man sich betrank. Ein dicker Mann setzte sich ihr gegenüber und fixierte sie aus kleinen Augen. Alex schaute an ihm vorbei aus dem Fenster. Die Bahn überquerte die Potsdamer Straße, unten an der Straßenecke klopfte ein pudelbemützter Händler seine Weihnachtsbäume mit einem kräftigen Hämmern des Stammes auf den gefrorenen Boden schneefrei.

Fröhliche Weihnacht überall.

Sie hätte die Geschenke nicht kaufen dürfen, vergangene Woche. Hätte sie die Geschenke nicht besorgt, hätte das Geld noch gereicht! Alle Geschäfte lockten mit weihnachtlichen Auslagen, seit Wochen schon. Wie soll da jemand widerstehen, der den halben Tag damit verbringt, an Schaufenstern vorbeizuflanieren? Eine Kiste Zigarren für Vater hatte sie gekauft, eine duftende Seife für Mutter, sogar einen russischen Roman für Karl am Tauentzien aufgetrieben, wenn auch keinen kommunistischen. Selbst für Helmut hatte sie etwas besorgt, eine Flasche Wein, das durfte Vater nur nicht erfahren. Verdammt, warum sollte ihre Familie nicht Weihnachten feiern wie alle anderen auch? Mit Geschenken und allem, was dazugehört? Einen Baum würde sie auch noch irgendwo auftreiben, wenn Vater zu geizig wäre!

Dann könnense Weihnachten draußen feiern! Unter dem großen Christbaum vorm KaDeWe!

Von wegen!

So weit sind wir noch lange nicht!

Du musst. Du musst. Du musst, hämmerte es wieder in ihrem Kopf.

Sie hatte es doch heute schon versucht!

Fast zwei Stunden am Potsdamer Platz gefroren, doch keiner, der ihr passend erschienen war. Keiner, der betrunken genug wirkte, dass sie es gewagt hätte. Keiner, der betrunken genug war, dass er sie angesprochen hätte. Dabei hatte sie sich extra hübsch gemacht, etwas Rot auf die Lippen, ihren frechen Hut aufgesetzt.

Aber so einfach war das nicht. Nicht so einfach wie beim ersten Mal.

Ein Geschenk des Himmels. Auf der Stresemannstraße hatte der Kerl sie angesprochen. An jenem Tag vor drei Wochen, als für sie alles zusammengebrochen war. Ein Geschenk des Himmels, nur dass sie das nicht sofort erkannt hatte. Gerade von Wertheim die Leipziger Straße hinuntergekommen, immer noch die freundlich bedauernden Worte aus dem Lohnbüro im Ohr, diese Worte, die in ihrem Kopf nachhallten wie ein endloses Echo.

Wirsehnunsleidergezwungensehnunsleidergezwungensehnunsleidergezwungen …

Ganz in Gedanken, hatte sie zunächst gar nicht mitbekommen, dass der Kerl sie angesprochen hatte, in irgendeinem süddeutschen Akzent, den sie ohnehin kaum verstand, weswegen sie auch sein weiches Lallen zunächst für eine Eigenheit der Mundart gehalten hatte. Aus ihren Gedanken gerissen, war sie stehengeblieben. Hatte die Schnapsfahne gerochen. Direkt aus dem *Haus Vaterland* musste er gekommen sein, dieser riesigen Touristenfalle am Potsdamer Platz. Noch nicht einmal Mittag und schon volltrunken, seine Geldbörse lugte weit aus der Tasche, wäre früher oder später ohnehin herausgefallen. Gelegenheit macht Diebe. Er wiederholte sein Lallen, ein wenig hochdeutscher nun, und sie verstand.

Ein eindeutig unsittliches Angebot, nicht einmal besonders originell. Als wäre sie eine Nutte von der Friedrichstraße.

Sie hatte sich ganz nah zu ihm gebeugt, so nah, dass sie die Haare in seinen Ohren sehen konnte, und geflüstert: «Wenn du keenen mehr hochkriegst, sollteste nich so jroße Töne spucken.»

Und war freundlich lächelnd weitergegangen. Der Tourist war stehengeblieben. Mit offenem Mund und ohne Geldbörse.

Vierundzwanzig Mark dreißig hatte ihr diese Begegnung eingebracht. Sieben fünfzig hatte sie ihrem Vater auf den Tisch gelegt. Ihr Wochenlohn bei Wertheim. Er hatte nichts gemerkt, auch nicht die Woche darauf. Sie wusste, wie man die Lohntüten beschriften musste.

Ein paar Wochen würden sie noch reichen, ein gutes Dutzend Blancotüten hatte sie aus dem Lohnbüro stibitzt, als der freundlich bedauernde Mann hinter dem Schreibtisch sich einmal hatte umdrehen müssen, um im Aktenschrank nach ihren Papieren zu suchen. Instinktiv hatte sie in den Ablagekorb gegriffen und ein paar Lohntüten in ihre offene Tasche fallen lassen. Weil diese Tüten doch das waren, worauf es ankam, diese Tüten mit knisterndem Inhalt, die sie jedes Wochenende nach Hause brachte. Bringen musste. Nur dass die Tüten, die sie geklaut hatte, leer gewesen waren. Und gefüllt werden wollten. Gefüllt werden mussten.

Du musst. Du musst. Du musst.

Am Nollendorfplatz kroch die Bahn unter die Erde, bald wäre sie am Ziel. So weit in den Westen fuhr Alex sonst nie, höchstens mal zum KaDeWe. Sie war sich nicht sicher, ob die Bars am Ku'damm um diese Tageszeit genug Betrunkene ausspucken würden, aber eine bessere Idee hatte sie einfach nicht.

Du musst. Du musst. Du musst.

Der Dicke saß ihr immer noch gegenüber und glotzte. Richtig betrunken wirkte er nicht. Aber er glotzte sie an, glotzte auf ihre Beine, schielte auf ihren Schmollmund.

Einen Versuch war es wert. Zur Uhlandstraße konnte sie immer noch fahren, wenn es nicht klappte. Sie lächelte den Dicken kurz an und schaute dann wieder an ihm vorbei aus dem Fenster auf die schwarze Tunnelwand, auf ihr Spiegelbild, das nun deutlich und klar war, viel deutlicher als das zerbrechlich dünne, durchsichtige Bild, das über der Erde im Glas gezittert hatte.

Dann wurde es hell hinter der Scheibe, und sie stand auf.

Wittenbergplatz.

Einfach aussteigen, dann würde man weitersehen.

Sie musste sich nicht umdrehen, um zu wissen, dass der Dicke ihr gefolgt war. Noch vor den Treppen hatte er sie eingeholt. Er kam überraschend schnell zur Sache.

«Na, schönet Frollein! Wohin jeht's denn so alleene?»

Kein Tourist.

Lallte auch nicht.

Aber gesoffen hatte er, wie seine Fahne verriet. Bestimmt auch im Sportpalast.

Alex zuckte mit den Schultern.

«Bisken schüchtern, wa? Kein Problem. Ick kann Ihnen bejleiten, wennse wollen.»

Ein weiteres Schulterzucken heizte ihn noch mehr an.

Ihr war nicht ganz geheuer, das hier war kein harmloser Tourist. Andererseits hatte Karl ihr oft genug gezeigt, wie man sich wehrt. Rotfrontkämpfer kannten viele Tricks. Ihre Finger suchten nach dem Schnappmesser in der Manteltasche und umfassten dessen Griff, das beruhigte.

Besser erst mal die Schüchterne spielen, Alex schlug die Augen nieder. Der Dicke legte seinen Arm um sie, und sie wehrte sich nicht.

Eines war klar: Sie würde mit dem Fettsack nicht ins Bett steigen, dann könnte sie auch gleich zu Beckmann gehen und die Miete dort abstottern.

Aber an ein Bett hatte der Mann auch nicht gedacht, er bugsierte sie durch die mit Tannengrün und Glühlampen geschmückten Bretterbuden, die sich um den Christbaum vorm KaDeWe zu einem kleinen Weihnachtsmarkt formierten. Er wusste genau, in welche Ecke er sie führen musste, hinter eine Bratwurstbude direkt vor dem riesigen Weihnachtsbaum. Hier konnte kein Mensch hineinsehen, in die Höhle zwischen dem Baum und der Bretterwand, vor allen Blicken geschützt durch die grünen, lamettabehangenen Tannenzweige.

«So», sagte der Dicke, öffnete seinen Mantel und nestelte am Hosenschlitz, «dann sei man lieb zu dem Onkel. Jibt auch 'n nettet Jeschenk, wennde fertich bist.»

«Erst das Geld», sagte sie.

Er schaute überrascht, dann grinste er.

«Na, kiek mal einer her, so ein Luder! Spielt die Unschuld vom Lande un is mit allen Wassern jewaschen!»

Hektisch fummelte er eine schwarzlederne Brieftasche aus seinem Mantel und zog einen Fünfmarkschein heraus.

Geizkragen.

«Na, wat is?»

Er wedelte mit dem Geldschein, seine Hose verlor den Halt und rutsche nach unten. Seine Wampe hing so tief herunter, dass Alex nicht einmal seinen Schwanz sehen konnte. Ekelhaft.

«Na, nu nimm schon!» Der Dicke wurde hektisch. Ihr Blick wanderte von dem Fünfmarkschein zur Brieftasche und zur Hose, die dem Fettsack auf die Füße gerutscht war. Dann wusste Alex, was sie zu tun hatte.

Sie trat mit einem Fuß auf seine Hosen und gab dem Mann

einen Schubs, er verlor den Halt und landete mit dem Rücken im Schnee. Als er noch zappelte und versuchte, wieder hochzukommen, ließ sie ihr Messer aufschnappen, und der Dicke glotzte ängstlich auf die blanke Klinge, verschluckte die Worte, die er hatte sagen wollen. Alex bückte sich, nahm dem Mann den Fünfer und die Geldbörse ab, zerschnitt seine Hosen mit einem Ratsch in zwei Teile und entfernte sich ohne ein weiteres Wort.

Sie ging eilig, aber ohne zu laufen, an den Buden vorbei. Kein Mensch beachtete sie. Als der Dicke endlich, die halbierten Hosen notdürftig vor seine Blöße gezogen, hinter dem Bratwurststand hervorkam, hatte sie das Ende der Budenstadt bereits erreicht.

«Hey, die Nutte da hat mein Jeld!», rief der Dicke, und alle außer Alex drehten sich zu ihm um.

Als die Leute wieder in die Richtung blickten, in die der Dicke zeigte, war sie bereits im KaDeWe verschwunden.

Irgendetwas stimmte nicht, als sie die Lohntüte auf den Tisch legte, irgendetwas war anders. Mutter stand am Herd, wie immer um diese Zeit. Aber Vater saß da und rührte das Geld nicht an, starrte weiter irgendwo in das Halbdunkel, als sei niemand im Raum. Sie mussten Gas sparen, deshalb blieb die Lampe aus, bis auch der letzte Rest der Abenddämmerung verglimmt war.

«Du kommst spät, Alexandra», sagte er.

Er sagte sonst nie Alexandra. Er sagte immer nur Alex. Alle sagten immer nur Alex.

«Überstunden», sagte sie und versuchte ein Lächeln. «Dafür ist es auch mehr diesmal. Sogar Weihnachtsgeld haben sie mir gegeben.»

«Weihnachtsgeld. Soso.»

Er sprach das Wort seltsam aus und schaute sie noch seltsamer an. Dass er sie für nichtsnutzig hielt, wusste sie, aber immerhin war sie die Einzige, die überhaupt noch Geld nach Hause brachte. Vater hatten sie bei Borsig im März gekündigt, Helmut zahlte seit seinem Auszug vor zwei Jahren nicht mehr, Muttern hatte ihre Putzstelle im Sommer verloren, und Karl hatten sie jeden Handschlag verboten, selbst wenn es nur für ein paar Groschen war, er sollte sich ganz auf sein Abitur konzentrieren. Und auf die Parteiarbeit. Karl, der Proletenprinz. Alex mochte ihren Bruder, den die hohen Erwartungen des Vaters ganz ernst gemacht hatten, sie missgönnte ihm die Bevorzugung nicht, es war eher Mitleid, das sie empfand.

Vater stand auf und griff zu, ohne Vorwarnung, nahm ihr Kinn in seine Pranke, drückte ihr den Daumen zwischen die Kiefer. Es tat weh. Er begutachtete sie wie ein Pferd, das er zu kaufen gedachte. Oder zum Schlachter bringen wollte.

«Wie siehste eigentlich aus? Hast dir die Lippen bemalt!»

«Lass sie doch, Emil, wennse sich schönmachen will», meldete sich die Mutter. «Vielleicht hatse 'n Verehrer.»

«Halt du dich da raus! Hast keene Ahnung, wo sie sich rumtreibt!»

Endlich ließ er sie wieder los, Alex hielt sich das schmerzende Kinn. Mistkerl!

«Wo hast du das Geld her?», fragte der Vater.

Alex sagte nichts, sie schaute zu Boden. Eine kräftige Ohrfeige ließ sie für einen kurzen Moment Sterne sehen, dann schaute sie in das wutverzerrte Gesicht ihres Vaters.

«Wo du das herhast, will ich wissen!»

«Sei doch froh, dass überhaupt noch jemand ein paar Kröten nach Hause bringt! Was interessiert es dich, wo es her ist, wenn du selbst keinen Pfennig heranschaffst außer dem bisschen Stütze? Und selbst dafür biste noch zu stolz!»

Die große Klappe hatte sie von ihrer Mutter geerbt. Dummerweise. Die nächste Ohrfeige traf sie von der anderen Seite. Nun brannten beide Wangen. Alex schmeckte Blut in ihrem Mund.

«Emil!» Die Mutter meldete sich. Endlich. «Nun hör doch auf, das Kind zu schlagen. Was issen überhaupt los?»

Vor seiner Frau hatte Emil Reinhold Respekt. «Uns erzählt sie, sie arbeitet bei Wertheim», sagte er, «dabei geht sie da seit Wochen schon nicht mehr hin.»

Scheiße.

«Alex!» Mutter schien aus allen Wolken zu fallen.

«Wie ein Idiot bin ich mir vorgekommen», fuhr der Vater fort. «War in der Leipziger Straße und habe nach meiner Tochter gefragt. Weil ich sie abholen wollte. Weil ich dachte, nach heute Morgen, nach Beckmanns Besuch, ist es besser, ich lass mein Kind nicht allein nach Hause kommen. Wissen Sie das denn nicht?, sagt dieser Schnösel zu mir, Ihrem Fräulein Tochter mussten wir vor drei Wochen leider kündigen.»

«Tut mir leid, Papa.»

«Das tut dir leid? Du solltest dich was schämen, das solltest du!»

«Vielleicht tu ich das ja auch. Vielleicht hab ich deshalb nichts erzählt!»

«Aber Geld legst du auf den Tisch. Jede Woche, als sei nichts passiert! Wo hast du das her, verdammt nochmal?»

Alex schwieg. Was sollte sie ihm schon sagen, was er nicht sowieso ahnte?

«Hast du's geklaut? Gehst du auf den Strich?»

«Emil!»

«Ist doch wahr! Erzähl du mir mal, wo sie das Geld herhat. Deine Tochter rückt ja nicht raus mit der Sprache.»

«Jedenfalls geht sie nicht auf den Strich! Sie ist doch noch ein Kind.»

«Dann soll sie mir sagen, wo sie's herhat!»

Alex wurde sauer.

«Und wenn es geklaut ist, na und?», fauchte sie. «Sollen wir lieber warten, bis die uns aus der Wohnung schmeißen? Ruhig mit ansehen, wie alles vor die Hunde geht?»

«Wie redest du?» Vater hatte einen hochroten Kopf. «Meinst du, nur weil wir keine Arbeit haben, haben wir auch keine Ehre? Wenn es uns auch dreckig geht, wir bleiben immer noch anständig! Wir sind Proleten und keine … keine Gangster!»

«Gangster! Ich hab doch keinen umgebracht. Ich hab ein bisschen Geld geklaut. Von einem, dem's nicht wehtut.»

«Du gibst es also zu!» Vater fegte das Geld vom Tisch. «Willst du uns allen die Polizei auf den Hals hetzen? Deinem Bruder die Zukunft verbauen?»

«Mein Bruder, mein Bruder … Alles dreht sich immer nur um Karl! Und was macht der? Treibt sich mit den Rotfrontkämpfern rum. Ist das etwa nicht illegal? Die sind verboten!»

«Rumtreiben?» Vater stand kurz vor einer weiteren Ohrfeige. «Das nennst du rumtreiben? Dein Bruder weiß, wo er steht! Er kämpft für die Sache des Proletariats!»

«Und ich kämpfe für unsere Familie! Dass wir Weihnachten nicht auf der Straße sitzen! Wir müssen die Miete zahlen, verdammt nochmal, sonst schmeißt Beckmann uns raus! Oder soll ich über sein Angebot nachdenken und ihm einen Besuch abstatten?»

«Ja, geh nur! Mach dich auch noch zur Hure!»

«Emil!»

«Lass nur, Mama. Papa weiß ja nicht mehr, was er sagt. Ich muss mich nicht verkaufen, ich habe genügend Geld, um unsere Schulden zu bezahlen!»

«Gestohlenes Geld», giftete Vater wieder los.

«Der Mann, dem ich es abgenommen habe, hat mehr, als er braucht. Predigt ihr das nicht immer auf euren Versammlungen? Den Kapitalisten ihr Geld wegnehmen? Vielleicht bin ich eine bessere Kommunistin als du!»

«Du wagst es, deine Diebereien mit unserem Kampf zu vergleichen? Die Revolution bringt Gerechtigkeit, was du tust, ist Unrecht!»

«Ist es gerecht, wenn wir auf der Straße landen?»

«Jedenfalls bezahle ich meine Miete nicht mit gestohlenem Geld!» Er hob die Lohntüte auf und stopfte ihr das knisternde Papier in den Mantelkragen, die Papierecken kratzten auf der Haut. «Ich dulde kein Diebesgut in meinem Haus! Lass dich hier nicht wieder blicken, bevor du es zurückgebracht hast. Alles.»

«Und wie stellst du dir das vor?»

«Was weiß ich? Habe ich gestohlen? Gib es im Fundbüro ab! Und jetzt raus hier! Ich will dich nicht mehr sehen, ehe du diese Sache nicht irgendwie geradegebogen hast.»

«Aber Emil, wir essen doch gleich! Karl müsste auch bald kommen.»

Die Proteste der Mutter nützten nichts. Diesmal nicht. Vater zerrte Alex zur Wohnungstür, öffnete und stieß seine Tochter hinaus. Dann knallte er die Tür hinter ihr zu.

Im Treppenhaus roch es nach Kohl und Putzmittel. Für einen Moment konnte Alex sich nicht von der Stelle rühren und starrte auf die geschlossene Wohnungstür, hinter der jetzt das Licht anging. Der Mistkerl hatte sie rausgeworfen! Nach all dem, was sie hatte durchmachen müssen, um an dieses Geld zu kommen! Sie spürte, wie ihr die Tränen kommen wollten, und biss sich auf die Lippe. Nein, du bist keine Heulsuse! Nein!

Langsam stiefelte sie die Treppen hinab. Sie wusste, was sie zu tun hatte. Sie musste die Sache regeln. Sie konnte nicht zulassen, dass ihre Familie auf der Straße landete. Karl würde es verstehen. Wäre er doch schon zu Hause gewesen! Nie hätte Vater es gewagt, sie in seiner Gegenwart so zu behandeln.

Karl konnte ganz schön wütend werden, wenn man seiner Schwester etwas antat. Aber Sonnabend trieb er sich immer den halben Tag bei der Rotfront rum.

Heinrich Beckmann wohnte nicht allzu weit entfernt von den Häusern, für die er die Miete eintrieb. Erste Etage, Vorderhaus, direkt am Boxhagener Platz. Eine ganze Nummer besser als das Drecksloch, in dem ihre Familie hausen musste.

Bevor sie das Haus betrat, zählte Alex das Geld noch einmal durch, das sie dem Fettsack am KaDeWe abgenommen hatte. Gut hundertzwanzig Mark! Sie hatte ihren Augen nicht trauen wollen, als sie die Brieftasche auf der Nürnberger Straße geleert hatte, so viele Scheine! Hatte der beim Boxen gewettet? Während sie die Treppe zu Beckmanns Wohnung hinaufging, zählte sie vier Zehner und zwei Zwanziger von dem Bündel ab und rollte sie sauber zusammen.

Er öffnete nach dem ersten Klingeln. Hatte eine bekleckerte Serviette umgebunden und schaute sie verwundert an.

«Die kleene Alex», sagte er. «Was führt dich denn so spät noch zu mir.»

«Die Miete.»

«Hastes dir doch nochmal überlegt.» Beckmann musterte sie von oben bis unten, bemerkte ihren Lippenstift, und sein Blick hellte sich auf. «Hübsch haste dir jemacht, wie ich sehe. Na, dann komm man rin in die jute Stube!»

Eigentlich hatte sie ihm das Geld an der Tür geben wollen, aber um eine Quittung musste sie ihn ja ohnehin noch bitten. Angst hatte sie keine. Wenn sie mit dem Dicken fertig geworden war, würde sie mit Beckmann erst recht fertig werden. Er sollte es nur wagen, sie anzurühren!

Es roch nach Zwiebeln. Auf Beckmanns Junggesellentisch stand ein leerer Teller mit Bratkartoffelresten, daneben eine Flasche Bier.

«Saß jrade beim Abendbrot», sagte er entschuldigend, band sich die Serviette ab und räumte den Tisch ab. Er führte sie in sein Wohnzimmer.

«Mach's dir doch jemütlich», sagte er. «Erst mal ein Likörchen?»

Nichts da. Sie wollte nur das Geld loswerden. Und sich das quittieren lassen.

«Nein danke», sagte sie nur.

Er ging zu einem braunen Holzkasten und drehte an einem Knopf. Es rauschte und knisterte, plötzlich ertönte Schlagermusik.

«Radio», sagte er stolz, «vorjestern jekooft.»

Alex lächelte pflichtschuldig.

«Na, willste denn jar nich ablegen?», fragte Beckmann. Er kam näher und wollte ihr aus dem Mantel helfen.

«Nein!» Alex versuchte, sich seinen Krakenarmen zu entwinden. «Das ist nicht nötig …»

Weiter kam sie nicht.

«Nimm deine schmutzigen Flossen von meiner Schwester!», rief jemand.

In der Tür stand ein Mann, die verbotene Rotfrontuniform unter einem großen Wintermantel versteckt.

«Karl!» Alex fühlte sich wie ertappt. Lieber hätte sie die Sache mit dem Hausverwalter geregelt, ohne dass die Familie jemals davon erfuhr.

«Was willst denn du hier, Rotzlöffel?», fragte Beckmann.

«Denkst du, ich lass dich in dieses Haus gehen?» Karl beachtete den Hausverwalter überhaupt nicht. «Ich weiß, dass du nur der Familie helfen willst. Aber das ist nicht deine Sache.»

«Deine Schwester weiß, was sich gehört.»

«Ich will doch nur die Miete zahlen, dann bin ich wieder weg», sagte Alex.

«Du bezahlst diesem braunen Arschloch hier gar nichts. Komm mit nach Hause!» Karl wollte ihre Hand greifen, doch Alex zog sie zurück.

«Ich kann nicht nach Hause.»

«Noch ist nichts passiert.»

«Doch! Ist schon zu spät! Du hättest da sein sollen.»

Karls Augen wurden größer.

«Soll das heißen, du hast schon …»

Er sprach nicht weiter, und Alex ging auf, dass er die Situation völlig missverstanden hatte. «Aber Karl», sagte sie, «du verstehst gar nischt!»

«Ich glaube, ich verstehe sehr gut.» Karl wandte sich Beckmann zu. «Du Scheiß-Nazi», zischte er. «Das wirst du noch bereuen.»

«Spuck man nich janz so große Töne, du rote Zecke!»

«Das wirst du büßen! Bald kommt unsere Zeit! Dann werdet ihr braunen Hunde um Gnade winseln!»

«Vertu dir da man bloß nich, Kleener! Besser, du wechselst rechtzeitig die Uniform!» Beckmann grinste. Er schien die Situation zu genießen. «Und eins sollteste dir hinter deine jrüne Ohren schreiben für die Zukunft: Wenn deine kleene Schwester 'n paar Nummern mit mir schieben will, jeht dir det jar nischt an!»

Karl hielt plötzlich eine Pistole in der Hand.

Wo hat er die Knarre her? Scheiß-Rotfront!

Beckmann lachte. «Wat willste denn mit dem Ding? Bring det besser zurück zu deine Jenossen, bevor ich die Schupo rufe!»

Karl schwieg. Seine Hand zitterte leicht.

«Wat issen noch, du roter Öljötze?», sagte Beckmann. «Verzieh dir endlich und lass uns zwee alleene. Deine Schwester hat noch zu arbeiten, die kleene Nutte.»

Alex wusste nicht, was sie zuerst wahrnahm, den lauten

Knall, der viel lauter schien als alles, was sie bislang gehört hatte, oder die weit aufgerissenen Augen von Heinrich Beckmann, die ungläubig erst sie, dann ihren Bruder anstarrten. Beckmann hielt sich die rechte Seite, hellrotes Blut floss zwischen seinen Fingern hervor. Dann knickten seine Knie ein, und er fiel zur Seite, die Augen immer noch aufgerissen. Das Radio dudelte ungerührt den nächsten Schlager.

Alex schaute zu Karl. Aus der Mündung der Pistole rauchte es. Die Hand zitterte nicht mehr.

Scheiß-Rotfront!

«Du Idiot!», schrie sie ihren Bruder an. «Du bist ja noch schlimmer als Vater! Seid ihr denn allesamt Idioten? Ihr mit eurer Scheißehre! Und eurer Scheißpolitik!»

Karl starrte sie an, als habe er kein Wort verstanden.

Sie hielt es nicht mehr aus, sie drängte sich an ihm vorbei, hinaus aus der Wohnung und das Treppenhaus hinunter, das immer noch menschenleer war. Die Leere erschien ihr unwirklich, wie in einem bösen Traum. Hatte denn niemand den Schuss gehört? Ihr war er so laut vorgekommen, dass die ganze Stadt ihn gehört haben musste, die ganze Welt.

Alex rannte aus dem Haus, rannte die Straße hinunter, sie lief und lief, bis zur Frankfurter Allee und noch weiter, bis sie nicht mehr konnte. Völlig außer Atem lehnte sie sich an einen Laternenpfahl, schnappte nach Luft, als sei sie süchtig danach.

Sie hatte hundertvierundzwanzig Mark in der Tasche und wusste nicht mehr, was sie damit anfangen sollte.

Fröhliche Weihnacht überall.

In der Ferne heulte die Sirene eines Überfallwagens.

ELKE LOEWE

21 Sieh, eine Sandbank

Als er ihr das Wochenende vor Weihnachten schenkte, war die Wahl des Ortes wie immer ihr überlassen. Sie wusste sofort, dass sie sich dieses Mal für das Haus auf der Insel entscheiden und dass es das erste und letzte Mal sein würde. Bevor er die Türen seines Wagens entriegelte, wandte er sich noch einmal um, nahm die Sonnenbrille ab und warf ihr zum Abschied lachend einen Kuss zu. Sie erwiderte die Geste. Dass sie dabei ernst blieb, konnte er nicht sehen, weil er schon die Jacke auf den Rücksitz legte. Ein starker Dieselgeruch stach in ihre Nase, in ihren Mantel kroch die Novembernässe, sie musste mehrmals niesen. Der Schal, den sie sich fester um den Hals wickelte, während sie ihm nachsah, wärmte nicht. Kurze Zeit später waren die Rücklichter im Nebel verschwunden. Während er heim zu seiner Familie fuhr, saß sie noch eine ganze Weile reglos in ihrem Auto. Dann steckte sie den Zündschlüssel ins Schloss, startete und verließ den Parkplatz neben der Straße.

Schon häufig hatte sie sich während langer Strandspaziergänge vorgestellt, wie es sich wohl anfühlen würde, mit ihm zusammen in dem Haus ihrer Kindheit zu sein. Bisher hatte sie es während der wenigen kostbaren Stunden mit ihm gemieden; nicht nur, weil sein Gesicht zu bekannt war. Aber jetzt, in der dunklen Jahreszeit, in der die Menschen überall mit sich und dem kommenden Fest beschäftigt waren, würde ihr Treffen unbemerkt bleiben. Ihre Geschwister würden mit den Familien erst zum Heiligabend kommen; diese Tradition hatten sie seit dem Tod der Eltern aufrechterhalten.

Von ihrer Wohnung aus rief sie die Nachbarin auf der Insel an, die das ganze Jahr über das Haus für Gäste lüftete, die Betten bezog, den Kühlschrank auffüllte und frische Blumen auf den Tisch stellte. Sie würde ein Wochenende früher kommen, erklärte sie ihr, sie brauche die Zeit für sich, ein neues, wichtiges Projekt; sie bitte darum, nicht gestört zu werden.

Er freue sich auf das winterliche Inselwochenende, schrieb er auf ihre Nachricht hin, auch auf das Meer dort, das er nur aus ihren Erzählungen kenne, und das Haus würde er ganz bestimmt mögen; wie alles, was mit ihr zu tun habe. Sie hatte alles geplant. Sie verabredeten sich für Freitagabend vor Weihnachten. Mit dem Leihwagen konnte er den Flieger noch erreichen. Treffen wollten sie sich an der Fähre, die zweimal täglich die Insel bediente und die ihn am Sonntag wieder zurückbringen würde. Sie selbst würde bis nach dem Fest auf der Insel bleiben.

In den darauffolgenden Tagen holte sie immer wieder aufs Neue die Erinnerungen hervor, als wolle sie im letzten Augenblick nach den freudigen suchen, die von der ersten Begegnung an den schmerzlichen nie die Waage gehalten hatten. Der Last dieser himmelsstürmenden Jugendliebe, in den Herbstferien vor vierzehn Jahren, als sie sich in den Wiesen am Fluss aneinander ausprobiert hatten. Eines Nachts war er ohne Abschied aus dem Zelt verschwunden und mit dem Fahrrad davongefahren, eine Adresse hinterließ er nicht. Ihr blieb nur ein flüchtig gekritzelter Zettel. Dass Menschen es ebenso hielten wie sich bespringende junge Hunde, habe er bis zu diesen Nächten mit ihr nicht einmal geahnt. Aber trotzdem werde er sie begehren bis an sein Lebensende.

Sieben Jahre später traf sie ihn eines Tages im Dezember zufällig am Hauptbahnhof wieder. Als sie sah, wie er vor ihr aus einem Taxi stieg, schwankte der Boden unter ihren Füßen. Später gestand er, es sei ihm in diesem Moment ebenso gegangen. Ziellos und ohne Berührung, nicht einmal die Mäntel streiften aneinander, gingen sie durch die verschneiten Straßen. Er habe geheiratet, seine Frau sei mit dem ersten Kind schwanger, sagte er nach einer Weile. Es habe sich so ergeben, c'est la vie. Sie sei ebenfalls verheiratet, antwortete sie, aber von ihrem Mann betrogen worden und lebe trotzdem weiter mit ihm zusammen. Auch das habe sich so ergeben. Leben, um zu überleben. Nach diesen Geständnissen füllten sie abwechselnd sieben leere Jahre mit Worten auf, und als sie keine mehr fanden, organisierten beide stillschweigend ihre Termine um und mieteten ein Zimmer in einem Hotel. Sie verbrachten zwei Nächte und einen Tag im Bett, nur unterbrochen durch Frühstück und Abendessen. Von der Sprache ihrer Körper erschöpft, sammelten sie noch einmal die Worte auf, die alle schon gesagt waren. Er werde sich sofort von seiner Frau trennen, erklärte er. Sie antwortete, das sei unfair, er solle warten, bis das Kind da sei. Dir ist doch klar, meinte er, dass es ein öffentliches Leben bis dahin für uns beide nicht geben wird, nur geheime Treffen. Dass er niemals wieder von einer Trennung sprechen würde, ahnte sie damals nicht.

Jetzt, sieben weitere Jahre später, wartet er vor ein paar Fahrzeugen am Fährkopf. Er betrachtet den riesigen Tannenbaum am alten Getreidesilo, dessen elektrische Kerzen in diesem Augenblick eingeschaltet werden. Sie beachtet er nicht, obwohl sie direkt neben ihm steht. Es ist das Spiel «Wir kennen uns nicht», das sie seit der zufälligen Begegnung am Hauptbahnhof zur Perfektion gebracht haben. Kaum war die Fremdheit vorbei, die sie sich auferlegten, bis sie miteinander schliefen, mussten sie sich wieder trennen, in der Gewissheit, das Treiben, für das sie den Ort vorschlug und er die Zeit bestimmte, würde sich bald wiederholen, immer wieder. Dieses Mal, so hat sie es beschlossen, soll das Spiel in seine letzte Runde treten.

Von der Seite beobachtet sie ihn verstohlen. Er steht breitbeinig auf dem leicht schwankenden Schiff und trägt wie immer seine Sonnenbrille und die alte schwarze Lederjacke, ein kleiner Rucksack hängt auf seinem Rücken. Der Wind zerzaust ihm die Haare. Aus dem Rucksack nimmt er eine kleine hellblaue Kunststoffflasche, trinkt daraus ein paar Schlucke und lässt seine Augen umherwandern. Während die routinierten Fahrgäste, die alles schon kennen, nun unter Deck sitzen und miteinander schwatzen, lehnen die, die noch nie mit der Fähre zur Insel hinübergefahren sind, an der Reling, um den Sonnenuntergang im Meer zu sehen, Kopf an Kopf, die Arme um die Schultern gelegt, auf halber Strecke zwischen Festland und Insel. Schau nach Westen, schau, dort ist eine Sandbank, rot angestrahlt, da liegen sogar Seehunde. Schau, wie faul die sind und sich ausruhen, nachdem sie den ganzen Tag gespielt haben.

Sie wendet den Kopf ab, weil sie die Blicke der Menschen dort hinüber nur schwer ertragen kann und Sehnsucht hat nach öffentlich bezeugter Zärtlichkeit. Er steht da wie ein Fels in der Brandung, nichts und niemand kann ihm etwas anhaben, denkt sie wütend. Er wartet auf den Moment, in dem wir uns berühren werden, denkt sie und fühlt ihn sogleich, den ersten Stromschlag, der sich in langsam ausrollenden Wellen entspannt.

Die Fähre hat inzwischen angelegt, und er geht mit ruhigen Schritten von Bord. Sie läuft erst an ihm vorbei und dann vor ihm her. Es sind nur ein paar Kilometer bis zum Haus. Wind kommt mit der Tide auf und raspelt an ihrem Gesicht. Sie spürt seine Blicke im Rücken; an seinen Schritten erkennt sie, dass er aufholt. Aber sie wendet sich nicht nach ihm um und beginnt schneller zu gehen. Der Sturm peitscht Regen an ihre Mäntel, das Wasser drängt sich bis an die Haut vor und läuft in die Schuhe, noch bevor sie das dunkle Haus erreichen. Sie zieht den Schlüssel aus der Tasche und öffnet die Tür. Sie schließt die Vorhänge vor den Fenstern und knipst das Licht an. Die blendend helle Deckenlampe beleuchtet einen weißgetünchten Raum, darin ein eiserner Ofen, der Wärme abstrahlt; sieben einfache Stühle stehen um einen langen Holztisch, darauf ein Adventskranz aus Tannengrün. Zwischen weißen Muschelschalen stecken vier rote Kerzen, drei davon zündet sie an.

Als er sich im Raum umsieht, bleiben seine Augen an dem einzigen Bild an der Wand hängen. Es ist ein Ölbild, blau wie das Meer, ein Schiff darauf mit rot-weißem Schornstein, die Silhouette von Fabriken dahinter; es könnte eine Hafeneinfahrt sein. Hier hätte ich mit dir leben können, sagt er leise, und sie weiß nicht, ob er das Meer auf dem Bild meint oder das Haus am Meer. In diesem kurzen Moment bereut sie ihren Entschluss, aber sie ist sich sicher, dass sie nicht zurückwill.

Fast gleichzeitig sehen beide die Pfützen unter sich, sie müssen lachen. Wortlos steigen sie die Treppe zu den Schlafräumen hinauf, werfen ihre nassen Kleider auf die Fliesen, stellen sich unter das heiße Wasser der Dusche, und jetzt erst fallen sie einander in die Arme. Gegen Morgen schlafen sie in dem großen, frisch bezogenen Bett ein. Am Abend stehen sie kurz auf, um etwas zu essen und Wein zu trinken, das Haus verlassen sie nicht. Am 4. Advent gegen Nachmittag lieben sie sich zum letzten Mal. Sie duscht und kleidet sich an, füttert den Ofen mit Holz und entzündet die vierte Kerze auf dem Adventskranz.

Vielleicht hätte sie jetzt doch noch ihren Entschluss rückgängig gemacht, hätte er gesagt, ich bleibe bei dir. Aber er sagt es nicht. Als er ins Zimmer tritt, hat er sich bereits die Lederjacke angezogen. Er wirkt unruhig. Er weist auf die Uhr an der Wand, besteht darauf, schon loszugehen. Schweigend wirft sie den Mantel über, hüllt sich in den Schal und vergewissert sich, ob sie den Schlüsselbund in der Tasche hat. Es ist dunkel draußen, als sie das Haus verlassen. Der Wind treibt sie ostwärts, und der Weg zur Fähre scheint diesmal kürzer, obwohl sie nicht laufen, nur mit schnellen Schritten gehen. Schon von weitem sieht er, dass die Fähre nicht gewartet hat. Es wird der aufkommende Sturm sein, versucht sie ihm zu erklären. Das hast du doch gewusst, brüllt er sie an. Sie hebt nur die Schultern. Er wolle eine Cessna oder einen Hubschrauber chartern. Bei dem Sturm fliegen die nicht, sagt sie. Er werde die Insel verlassen, es sei ihm gleichgültig wie, und wenn er bis zum Festland schwimmen müsse. Sie lacht ihm ins Gesicht. Da schlägt er zu. Sie fasst sich an die brennende Wange, zieht dann den Schlüsselbund aus der Tasche und wendet die Schlüssel langsam um, bis sie einen bestimmten gefunden hat. Ungläubig sieht er sie an, dann versteht er. Er lacht, küsst sie und bittet um Verzeihung.

Gemeinsam schieben sie den Trailer mit dem Boot ins Wasser. Sie zündet die Bordlichter an, setzt sich ans Ruder und startet den Außenborder, während er sich auf die Bank kauert. Nachdem sie die Hafeneinfahrt verlassen haben, hat sie Mühe, den Kurs zu halten. Das Wasser schäumt und rollt, es schlägt und kracht, donnert und bricht, es drückt in das Boot. Er soll sich den Eimer schnappen, brüllt sie. Eifrig beginnt er mit dem Schöpfen und merkt nicht, wie sie leicht den Kurs korrigiert. Zwanzig Minuten später knirscht der Kiel des Bootes auf dem Strand. Er sieht nicht, wie die Seehunde ins Wasser flüchten, er sieht nur den Tannenbaum am Siloturm, der aus der Dunkelheit leuchtet. Hastig klettert er aus dem

Boot, beugt sich zu ihr, bedankt sich und fragt besorgt, ob sie keine Angst habe, allein zurückzufahren. Nein, der Wind flaut ja schon ab, antwortet sie, gibt ihm die Taschenlampe aus der Kiste neben dem Ruder und sagt, damit du den Parkplatz neben dem Siloturm findest. Er schiebt das Boot ins Wasser und wirft ihr einen Kuss zu. Das ist das Letzte, was sie wahrnimmt, bevor sie zurück auf die Insel steuert.

Am ersten Weihnachtstag, gegen Mittag, sieht sie aus dem Küchenfenster, wie ein Hubschrauber auf dem kleinen Flugplatz landet. Polizisten springen heraus, und sie weiß sofort, dass die Männer ihretwegen gekommen sind. High Noon, sagt sie sich. Sie zieht den Mantel an, wirft sich den Schal um und geht hinaus zum Landeplatz. Sie können mich mitnehmen, sagt sie. Doch die Polizisten schauen verständnislos an ihr vorbei. Sie dreht sich um und sieht die Nachbarin aufgeregt angelaufen kommen und eine kleine hellblaue Kunststoffflasche schwenken. Endlich seid ihr da!, ruft sie, hinten steht die Adresse drauf! Noch im Laufen dreht sie den Verschluss auf, zieht einen Zettel heraus und bleibt schließlich stehen. Umständlich Worte entziffernd, die nicht für fremde Ohren bestimmt sind, beginnt sie zu lesen:

Ihr Lieben zu Hause,
es ist tiefschwarze Nacht, und ich stehe auf einer Sandbank im Meer, und das Wasser um mich herum steigt unaufhörlich. Ich weiß, dass ich Euch beide niemals wiedersehen werde. Sieben Jahre lang habe ich Euch belogen und betrogen, weil ich süchtig war nach einer Frau und nicht von ihr lassen konnte. Dies ist meine gerechte Strafe. Ich bitte Euch, mir im Tod meine Schuld zu vergeben. Ich habe Euch immer lieb gehabt.
Seid ein letztes Mal umarmt,
Dein Vati und Dein Mann

Sie sieht, wie die Nachbarin den Zettel sorgfältig wieder zusammenrollt, ihn in die Flasche schiebt, den Verschluss zudreht und ihre Beute einem der Polizisten übergibt. Die unerträgliche Rezitation hallt in ihren Ohren nach. Nein, denkt sie, nein, ich bereue nichts, aber das jetzt hast du nicht verdient.

FRIEDRICH ANI

22 Gesprengte Ketten

Dieses Panorama hätte er nicht für möglich gehalten. Er war lange nicht mehr in der Stadt gewesen, und er konnte sich nicht erinnern, wann er sie zum letzten Mal aus einer solchen Höhe betrachtet hatte. Möglicherweise noch nie. Irgendwann, in seiner Jugend, musste er auf dem Olympiaturm gewesen sein. Er wusste es nicht mehr. Er verschwendete seine Zeit nicht mit Erinnerungen. Wenn sie ihn heimsuchten, unerwartet und in den unmöglichsten Momenten, kam er sich vor wie ein Schatten ohne Jugend. Er ahnte, da war etwas gewesen, etwas war passiert mit ihm im Mittelpunkt, doch die Bilder ergaben keine Konturen, sie blieben unfassbar wie Träume, wie Ahnungen von Träumen. Dafür wurde er nicht bezahlt. Sondern für die Gegenwart und für das, was wirklich geschah. Und zwar durch ihn.

Er stand am Fenster seines Zimmers im neunzehnten Stock und schaute ins diesige, bläuliche Licht – ein Licht, das vollkommen anders war, als er es aus der Adventszeit seiner Kindertage in Erinnerung hatte. Dieses Licht löste in ihm eher eine Vorstellung von Frühling aus. Er schaute über Dächer, Kräne und grünende Parks bis zur Frauenkirche und zu den sterilen Schloten des Heizkraftwerks im Süden. Unter ihm der Mittlere Ring, auf dem sich die Fahrzeuge stauten. Ein unerschütterlicher Frieden ging von diesem Anblick aus. Er verschränkte die Hände hinter dem Rücken und lächelte. Er lächelte oft, wenn er allein war. Und da er die meiste Zeit seines Lebens für sich verbracht hatte, habe er, so vermutete er, absolut kein Lächeldefizit gegenüber denen, die bei jeder Gelegenheit auf offener Straße oder in Gaststätten ihren Mund verzogen und so taten, als wären sie beschwingt und dankbar für die Anwesenheit ihres Gegenübers.

Für seine Anwesenheit war nie jemand dankbar.

Deswegen blieb er zwangsläufig lieber allein.

Lieber war das falsche Wort. Zwangsläufig war richtig. Und er …

Worüber dachte er eigentlich nach an diesem Morgen des zweiundzwanzigsten Dezember im Grand Hotel, wo er für zwei Nächte ein Zimmer gemietet hatte, um seinen Auftrag zu erfüllen?

Willkommen, Herr Dragomir, wir wünschen Ihnen frohe Weihnachten und einen schönen Aufenthalt und freuen uns, dass Sie die Feiertage bei uns verbringen.

Er wurde gern begrüßt. Er sagte dann: Danke, ich bin zum ersten Mal bei Ihnen und bedauere schon jetzt, nicht länger bleiben zu können.

Sofort erntete er ein Lächeln, das er nicht erwiderte. Er war ein seriöser Unternehmensberater, spezialisiert auf mittelständische Betriebe. Er trug einen grauen Anzug, ein weißes Hemd und eine blaue Krawatte und zog einen grauen Rollkoffer hinter sich her. Er fiel nicht weiter auf. Manchmal wurde er an der Rezeption gefragt, ob seine Firma oder er das Zimmer bezahle, worauf er erwiderte: Kein Thema, ich bezahle selbst.

Er bevorzugte die großen Hotels. Er saß in der Lobby, mit übereinandergeschlagenen Beinen und einer Zeitung auf den Knien, er beobachtete die Gäste, deren Unbeholfenheit oder Arroganz ihn zum Lachen brachte, innerlich, lautlos. Nachts stand er oft zwei Stunden an der Bar, hörte dem Pianisten zu, trank Wodka Lemon, begegnete den Blicken der unauffällig gekleideten Prostituierten mit sachlicher Neugier und verschwendete keinen Gedanken an die Tat, die hinter ihm lag und die er – wie immer – zur Zufriedenheit seines Auftraggebers ausgeführt hatte.

Und jetzt München. Ausgerechnet zur Weihnachtszeit. Der Marienplatz voller geschmückter Buden und Menschen mit stressverzerrten Gesichtern, die teuren Boutiquen noch greller beleuchtet als sonst, Polizisten an jeder Straßenecke, Liebfrauendom, Kupferkuppeln. Theatinerkirche, ockerfarben. Ludwigskirche, alles unverändert.

Hilfst du mir?, hatte Gretchen gefragt. Und er hatte ja gesagt. Sie wusste nicht, dass er auf solche Dinge spezialisiert war, sie hatte ihn aus alter Freundschaft angerufen. Vor allem aus Verzweiflung, aus tiefer Not. Davon verstand er etwas: von der Not der Menschen, an der ein anderer schuld war.

Hilfst du mir?

Ja.

Nachdem er den Hörer aufgelegt hatte, hatte er gelächelt, allein in seiner Kölner Wohnung in der Nähe des ehemaligen Chemiewerks. Seit fünfzehn Jahren tat er, was er tat, aber er hätte nie gedacht, dass ihn einmal jemand engagieren würde, der nicht wusste, dass er ein Profi war. Der nur wegen der alten Zeiten anrief, in der absurden Hoffnung, die Vergangenheit besäße noch Zauber.

Gretchen Hopf.

Inzwischen, so hatte sie am Telefon zu ihm gesagt, habe sie wieder ihren Mädchennamen angenommen. Salina. Wie schön, hatte er gesagt. Und sie, zum vierten Mal, fast weinend: Hilfst du mir? Und dann hatte er tatsächlich die Frage gestellt: Wie soll ich dir helfen? Daraufhin hatte sie eine Weile geschluchzt, und er hatte den Hörer neben sich gelegt und, wie jetzt im neunzehnten Stock, aus dem Fenster gesehen, in den Hinterhof, zum Fahrradständer und der Wäschestange, an der nie Wäsche hing. Er hat mich zerstört und meinen Sohn, hatte Gretchen gesagt, ich weiß mir nicht mehr zu helfen, du bist meine letzte Hoffnung.

Den Satz kannte er in verschiedenen Variationen. Sehr beliebt: *Sie sind meine letzte Rettung*. Und er hatte Gretchen gefragt: Warum ich? Und sie: Du warst meine große Liebe mit fünfzehn und hast dafür gesorgt, dass der Matthias mich nicht mehr belästigt.

Ich habe doch nur mit ihm geredet.

Du hast ihn dazu gebracht, runterzuspringen.

Er ist freiwillig gesprungen.

Das hätt er nie getan, dazu war er viel zu feige.

Er ist freiwillig gesprungen.

Du hast zu ihm gesagt, wenn er nicht springt, dann sperrst du ihn im Kohlenkeller ein, bis er vor lauter Hunger eine lebendige Maus essen muss. Da hat er so viel Angst gekriegt, dass er vom Fünfmeterbrett gesprungen ist, obwohl er nicht schwimmen konnte. Ich hab dir nie vorgeworfen, dass du an seinem Tod schuld bist, und ich hab auch nie jemandem davon erzählt.

Er ist freiwillig gesprungen, ich hab ihm nur gesagt, er soll dich in Ruhe lassen, weil du nicht ihn magst, sondern mich.

Das hast du nicht gesagt, ich hab euch nämlich belauscht.

Ihre Stimme, hatte er gedacht und sich vom Innenhof abgewandt, wo eine Nachbarin ihre Mülltüten zum Container brachte und schon begonnen hatte, ihn anzuglotzen, ihre Stimme klingt wie die einer Fünfzehnjährigen. Du kannst uns nicht belauscht haben, sagte er und dachte, dass er genauso klang wie sie.

Ich bin dir nachgegangen und hab mich in die Nebenkabine

geschlichen, ich hab jedes Wort gehört. Und jetzt musst du mir helfen, Luggi, ich bitt dich drum.

Mein Name ist Ludwig, hätte er beinah gesagt. Aber er wollte das Gespräch zügig beenden. Außerdem hatte sie ihm keine Neuigkeit verraten. Natürlich hatte er sie damals in der Kabine bemerkt, er hatte extra lauter gesprochen, damit sie jedes Wort verstand. Dass sie ihn jemals hinhängen würde, hielt er für absolut unwahrscheinlich, und nachdem er ein paarmal mit ihr geschlafen hatte, sprachen sie nie wieder über den tragischen Unfall.

Das war mehr als dreißig Jahre her.

Und schon damals hatte sie sich gern fesseln und andere Dinge mit sich machen lassen. Und sie fand den idealen Ehemann dafür. Und sie lebte mit ihm und bekam ein Kind von ihm. Zacko. Mit zweiundzwanzig überfiel Zacko eine achtundsechzigjährige Frau in ihrer Wohnung, erschlug sie und raubte sie aus, und als zwei Polizisten ihn bei einer Routinekontrolle anhielten, erschoss er einen von ihnen und verletzte den anderen so schwer, dass der Mann gelähmt blieb. Zacko – er hieß Sebastian – wurde zu zwölf Jahren Gefängnis verurteilt. Sein Vater besuchte ihn nicht, seine Mutter einmal im Monat, obwohl sie kaum ein Wort wechselten, weil Zacko über nichts reden wollte. Vor drei Wochen erhängte er sich auf der Krankenstation, wohin er wegen schwerer innerer Verletzungen gebracht worden war, die ihm zwei Mithäftlinge zugefügt hatten. Angeblich hatten diese ihn in der Nacht zuvor schwer misshandelt. Nach Aussage der Gefangenen wollten sie «sehen, wie es ist, wenn einer krepiert». Allerdings, sagte Gretchen am Telefon, habe ihr Mann merkwürdigerweise ein paar Tage zuvor zum ersten Mal seinen Sohn im Straubinger Gefängnis besucht und dabei auch die beiden Männer kennengelernt, die mit Zacko die Zelle teilten.

Eine Stunde lang hatte sie am Telefon geredet.

Ihr Mann, Nepomuk, würde sie quälen und misshandeln. Und er habe den Mord an seinem eigenen Sohn in Auftrag gegeben, ganz sicher, sagte Gretchen. Und nun müsse Dragomir ihr helfen, wie damals bei Matthias, der sie genauso schlecht behandelt und an einen Baum gebunden und mit einem Stock geschlagen habe.

Hilf mir, Luggi, bitte.

Was soll ich tun?

Mach ihn weg.

Ich bin kein Mörder, hatte er gesagt und gelächelt, aber nur kurz.

Mach ihn weg, ich bezahl dich dafür, ich geb dir zwanzigtausend, bitte.

Das war wesentlich weniger, als er normalerweise erhielt.

Ja, hatte er gesagt, wegen uns, wegen dir, wegen uns beiden, damals.

Das war ihm so rausgerutscht, und sie fing wieder an zu weinen. Er hatte nicht weiter darüber nachgedacht. In der Nacht, hatte sie hinzugefügt, würde sie noch einmal anrufen und ihm die Details nennen.

Nachdem er aufgelegt hatte, fuhr er mit seinem Peugeot über die Rheinbrücke, um Claudius zu treffen, seinen Schattenmann. Seit seinem ersten Auftrag begleitete ihn Claudius, unsichtbar im Hintergrund, für den Fall, dass es Probleme gäbe mit dem Objekt oder mit dem Auftraggeber. Das war noch nie vorgekommen. Claudius erhielt zehn Prozent vom Gesamthonorar. Sie kannten sich seit der Schulzeit, Claudius war nach der Realschule aufs Gymnasium gewechselt und hatte das Abitur bestanden. Anschließend arbeitete er zum Entsetzen seiner Eltern, einem Architektenehepaar, bei einer Sicherheitsfirma und später als Leibwächter. Die beiden jungen Männer hatten nie den Kontakt verloren, und als Dragomir sein Leben neu plante, weihte er seinen Freund ein, und sie wurden sich einig. Claudius behielt seine Festanstellung beim Sicherheitsdienst und Dragomir die seine in der Beraterfirma.

Während er die Severinsbrücke überquerte, hatte er überlegt, ob er vor seinem allerersten Auftrag auf die Idee mit Claudius gekommen war, weil er nie wieder einen Mitwisser gebrauchen konnte, wie in der Kabine des Schwimmbads. Hätte er Claudius an seiner Seite gehabt, unsichtbar im Hintergrund, wäre Gretchen vermutlich ebenfalls einem tragischen Badeunfall zum Opfer gefallen. Zwei Verliebte, in Chlor vereint.

Bei ihrem Gespräch in einem Café in Chorweiler, wo Claudius wohnte, hatten sie allerdings beschlossen, dass Dragomir diesmal aufgrund der besonderen Umstände den Auftrag allein ausführen sollte, zumal von Gretchen keine Gefahr ausging. Ich habe sie ins Hotel bestellt, hatte Dragomir gesagt, in mein Zimmer, nachts, sie wird mir das Geld geben und mit mir schlafen wollen.

Und du?, hatte Claudius gefragt.

Leblos, dachte Ludwig Dragomir am Fenster seines Zimmers im neunzehnten Stock. Sogar die Straßenbahnen am Petuelring standen still. Wie kann man es ein Leben lang in einer so leblosen Stadt aushalten?

Er wollte jetzt zwanzig Bahnen schwimmen, anschließend in der Lobby ein Clubsandwich essen und so wenig wie möglich an den Weg nach nebenan denken, an die hundert Meter bis zur Bank, in der Nepomuk Hopf als stellvertretender Direktor arbeitete.

«Romantisches Weihnachtsfest mit Familie im Hotel?», fragte die Frau, die neben ihm schwamm und einen gelben Badeanzug und eine gelbe Badekappe trug.

«Nein», sagte er, ohne ihr den Kopf zuzuwenden.

«Man kann auch allein feiern.» Sie tauchte unter, kam wieder hoch, schüttelte mehrmals den Kopf und stieg aus dem Wasser. Wie alle Besucher des *Altiraspa* benutzte sie ein hellbraunes Handtuch, das sie nach dem Abrubbeln in einen Bastkorb warf. Sie war Mitte dreißig, sehr schlank und hatte eine bleiche Haut. Dragomir fand sie zu dürr, zu jung, zu geschwätzig.

«Ich arbeite um die Ecke, mittags komm ich oft schnell rüber und entspann mich ein bisschen. Im Moment hab ich Urlaub bis dritten Januar. Ich bin gern hier, das Wasser ist nur einen Meter fünfunddreißig tief, sehr praktisch für mich, ich kann nämlich nicht besonders gut schwimmen.»

Es schien, als würde sie auf eine Reaktion von ihm warten. Er schwieg. Er hielt sich am Rand des chlorgrünen Beckens fest und ruderte mit den Beinen.

Sie schlüpfte in ihre weißen Schlappen. «Dann wünsch ich alles Gute und ein frohes Fest, auf Wiedersehen.»

«Wiedersehen», sagte er, beugte sich nach hinten und schwamm zwei letzte Runden auf dem Rücken.

Von Gretchen wusste er, dass Nepomuk Hopf die Bankfiliale nicht vor neunzehn Uhr verließ, eine Stunde nach Schalterschluss, auch so kurz vor Heiligabend. Hopf benutzte den Seitenausgang, von wo aus er direkt zum Grand Hotel ging. Jeden Dienstag traf er sich dort in der Paulaner-Gaststätte im Untergeschoss mit drei Freunden zum Stammtisch, sie aßen und tranken, und wenn sie in der richtigen Stimmung waren, nahmen sie zu später Stunde noch einen Drink in der *Ducktails Bar*. Auch am zweiundzwanzigsten Dezember würden sie keine Ausnahme machen.

«Schlechte Nachrichten, Herr Hopf», sagte Dragomir und drängte den Mann im braunkarierten Sakko zurück in den Büroraum. «Ihre Frau möchte Sie weghaben.»

«Bitte?» Hopf starrte die Waffe an, aber nicht lange.

Der Schuss war leise und dumpf und warf den stämmigen Mann einen Meter nach hinten. Sein Kopf schlug auf der Tischkante auf. Dann plumpste sein Körper auf den Teppich und blieb gekrümmt liegen.

Dragomir steckte den Revolver ins Holster unter dem Sakko und verließ das Büro. Er schloss die Tür von außen und schlenderte über die Arabellastraße, die Hände in den Hosentaschen, mit bedächtigen Schritten. Zwischen zwei geparkten Autos bückte er sich, streifte die Handschuhe ab und steckte sie in die Jackentaschen. Mit einem unauffälligen Lächeln nickte er dem dunkelhäutigen Portier vor der Drehtür zu. Ein junger Mann an der Rezeption grüßte ihn mit Namen, und Dragomir nickte ein zweites Mal, diesmal ohne zu lächeln. In seinem Zimmer verstaute er die Handschuhe und den siebenschüssigen Smith & Wesson in seinem Rollkoffer, stellte sich zehn Minuten unter die kalte Dusche, zog eine frischgewaschene graue Stoffhose an, ein schwarzes T-Shirt mit V-Ausschnitt und ein schwarzes Armani-Jackett.

Inzwischen war es neun Uhr geworden. Durch das gekippte Fenster drangen die Geräusche des gleichmäßig fließenden Ringverkehrs herein.

Wie am Mittag stand Dragomir eine Weile am Fenster. Er wunderte sich über die spärliche Beleuchtung in den Straßen. Dann wandte er sich um und sah auf die Uhr. Bis Gretchen kam, hatte er noch Zeit.

Als er an dem großen Spiegel gegenüber dem Schrank vorbeiging, lächelte er sich zu. Er sah attraktiv aus, aber nicht auffällig attraktiv, er war schlank, mittelgroß, graue Strähnen in den schwarzen, kurzen Haaren, ovales, freundliches Gesicht, ein Mann von neunundvierzig Jahren, dem man zutraute, sein Leben im Griff zu haben. Vielleicht, weil er nie über sein Erscheinungsbild nachgedacht hatte, war er unscheinbar geblieben, dachte er vage.

In der Ducktails Bar saßen zwei Männer an einem hohen Tisch und aßen Pizza, aus der eine Unmenge von Ruccola zu wachsen schien.

Am Tresen saß nur eine Frau. Sie trug eine braune Jacke, einen dunklen Pullover und schwarze Jeans. Er setzte sich zwei Plätze von ihr entfernt auf einen der viereckigen Hocker. Als er einen Wodka Lemon bestellte, drehte die Frau den Kopf, und er erkannte die Nichtschwimmerin.

«Guten Abend», sagte er.

«Hatten Sie einen erfolgreichen Tag?», fragte sie.

«Sehr erfolgreich.»

Er wollte nicht reden, er nickte ihr zu und sah den Barkeeper an, der seinen Drink auf einem Tablett brachte und die Bitter-Lemon-Flasche neben das mit Eis gefüllte Wodkaglas stellte.

«Zum Wohl, der Herr.»

Widerwillig hob Dragomir das Glas in Richtung der Frau.

«Ich heiß Lilo», sagte sie und nahm ihr Weinglas. «Zum Wohl.»

«Ludwig», sagte er und trank. Danach redete er kein Wort mehr.

Lilo trank, ebenfalls schweigend, ein weiteres Glas Weißwein und bezahlte.

«Auf Wiedersehen», sagte sie im Vorbeigehen, und er roch ihr Parfüm. Ein kräftiger Duft, den er unwillkürlich einsog.

Fünf vor elf verließ Dragomir die Bar und fuhr zurück in den neunzehnten Stock. Er hängte das schwarze Schild «Bitte nicht stören» an die Klinke und ließ die Tür zufallen. In seiner Abwesenheit war das Bett aufgedeckt worden, auf der schwarzen Marmorplatte des Nachtkästchens lag ein in rotes Papier eingewickeltes Bonbon und ein Zettel mit der Zimmertemperatur. Neunzehn Grad. Die beiden goldfarbenen Lampen neben dem Bett gaben gedämpftes Licht.

Ich hätte die Frau mitnehmen sollen, dachte er, sie hat darauf gewartet. Und er hätte sie rechtzeitig wieder weggeschickt.

Er zog die schwarzen Lederschuhe aus und stellte sie neben den Schrank mit dem drehbaren Fernseher.

Früher hatte er – nach der Tat – keine Nacht ohne eine fremde Frau verbracht.

Vielleicht stumpfte er allmählich ab. Er lächelte, als es an der Tür klopfte. Er schaute durch das Guckloch. Gretchen hob die Hand und winkte. Während er die Tür aufzog, roch er das Parfüm, aber er kam nicht dazu, sich zu wundern. Bevor er noch überlegen konnte, wieso Gretchen auf einmal verschwunden war, stürzte sich jemand von rechts auf ihn, wand ein Drahtseil um seinen Hals und zog zu. Als er in seinem Zimmer aufs Bett fiel, bekam er schon keine Luft mehr. Die Zunge hing ihm aus dem Mund, Speichel tropfte von seinem Kinn und vermischte sich mit Blut, das aus dem aufgeschlitzten Hals sickerte. Jemand kniete auf seiner Brust, so lange, bis er aufhörte zu zucken, zu keuchen, zu atmen.

Vermutlich hatte er solche Kraft und Geschicklichkeit der dürren bleichen Frau nie zugetraut.

Aber es war nicht Lilo, die sich, kurz bevor er starb, über ihn beugte. Lilo war bereits damit beschäftigt, im Badezimmer die Drahtschlinge zu säubern.

«Du hast Matthias in den Tod getrieben», sagte Gretchen neben dem Bett und schniefte. «Das hab ich dir nie verziehen. Auch wenn er mich gefesselt hat, er hat mich nie so niederträchtig behandelt wie du. Du hast mich verachtet und wie Dreck behandelt. Du hast gedacht, mir gefällt so was. Seit dem Tag, an dem Matthias vom Fünfmeterbrett gesprungen und jämmerlich ertrunken ist, hab ich mir gewünscht, du wärst tot. Heut ist mein Wunsch in Erfüllung gegangen. Lilo ist eine Meisterin ihres Fachs, stimmt's? Aber danke, dass du Nepomuk beseitigt hast. Vielleicht wär aus dir ein brauchbarer Auftragskiller geworden. Zu spät, amigo mio.»

«Lass uns verschwinden», sagte Lilo.

«Sieht aus, als würd er grinsen», sagte Gretchen.

Sie küssten sich, dann horchte Lilo an der Tür, wartete einige Sekunden und huschte hinaus. Sie würde, wie auch Gretchen kurz darauf, mit dem Lift ins Tiefparterre fahren, vorbei am bayerischen Wirtshaus und dem Spa-Bereich hinaus zum Biergarten gehen und von dort zur Straße, wo sie ihr Fahrrad abgestellt hatte. Gretchen dagegen würde zur Straßenbahnhaltestelle spazieren und mit der Linie 18 in die Innenstadt fahren.

Ohne noch einmal zum Bett zu sehen, wartete Gretchen Salina zwischen Schrank und Badezimmer. Zehn Minuten lang, wie vereinbart. Dann öffnete sie die Tür zum Flur.

Vor ihr stand ein breitschultriger Mann in einer Lederjacke.

«Kennst mich noch?», fragte er und schlug zu.

Etwas krachte, das spürte sie, in ihrem Gesicht, dann spürte sie nicht einmal mehr, wie er ihren Kopf in beide Hände nahm und herumdrehte.

Als er den toten Körper aufs Bett neben den seines Freundes legte, sagte der Mann: «Ich bin der Claudius Balsen. Ist alles lang her, Gretchen. Macht nix.» Er schwieg einen Moment und betrachtete das seltsam aufgedunsene Gesicht von Ludwig Dragomir. «Ich hab geahnt, dass das nicht gutgehen kann mit der Frau aus der Vergangenheit. Aber ich wollt mich nicht aufdrängen, also bin ich dir nachgefahren. Zehn Prozent sind auf die Dauer einfach zu wenig, das ist doch einleuchtend, oder nicht? Mach dir keine Sorgen, ich erledige deine Aufträge in Zukunft so perfekt wie du. Merry Christmas, old rabbit.»

Worauf Claudius sich am meisten freute, war die hawaiianische Tempelmassage morgen früh, für die er sich unten im Spa angemeldet hatte. «Lomi Lomi, zur Sprengung der inneren Ketten, verstehst?», sagte er zum Abschied zu seinem Freund.

Beim Verlassen von Zimmer 1912 achtete er darauf, dass das schwarze Schild nicht von der Klinke rutschte.

WERNER KÖHLER

23 Love is in the air

Wenn alle Welt wüsste, wie leicht es ist, eine Familie auszurotten, wäre ich vermutlich nicht der einzige Mensch, der schon im Alter von 11 Jahren auf die Erfahrung eines Massenmordes zurückgreifen konnte.

Fünf Jahre nach jenem Ereignis, am Vorweihnachtsabend kurz vor acht Uhr, werfe ich einen letzten Blick in den Spiegel und verlasse, recht zufrieden mit meinem Äußeren, das Zimmer. Ein Springmesser schlägt leicht gegen meinen Oberschenkel, während ich die Treppe hinab in die Diele steige. Ich habe in den zurückliegenden Jahren mit den verschiedensten Waffen experimentiert, übrig geblieben sind allein die Messer. Es fasziniert mich immer wieder aufs Neue, dieses giftig zischende Geräusch, mit dem das Stilett die Luft zerteilt, in dem kurzen Moment, bevor geschmiedeter Stahl auf weiches Gewebe trifft. Wie und womit man tötet, ist allein eine Frage des Stils. Obwohl am Ende nicht die Waffe zählt, sondern das Genie.

Meine Tante und mein Onkel sitzen wie jeden Abend nebeneinander auf dem Sofa. Der Fernseher läuft. Er trinkt Rotwein, sie gießt sich aus einer Kanne Kräutertee nach. Für Außenstehende ein Bild des Friedens. Ich hingegen könnte

Zweisamkeit sehr wohl von geteilter Einsamkeit unterscheiden, dafür müssten mich diese beiden traurigen Figuren allerdings in irgendeiner Form emotional berühren, was sie definitiv nicht tun. Sie sprechen leise miteinander. Höre ich da meinen Namen? Es geht wieder einmal um diesen Bullen, diesen Crinelli. Er setzt mir verdammt zu. Irgendwie hängen seine ständigen Anrufe bei meinen Ersatzeltern mit der alten Geschichte zusammen, dieser Waffenwette und den unbedeutenden Schnittwunden, die ich dem Abiturienten beigebracht hatte. Zuerst hatte mich der Bulle nur verhört, kurz und knapp, unmittelbar nachdem die Eltern mich angezeigt hatten. Dann aber hatte Crinelli sich meine ganze Akte kommen lassen. Dabei waren wir doch längst gute alte Bekannte – schließlich hat er damals schon ermittelt, beim Tod meiner Eltern. Das Unheimliche an ihm ist, dass er als Erster nicht bei der Geschichte vom armen Waisenkind stehengeblieben ist, das beim Tod seiner gesamten Familie einen traumatischen Schock erlitten hatte, sondern sich regelrecht verbissen hat in diesen tragischen Unfall, bei dem neben meinen Eltern auch meine beiden Schwestern ums Leben gekommen waren.

Meine Eltern waren echt traurige Gestalten, die sich immerzu mit meiner Intelligenz brüsteten. Dabei stand die in keinerlei Zusammenhang mit ihrem eigenen Leben. Den Ursprung meiner genialen Fähigkeiten im erbärmlichen Erbgut meiner Eltern zu suchen wäre schlicht absurd. Mein Vater war nichts als ein Aufschneider, meine Mutter glaubte all seine Münchhausengeschichten. Und wenn mein Alter keinen Gesprächsstoff mehr bot, kam ich, Klein Hannibal, an die Reihe, der doch tatsächlich schon lesen, schreiben und rechnen konnte, bevor er auf die Schule kam. Arme Mama, sie hielt Selbstverständliches für etwas Besonderes. Ehrlich gesagt, habe ich mich immer bemüht, durch mein Wissen nicht weiter aufzufallen. Klar, in allen relevanten Fächern war ich längst mit dem Schulstoff durch. Kann ich vielleicht etwas dafür, dass es für jemanden meiner Güte keine adäquaten Herausforderungen gibt? Ich mag Naturwissenschaften vielleicht ein bisschen mehr als meine Mitschüler – Mathematik, Biologie und einige Bereiche der Physik. Aber warum um Himmels willen diese Freudenschreie über einen 11-Jährigen, der mit einem Abiturienten gegen Bezahlung mathematische Kurvendiskussionen paukte? Irgendwie musste ich mir schließlich meine Kohle verdienen – auch damals schon. Niemand aus meiner Familie kam schließlich für meinen Lebensstil auf.

Na ja, jedenfalls wäre mir das verhunzte Leben meiner Eltern gänzlich gleichgültig geblieben, hätten die zwei Dummpratzen nicht auch noch gerammelt wie die Karnickel. Das hätte mich nicht weiter angegangen, bescheuert war nur, dass der Geschlechtsverkehr meiner Eltern direkt ins Unglück führte, und das gleich doppelt: Zwillinge. Lächerlich! Zwei puppige Wesen, die sich wie ein Ei dem anderen glichen. Und die noch dazu tatsächlich und eindeutig die Kinder meiner Eltern waren. Tja, sorry, Schwestern, der Esprit war bereits vergeben, als ihr der Welt geschenkt wurdet. Schrecklich, immer die gleichen niedlichen Kleidchen, die gleichen Frisuren, selbst gesungen wurde im Kanon. Horror! Stets die gleichen, gleichen, selben, selben. Und die Krone der Unbarmherzigkeit war es, wenn unsere Mutter die Anwesenden aufforderte: «Ratet, wer wer ist?»

So viele Finger habe ich gar nicht an einer Hand, wie ich mir gerne auf einmal in den Hals gesteckt hätte.

Die Liste der Erfindungen, mit denen Menschen andere Menschen umbringen, ist lang und imposant. Und doch fallen dem genialen Gehirn immer wieder neue Varianten methodischer Verfeinerung dieser zu Unrecht missachteten Kunstform ein.

Ich übe mich darin praktisch jeden Tag. Dafür packe ich mich schön gemütlich aufs Bett und lasse meiner Phantasie freien Lauf. Einen Mord zu ersinnen ist ein echter Schöpfungsakt. Die Freiheit, alles tun zu können, was man sich ausdenkt, jenseits lähmender Moralvorstellungen. Und erst die Euphorie im Augenblick des Gelingens! Wie habe ich den Moment geliebt, als die Feuerwehr kam, um den verschreckten Wurm in Sicherheit zu bringen, dieses arme Kind, das gerade seine Familie bei einer schrecklichen Katastrophe verloren hatte. Und wie sehr hänge ich an diesem fürchterlichen Vogelnest – meiner ersten genialen Idee.

Vater und Mutter waren begeisterte Anhänger amerikanischer Weihnachtsbräuche. Schon vor Jahren hatten sie damit begonnen, alljährlich Teile der Hausfassade zu illuminieren. Ich hätte mich für diesen Kitsch geschämt – wenn ich mich auch nur im Geringsten als zur Familie gehörig empfunden hätte. Aber das tat ich nicht. Schon im folgenden Jahr kopierten weite Teile der Nachbarschaft dieses kleinbürgerliche Idyll, was meinen Vater Ausweitungspläne schmieden ließ. So hatte sich die hässliche Krake Weihnacht Jahr um Jahr mehr über das Viertel gelegt und bei unserem bescheidenen Heim inzwischen eine Dimension erreicht, die ohne Gerüst nicht mehr zu installieren war. Das rollbare Gestänge war erst kürzlich aufgebaut worden und die Dekoration noch in vollem Gange. Pünktlich zum ersten Advent musste das heilige Licht schließlich erstrahlen.

Dohlen – lateinisch *Corvus monedula*, «des Pfarrers schwarze Tauben», der wunderbare Rabenvogel, der vielen als Todesbote gilt – hatten in unserem Garten gebrütet. Das Nest war immer noch da und befand sich nur wenige Zentimeter über dem Ast, auf dem ich häufiger saß, um in Ruhe nachzudenken. Es war kein großer Aufwand, sich mitten in der

Nacht aus dem Haus zu stehlen, das Nest vom Baum zu pflücken, über das Gerüst hinauf zum Kamin zu steigen und das große Gebinde in die schmale Öffnung zu drücken. Blieb noch ein simples Heizungsproblem: Ich brachte das Glühbirnchen des Warnschalters an der Badezimmertherme mittels eines Trafos zum Durchbrennen, und es wurde eine sehr kurze Adventszeit. Vier Menschen starben an einer Kohlenmonoxidvergiftung, hervorgerufen durch ein Vogelnest, welches das Abgasrohr des Kamins verstopfte.

Die Feuerwehrleute, die von Nachbarn eiligst herbeigerufen worden waren, konnten nur noch den Tod einer Familie feststellen. Im Medienturm, den die Polizei im Wohnzimmer fand, steckte noch die letzte abgespielte CD, Paul Youngs «Love is in the air». Eine schauerlich schöne Geschichte, die in den darauffolgenden Tagen von nahezu allen Zeitungen des Landes abgedruckt wurde.

Warum nun aber ein 11-jähriger Junge draußen in der Kälte hockte und wie gerade er dem Unglück entkommen war, blieb ein Geheimnis. Ich selbst, der Junge also, war zu diesem Zeitpunkt längst in eine Art Schreckstarre verfallen und konnte daher überhaupt nichts zur Aufklärung der Umstände beitragen, die zum tragischen Tod meiner Familie geführt hatten. Aber ist es nicht plausibel, dass ein Junge seine Gefühle und Erinnerungen posttraumatisch in seiner kleinen Seele einmauert? So jedenfalls schrieben es die beiden eingesetzten Psychologen übereinstimmend in ihrem Abschlussbericht.

Onkel und Tante wurden zu meinen Vormündern bestellt, und ich genoss meine Tage. In aller Ruhe und größtmöglicher Abgeschiedenheit ersann ich neue Tötungsarten und probierte sie, sorgfältig protokolliert, an den Haustieren der Nachbarschaft aus. Aber Tiere sind das eine – und auf ihre

Weise auch ganz spannend zu beobachten, verfügen sie doch weder über ein Gewissen noch über ein Sprachzentrum –, aber letztlich kann jedes Mitglied einer Rasse das Glück nur unter seinesgleichen finden. Folgerichtig wandte ich mich schon bald mit ganzer Energie meinen Artgenossen zu.

Ich finde an mir nicht viel, was es zu kritisieren gäbe, aber was mich echt nervt, ist mein Hang zu Fehlern, Anfängerfehlern. Daran muss ich noch arbeiten. Allerdings sollte ich auch aufpassen, mich nicht selbst andauernd in die Pfanne zu hauen. Auch mit diesen Fehlern bin ich noch hunderttausendmal besser als all die anderen. Aber trotzdem, wenn ich an diesen Typ zurückdenke – eine glatte Sechs, wirklich. Also, ich schlenderte so durch den Park, und da sah ich auf einmal diesen Penner da auf dem Brückengeländer hocken. Mit 'ner Pulle in der Hand, sturzbesoffen, der echt überflüssige Typ. Irgendwie konnte ich es mir nicht verkneifen, ihn im Vorübergehen zu stoßen. Na ja, er fiel hintenüber, brach sich beim Sturz ins Bachbett das Genick und aus. Natürlich hat mich keiner dabei beobachtet, natürlich ist mir nichts passiert, aber soll das Genie sein?

Seither habe ich, ganz uneitel gesprochen, die schöne Kunst des Mordens perfektioniert. Zumindest da, wo sich die Vorgehensweise technisch lösen lässt – auf dem weiten Gebiet toxischer Substanzen setzt mir mein Alter allerdings noch gewisse Grenzen. Irgendwie komme ich nicht an die richtigen Mittelchen ran. Aber immerhin habe ich so noch was, worauf ich mich freuen kann; man muss ja auch noch Ziele haben. Dass Gleichaltrige währenddessen in Discos rumhängen, ringt mir wenig mehr als ein müdes Gähnen ab – ich halte Zeitverschwendung übrigens für eine Sünde.

Aber jetzt nochmal zurück zu diesem Crinelli. Mir wurde tatsächlich ziemlich bald klar, dass er der Geschichte vom traumatisierten Bürschchen misstraut. Der Kerl ist verdammt gut. Man darf nicht unterschätzen, welche Überwindung es einen Menschen kostet, ein solch kaltblütiges Verbrechen einem 11-Jährigen anzukreiden. Da knicken jahrhundertealte Säulen menschlichen Sozialverhaltens wie die Pfeiler einer Holzbrücke im Orkan. Crinelli vermutet schon längst nicht mehr nur, dass ich meine Familie ausgelöscht habe, nee, nee, da ist er sich schon sicher. Aber hat er Beweise? Nicht ein Stück. Scheißselbstsicherer Hund. Arschloch, Wichser, Hurensohn. Trägt da einfach so 'ne Spinneridee mit sich rum, glaubt dann aber so fest daran, dass er sie wie eine Tatsache verkauft. Irgendwie sind wir zwei aus dem gleichem Holz geschnitzt. Zwischen uns geht es nicht mehr um das Ob, sondern ausschließlich um das Wie meines künstlerischen Schaffens. Mit jedem Verbrechen beginnt ein neuer Wettkampf. Man könnte vielleicht sagen, während er fortwährend meine Handschrift studiert, versuche ich sie von Mal zu Mal kalligraphisch zu variieren. Er kennt zwar den Schwung meiner Bögen, wird mich aber nie stellen. Ich weiß es genau, der Typ bewundert mich, er braucht mich.

Hoppla, was muss ich denn da hören? Nach all den Jahren wollen sich Onkelchen und Tantchen doch tatsächlich gegen mich stellen? Undank ist der Welten Lohn.

Mir ist zwar schon lange klar, dass die beiden Alten da im Nebenzimmer irgendwann dran glauben müssen, aber nun muss der Plan wohl in die Tat umgesetzt werden, bevor Schlimmeres geschieht. Es wird ohnehin Zeit, auf eigenen Füßen zu stehen. Mit bald 16 Jahren muss man bereit sein für das Leben. Und besonders dann, wenn man zu Hause nicht mehr gewollt wird. Außerdem wird mir ein wenig Abstand zu Crinelli mal ganz gut tun.

Auf Zehenspitzen schleiche ich mich von meinem Platz an der Wand hinunter in den Keller. Die Handgriffe, die aus einer Elektroinstallation eine tickende Zeitbombe machen, dauern nur ein paar Minuten. Danach schlüpfe ich durch die Verbindungstür in die Garage zur alten Kühltruhe, die ich erst gestern wieder in Betrieb nahm. Habe ich eigentlich schon meinen neuen Schatz erwähnt, diesen Nachhilfeschüler? Etwa meine Größe, meine Statur, meine Schuhgröße? Jedenfalls dachte ich mir neulich, als ich die Schleiereule im Wartezimmer unseres gemeinsamen Zahnarztes traf, es könnte sich eines Tages als sinnvoll erweisen, meine dentalen Unterlagen mit den seinen zu vertauschen, wo wir uns doch so ähnlich sehen – kein großes Ding, bei den heutigen Computern. Ja, und was soll ich Ihnen sagen, gestern Nachmittag, der Esel hockte mal wieder mit offenem Mund über der Infinitesimalrechnung, spiel ich so mit dem Messer rum, und plötzlich liegt der Trottel tot vor mir auf dem Teppich. Als hätte der Junge gestern schon gewusst, dass ich seinen Leichnam heute sehr gut würde gebrauchen können. Also die Sache war echt nicht kompliziert; ich musste ihn nur noch nach oben schleppen. Das habe ich scheißgut hingekriegt – fettes Lob vom Captain.

Zurück in der ersten Etage, stecke ich eine CD von Paul Young in einen an Crinelli adressierten Umschlag. Schließlich will ich ihn noch ein letztes Mal ärgern, bevor sich unsere Wege für lange Zeit nicht mehr kreuzen werden. Unten schreite ich von Onkel zu Tante – sie sehen blass aus, die beiden – und schlage ihre Köpfe in einer einzigen Bewegung hart gegeneinander, noch bevor sie auch nur «hoppla» sagen können. Ohnmächtig kippt jeder auf seine Seite.

Die Luft ist kühl, ich bleibe für einen Augenblick vor der Haustür stehen, lasse meinen Blick noch ein letztes Mal durch den Vorgarten streifen, bevor ich fortgehe. Ich drücke den Knopf auf dem Handsender und lasse das unscheinbare Gerät danach durch den Gullydeckel in die Kanalisation gleiten. In weniger als einer Viertelstunde wird das Haus explodieren und bald darauf bis auf die Grundfesten niedergebrannt sein. Und mitten in dem ganzen Dreck die verkohlten Leichen von Onkelchen, Tantchen und dem armen Hannibal.

In der großen Kastanie, die einige Meter die Straße hinunter aus dem Gehweg wächst, hockt im Lichtkegel der Straßenlaterne ein Vogel. Sein Trillern, das eher wie das Piepsen eines Handys klingt, hat mich erst auf ihn aufmerksam gemacht. Ich blinzle gegen den dunklen Nachthimmel und kann ein kurzes Kieksen nicht unterdrücken. Eine Halsbanddohle, *Corvus monedula soemmeringii*, die osteuropäische Art, die sich gerne bei uns als Wintergast einquartiert. Schön, dass es neben einem genialen Plan auch noch ein göttliches Zeichen gibt.

Ich schmeiße den Brief ein und wende mich zum Gehen. Das Lied, das der kleine Todesvogel mir hinterhersingt, ist mir vertraut. Aber woher kennt die Dohle Paul Youngs Jahrhunderthit? Ich drehe mich um, der Lieferwagen ist mir zuvor nicht aufgefallen. In der offenen Schiebetür sitzt Crinelli mit einer Digitalkamera in der erhobenen Hand, dieses miese italienische Schweinegesicht, und pfeift in reinstem Ton mein Lied: *Love is in the air, in the whisper of the trees, Love is in the air …*

Und dann flötet er: «Frohe Weihnachten, Hannibal. Frohe Weihnachten!»

NICOLAS REMIN

24 Ein Herz für Steffi

Sie sind kurz vor sechs von der Weihnachtsmesse im Markusdom gekommen, und laut Plan ist für ihre ganz private Weihnachtsfeier eine halbe Stunde vorgesehen. Der Göttergatte hat den Operationsplan in der Regimentskanzlei kopieren lassen. Es sind zwei Bögen mit vorschriftsmäßigem Heftrand, auf denen der Ablauf des Weihnachtsballes in akkurater Kanzleischrift minutiös festgehalten ist: wer an welcher Stelle des Saals eine kurze Ansprache hält, wann welche Musik gespielt und zu welchem Zeitpunkt das Buffet eröffnet wird. Dies alles auf die Minute genau. *Damit du im Bilde bist, Steffi.* Was bedeuten soll, dass der Göttergatte es so und nicht anders haben will.

Die private Bescherung war seine Idee, und natürlich handelt es sich dabei um eine Motivationsveranstaltung. Er braucht, des guten Eindrucks wegen, eine strahlende und liebevolle Gattin an seiner Seite. *Wir haben ja sonst den ganzen Abend nichts voneinander, Steffi.* Hat er tatsächlich gesagt. Gestern beim Abendessen. Und sie hat verschämt gelächelt und tatsächlich erwidert: *Rudolf, du bist so gut zu mir*. Das hat sie laut und deutlich gesagt. Denn erstens ist der Göttergatte seit der Schlacht von Solferino schwerhörig, und zweitens standen vor der Anrichte, nur ein paar Meter vom Speisetisch entfernt, Xaver und Alois, zwei Steiermärker, die bei Tisch servieren. Nur für den Fall, dass es später zu Zeugenbefragungen kommt.

Als sie pünktlich um halb sieben die Bibliothek betritt, brennen bereits die Kerzen, und der Weihnachtsbaum glänzt und strahlt, wie nur Weihnachtsbäume glänzen und strahlen können. Sie ist aus dem Ballsaal gekommen, während er den Raum über das Vestibül betreten hat. Er hat in der Bibliothek auf sie gewartet, denn er ist aus militärischen Gründen grundsätzlich immer fünf Minuten früher auf dem Schauplatz seiner Verabredungen. Dass die Bibliothek zwei Zugänge hat, wird ihr nachher nützlich sein. Sie wird den Ballsaal durch die Bibliothek verlassen und ihn knappe sechs Minuten später auf demselben Weg betreten. Sie schätzt, dass mindestens eine halbe Stunde vergehen wird, bis den Gästen etwas auffällt.

Der Weihnachtsbaum, mit preiswertem Pappschmuck behängt, ist eher klein, nicht einmal mannshoch, aber er passt zu einem Haushalt, dem der Kindersegen versagt geblieben ist. Um einen sentimentalen Duft zu erzeugen, hat der Gatte ein paar Tannennadeln in die Kerzenflamme gehalten. Jetzt duftet es weihnachtlich, und es fällt ihr nicht schwer, ein glückliches *Oh, Rudolf!* auszustoßen. Göttergatte Rudolf hat die Geschenke auf dem Gabentisch nicht rechtwinklig, Kante an Kante, sondern in kunstvoller Unordnung aufgebaut. Ein Gabentisch ist kein Kasernenhof, und er hat diesen Umstand berücksichtigt. Vermutlich, denkt sie, hat er sich zu diesem Punkt eine Notiz gemacht. *Locker anordnen!* Der Göttergatte wird den Erzherzog, die Erzherzogin und den alten Radetzky nachher aus dem Trubel des Ballsaals in die Bibliothek führen. Damit die sehen können, dass die Krippe, die in der *sala* aufgebaut ist, nur wegen der blöden Italiener dort steht. Und dass sich da, wo es eher privat zugeht, selbstverständlich ein Weihnachtsbaum findet.

Glücklich strahlend geht sie langsam auf den Baum und den Gabentisch zu. Der Göttergatte hat ein weihnachtliches Lächeln aufgesetzt, und sie muss zugeben, dass er blendend aussieht. Die Galauniform eines Generalobersten steht ihm hervorragend. Der knappe Schnitt des Uniformrockes betont seine schlanke Figur, die goldenen Epauletten heben seine breiten, männlichen Schultern hervor. Und die Art, wie er sich jetzt galant verbeugt und dabei lässig einen militärischen Gruß andeutet – das *hat* einfach etwas. Oder *hatte* etwas, bevor sie ihn näher kennenlernte.

Sie hat die Liste der für ihn zu besorgenden Geschenke sorgfältig abgearbeitet und erkennt diese jetzt auf dem Gabentisch wieder. Der Göttergatte hat sie bereits ausgepackt und ebenfalls unmilitärisch auf dem Tisch ausgebreitet. Es sind ausschließlich Artikel halbintimer Natur wie Halskragen, Krawatten, Sockenhalter und Bartbinden, und auf einmal begreift sie die Raffinesse dieses Arrangements. Die hohen Herrschaften, die er nachher in die Bibliothek lotsen wird, sollen daran erkennen, dass er nicht nur Generaloberst ist, sondern auch Mensch geblieben ist. Was für seine Versetzung in den Wiener Generalstab entscheidend sein könnte.

Die erste Schachtel ihrer Weihnachtsgeschenke enthält einen preiswerten Schal, die zweite ein preiswertes Paar Handschuhe. Die dritte Schachtel ist ein kleiner, aber schwerer Karton. Als sie den Deckel abhebt, erblickt sie, in einem Bett aus rotem Seidenpapier, eine Gondel aus Pressglas. Auf dem Bug steht in schwungvollen Buchstaben TRON, und sie erinnert sich daran, dass dieser Conte Tron, der ebenfalls auf der Gästeliste steht, auch etwas mit Glas zu tun hat. Dass ein Commissario der venezianischen Polizei ihren Weihnachtsball besuchen wird, begrüßt sie. Die Anwesenheit eines Polizeibeamten gibt ihrer Operation den letzten Schliff.

Natürlich ist die Gondel nur die Verpackung. Das eigentliche Geschenk besteht in einem kleinen Samtbeutel, der eine Halskette aus preiswerten venezianischen Perlen enthält. Sie stößt einen entzückten Schrei aus. *Oh, Rudolf, das war doch nicht nötig!* Sie vermutet, dass er seine Ordonnanz mit dem Kauf der Perlen beauftragt hat. Eine vierte Schachtel gibt es nicht. Also ist das Herz nicht dabei. Nicht dass sie ernsthaft damit gerechnet hat, dass alles nur ein Missverständnis war.

Das Herz und die Briefe hat sie vor ein paar Tagen in der Schublade seines Schreibtisches entdeckt. Auf der Suche nach dem Schlüssel für die Stutzuhr auf dem Kamin im Speisezimmer, den sie angeblich verschmissen hat, obwohl er derjenige ist, der in diesem Haus die Uhren wartet. Sie hat die Schublade aufgezogen, den Schlüssel nicht gefunden, aber die hellblauen, nach Frangipani duftenden Briefe, die sie ihm während ihrer Verlobungszeit geschrieben hat. Griffbereit in der Schublade. Und dann hat sie vor Rührung fast geweint, als sie das Kästchen, das neben den Briefen lag, geöffnet hat. Ein Kästchen mit einem brillantbesetzten goldenen Herz, das er ihr am Weihnachtsabend noch vor dem Ball auf ihrer *ganz privaten* Bescherung schenken wird. Was selbstverständlich nur heißen kann, dass es ihm leidtut, wie er sie behandelt hat. Speziell in den letzten sechs Monaten, in denen er ständig ins Hauptquartier nach Verona musste. Dass er es bereut, Kränkendes über ihre Figur geäußert zu haben, und dass er sie mehrmals *Kuh* genannt hat. Es könnte bedeuten, dass er einen Neuanfang will. Dies alles denkt sie, bis sie die Handschrift der Briefe nicht wiedererkennt und ihr Herz sich plötzlich mit Bleikugeln füllt.

Die Briefe, *poste restante* adressiert, sind dem Datum nach geordnet und legen den Schluss nahe, dass er der Nadolny auf dem Regimentsball im August nähergekommen ist. Der Schwester von Oberst Nadolny, seinem besten Freund, die seit dem Heldentod ihres Gatten – *Solferino* – bei ihrem

Bruder in Verona lebt. Und die sich mit Datum vom sechsten November befriedigt darüber äußert, dass er *sich scheiden lassen will*. Das muss sie zweimal lesen, um es zu glauben. *Sich scheiden lassen will.* Wörtlich. Und ihm mit Datum vom zwanzigsten Dezember (also vier Tage zuvor) mitteilt, dass sie sich bereits *tierisch* – ebenfalls wörtlich – auf ihr Weihnachtsgeschenk freut. Und wie *himmlisch* sie den Einfall findet, sich nach dem Kaiserwalzer oben auf dem Altan zu treffen, wo die Übergabe des Geschenkes – seine zweite *private Bescherung* – offenbar stattfinden soll.

Der Palazzo Moro liegt in bester Wohnlage am Canal Grande / Ecke Rio Malpaga, und der Altan ist dicht am Rand des Daches zum Rio Malpaga hin errichtet worden. Man erreicht ihn über eine kleine Holzstiege, die vom großen Treppenhaus abgeht, und natürlich ist der Blick von oben der reinste Wahnsinn, besonders an klaren Herbsttagen, wenn die Sicht bis zu den schneebedeckten *Prealpi* reicht. Die Nadolny und auch ihr Bruder – der Göttergatte hatte die beiden bei ihrem letzten Besuch auf das Dach geführt – waren entsprechend beeindruckt. Sie persönlich allerdings macht nur das Geländer jedes Mal nervös. Es ist an drei Seiten eindeutig morsch und an der Seite zum Rio Malpaga durch eine provisorisch aufgenagelte, dünne Latte ersetzt worden. Ihren fürsorglichen Hinweis darauf, dass jemand, der sich versehentlich dort anlehnt, unweigerlich im Rio Malpaga landet, hat der Göttergatte mit dem Satz abgebügelt: *Wer wird denn so idiotisch sein, sich an eine Latte zu lehnen? Höchstens ein Zivilist.* Womit er selbstverständlich *sie* gemeint hat. Die Nadolny hat dazu gegrinst.

Später wundert sie sich darüber, wie schnell ihre Wut auf die Nadolny verschwindet und sich vollständig auf den Gatten richtet. Und wie schnell sie darauf kommt, dass die Lösung, eine *militärische* Lösung, auf der Hand liegt. Während des Kaiserwalzers also. Den der Göttergatte garantiert auslassen wird, weil er grundsätzlich fünf Minuten vor der verabredeten Zeit erscheint. Den die Nadolny garantiert nicht auslassen wird, weil sie grundsätzlich nie einen Tanz auslässt. Da der Kaiserwalzer mit Tusch aus patriotischen Gründen einmal wiederholt wird, ergeben sich für die Durchführung der Operation knappe sechs Minuten.

Kurz nach acht Uhr treffen die ersten Gäste im Palazzo Moro ein, und eine Stunde später ist der Ballsaal bereits gerammelt voll. Kaiserliche Offiziere bilden das Hauptkontingent der Gäste: Linzer Dragoner, Innsbrucker Kaiserjäger, kroatische Jäger, Honved-Husaren plus ein paar Fähnriche vom Dragonerregiment Maria Isabella. Der Rest der Gäste besteht aus gehobenen einheimischen Beamten und ihren Ehegattinnen. Damit der Abend auch eine venezianische Note bekommt. Die leichte Überzahl der männlichen Ballgäste gibt der Versammlung einen Einschlag ins Casinomäßige, aber der Alkoholkonsum der Leutnants, Rittmeister, Obersten und Generäle hält sich in Grenzen. Überhaupt ist die Stimmung in der *sala* unkriegerisch-besinnlich. Weihnachtsfrieden liegt über der Versammlung, und auch das Wetter spielt mit. Gestern Nacht hat es geschneit, und jetzt glitzert der Schnee auf den Fensterbrettern und den Dächern. Dass in Venedig zu Weihnachten Schnee liegt, kommt nicht oft vor. An diesen Abend wird man sich erinnern.

Kurz vor neun hält der Erzherzog eine Ansprache, und am Schluss bringen die Männer ein donnerndes *Hoch!* auf den Kaiser aus, um sich anschließend mit ihren Damen auf die Tanzfläche zu begeben. Am kalten Buffet herrscht inzwischen ein gewisses Chaos. Der Kaviar ist ausgegangen, und seltsamerweise gibt es auch keine kleinen Löffel mehr. Aber aus langjähriger Erfahrung mit der Ausrichtung von Bällen weiß sie, dass solche kleinen Pannen normal sind. Gegen zehn hat es der Göttergatte geschafft, den Erzherzog und die Erzherzogin in die Bibliothek zu locken. Vor Weihnachtsbaum und Sockenhaltern gesteht er, dass er heute Abend vor allem *Mensch und Christ* ist. Wenn sie noch Bedenken hinsichtlich ihrer Operation hatte, dann sind sie jetzt verschwunden. Um halb elf merkt sie, wie ihre Hände feucht werden. Fünfundzwanzig Minuten später intoniert das Orchester den Kaiserwalzer, und ihre Hände werden noch feuchter. Dann sieht sie, wie sich die Nadolny mit einem Leutnant der Honved-Husaren auf die Tanzfläche begibt und der Göttergatte die *sala* verlässt. Jetzt hat sie knappe sechs Minuten. Als sie das Vestibül betritt und die Treppe zum Altan ansteuert, stellt sie fest, dass sie sich albernerweise im Dreivierteltakt bewegt.

Gibt es Augenblicke im Leben eines Menschen, in denen alles das, was normalerweise konfus vor sich hin wuselt, sich gegenseitig in die Quere kommt und behindert, plötzlich am rechten Fleck ist? Augenblicke, in denen sich die Dinge fügen, als hätte ein Gott sie gelenkt? Augenblicke der Gnade? Ja, es gibt sie. Denn als sie den Altan betritt, sieht sie, dass der Göttergatte eine Position eingenommen hat, die gewissermaßen *ihre* ganz private Bescherung darstellt und die Operation ungeheuer vereinfacht. Der schwerhörige Göttergatte hat sich direkt vor der dünnen Latte postiert. Er hat beide Hände in den Taschen seines Uniformrocks versenkt, betrachtet den weihnachtlich gestirnten Himmel über ihm und summt etwas, das wie *Stille Nacht, heilige Nacht* klingt. Vermutlich ist der Stoß in den Rücken eine echte Überraschung für ihn. Er verliert das Gleichgewicht, kippt nach vorne und stößt, während er die Latte durchbricht, einen erstaunlich leisen Schrei aus. Im Sturz rudert er noch sportlich mit den Armen, dann hört sie den dumpfen Aufprall seines Körpers auf die Dachkante, von der er zweifellos abrutschen wird. Das Platschgeräusch, mit dem der Göttergatte im Rio Malpaga landet, wird von dem Tusch des Orchesters und dem aufbrausenden Applaus übertönt. Wann sie seine Leiche aus dem Wasser ziehen werden, ist ihr egal. Allerdings ist sie jetzt mehr denn je scharf auf das Herz. Sie hat auch das Gefühl, dass sie es sich redlich verdient hat.

Als sie den Ballsaal wieder durch die Bibliothek betritt, verlässt die Nadolny gerade die *sala*. Zwei Walzer später ist sie zurück und tigert sichtlich nervös durch die Räume. Quer durch die *sala*, dann ins Rauchzimmer, danach in den Speisesaal und nach einem Abstecher ins Vestibül in die Bibliothek und wieder zurück. Sie bezweifelt, dass sich die Nadolny bei *ihr* erkundigen wird, wohin der Göttergatte verschwunden ist. Zum ersten Mal an diesem Abend ist sie heiter und entspannt. Sie ist so entspannt, dass sie sich über die matten Witze, die ihr der alte Feldmarschall Radetzky jetzt erzählt, regelrecht ausschütten kann. Und sie lacht so laut, dass ihre Gäste sich nach ihr umdrehen. Sollen sie ruhig. Es passt hervorragend in ihr Konzept. Sie löst sich von Radetzky, unternimmt einen hausfraulichen Kontrollgang durch die Räume, macht hier und da Honneurs und ist ganz die aufmerksame Gastgeberin. Am Buffet spricht der Commissario dem Zitronensorbet mit einer gewissen Haltlosigkeit zu, was die neben ihm stehende Fürstin von Montalcino offenbar zu einer spitzen Bemerkung veranlasst. Der Conte repliziert, sie antwortet ihm, und so geht es ein paarmal hin und her, bis die beiden in Lachen ausbrechen. Der Conte und die Fürstin leben in wilder Ehe. Das gefällt ihr, und sie spielt mit dem Gedanken, in Zukunft ebenfalls in wilder Ehe zu leben. Dann sieht sie, wie eine Ordonnanz an den Commissario herantritt, dieser plötzlich ernst wird, etwas zur Fürstin von Montalcino sagt und eilig das Speisezimmer verlässt. Schade. Dass ihn jetzt die Pflicht ruft, bedauert sie. Der Mann ist ihr sympathisch.

Zwei Polkas später – sie ist zurück im Ballsaal – tritt der

Erzherzog, kalkig bis in die Lippen, an sie heran, um ihr zu sagen, dass *der Generalleutnant einen Unfall hatte*. Und fügt rätselhafterweise hinzu, dass *der Generalleutnant in eine Gondel gefallen ist*. Der Satz hat ein charmantes Lokalkolorit, aber trotzdem gefällt er ihr nicht. *In eine Gondel gefallen?* In eine Gondel, die gerade vorbeikam? Oder in eine Gondel, die im Rio Malpaga direkt unter dem Altan vertäut war? Was außerordentlich selten vorkommt und eigentlich nicht gestattet ist. Das würde bedeuten, dass die Gondel mit einer Plane abgedeckt gewesen ist, was wiederum heißen könnte, dass der Göttergatte den Sturz vom Dach womöglich …

Sie schließt die Augen und erwägt kurz, sich rückwärts fallen zu lassen und in voller Länge hinzuschlagen. Begnügt sich dann aber damit, einen Klagelaut auszustoßen und in den Knien einzuknicken. Das muss sie nicht einmal simulieren. Dann nimmt der Erzherzog sie sanft am Arm und führt sie durch ein Spalier von entsetzten Gesichtern aus der *sala*. Der Ball ist eindeutig im Eimer. Aber sie hat jetzt andere Probleme. Sie ist auf das Schlimmste gefasst.

Als sie aus dem *andron* ins Freie tritt, ist eine Gondel vor dem Wassertor vertäut – die Gondel, in die der Gatte gestürzt ist. Auf dem Steg hat der Commissario Lakaien mit Pechfackeln postiert, wodurch die ganze Szenerie deutlich, wenn auch etwas flackernd beleuchtet wird. Der Commissario teilt ihr mit, dass ihr Gatte den Ermittlungen zufolge vom Altan gefallen sei. Was er dort wollte, ist eine Frage, die sie nicht beantworten kann. Das Wort *Ermittlungen* löst einen nervösen Reflex in ihrem Gesicht aus, ein krampfartiges Zucken der Oberlippe, aber mimisch kann sie sich im Moment alles leisten. Und dann hat man – so der Commissario weiter – die Gondel mit dem Gatten erst mal vor das Wassertor des Palazzo Moro verfrachtet. Dort liegt er jetzt zu ihren Füßen und ist eindeutig tot. Die rote Plane, die über die Gondel gebreitet war, hat sich an beiden Seiten der Leiche zu einem kunstvollen Faltenwurf gestaut, und sie findet, dass der Göttergatte wie ein Weihnachtsgeschenk in einem gondelförmigen Karton aussieht. Sein Hals ist in einem unnatürlichen Winkel nach hinten gebogen, denn er ist – so der Commissario – mit dem Kopf auf die hölzerne Lehne der Gondelbank geschlagen und hat sich dabei das Genick gebrochen. Ansonsten wirkt der Göttergatte seltsam unbeschädigt. Die Augen sind geöffnet, der geschlossene Mund ist an den Winkeln hart nach unten gezogen, was ihm den Ausdruck eines Mannes gibt, der gerade ein unangenehmes Erlebnis hatte. Sie hat gerade ein angenehmes Erlebnis, darf es selbstverständlich nicht zeigen und formt das befriedigte Lächeln zu einer schmerzverzerrten Mundbewegung um. Was ihr offenbar hervorragend gelingt, denn der Commissario streckt ihr ritterlich den Arm entgegen, eine Geste, die sie taktvoll dazu auffordert, sich vom Schauplatz des grausigen Geschehens zu entfernen. Das kann sie aber nicht, denn noch fehlt der letzte Schliff, das Sahnehäubchen. Also richtet sie, auch durch die Berührung seines Armes verwirrt, einen konfusen Satz an den Commissario, macht fahrige Gesten mit den Händen, und es dauert ein wenig, bis der Conte begriffen hat, dass sie auf die Wölbung über der rechten Uniformtasche des Gatten zeigt und dass sich darin etwas befindet, was sie unbedingt haben muss. Dann sieht sie zu, wie der Commissario in die Gondel hinabsteigt, auf die rote Plane tritt, sich bückt und das Kästchen aus der Tasche des Uniformrocks zieht. Er kommt zurück, überreicht es ihr schweigend, und als sie die Schatulle vor seinen Augen öffnet und das Herz herausnimmt, bricht sie in Tränen aus. Womit die Operation erfolgreich abgeschlossen wäre.

Zwei Stunden später, als alles endlich vorbei ist und sie bereits im Bett liegt, steht sie noch einmal auf. Sie legt die Kette mit dem Herz um, zieht den neuen Morgenmantel an, den sie *sich selbst* zu Weihnachten gekauft hat, und begibt sich in die Bibliothek. Dort entzündet sie die Petroleumlampe auf dem Gabentisch, geht ans Fenster und öffnet es. Unten auf dem Canalazzo gleitet eine Gondel vorbei, und sie guckt ihr hinterher, bis das kleine Lämpchen am Bug in der Dunkelheit verschwindet. Sie kippt einen Cognac, danach einen zweiten und steckt sich eine Zigarette an. Dann tritt sie vor den Weihnachtsbaum und betrachtet ihn. Der Ständer, stellt sie fest, ist kein schweres Teil aus Gusseisen. Er besteht aus Holz, und sie kann den Baum ohne große Mühe zum Fenster schleifen. Dass die Zweige dabei ihren Morgenmantel ruinieren und ihr die Nadeln in die Handfläche stechen, nimmt sie in Kauf. Sie hievt den Weihnachtsbaum auf das Fensterbrett, wirft noch einen letzten Blick auf den billigen Pappschmuck und gibt ihm einen Stoß. Anschließend kippt sie einen weiteren Cognac, geht zum Gabentisch zurück, greift sich die Pressglasgondel mit der Perlenkette, die billigen Handschuhe und den billigen Schal und wirft alles dem Weihnachtsbaum hinterher. Hätte man sie in diesem Augenblick nach ihrer Gemütsverfassung gefragt, dann hätte sie geantwortet: Aufgeräumt.

DIE AUTORINNEN UND AUTOREN

Marita Alberts und Jürgen Alberts, beide Jahrgang 1946, leben seit Beginn der siebziger Jahre in Bremen. Zusammen schreiben sie Kriminalgeschichten, die in zahlreichen Anthologien veröffentlicht wurden, sowie Reiseromane. Zuletzt erschienen «Sieben Rosen im Atlantik», «Cappuccino zu dritt» und «Die Farben des Fado». Marita Alberts arbeitete jahrelang als Lehrerin. Der Schriftsteller Jürgen Alberts hat historische Romane und zahlreiche Kriminalromane verfasst, darunter eine zehnbändige Reihe über die Hansestadt Bremen und eine Juristentrilogie. Gemeinsam mit dem Bremer Polizeipräsidenten Eckard Mordhorst veröffentlichte er den Tatsachenroman «Leiche über Bord».

Friedrich Ani, 1959 in Kochel am See geboren, lebt in München. Er arbeitete als Kulturjournalist, Polizeireporter und Drehbuchautor («Tatort»). Für seine Arbeiten erhielt er zahlreiche Auszeichnungen, u.a. den Deutschen Krimi Preis für vier seiner Romane um den Vermisstenfahnder Tabor Süden. Für seinen ersten Polonius-Fischer-Krimi «Idylle der Hyänen» wurde er mit dem Tukan-Preis der Stadt München für den besten Roman des Jahres ausgezeichnet.

Ruth Berger, 1967 in Kassel geboren, lebt in Frankfurt am Main. Als Ausgleich zu ihrer wissenschaftlichen Tätigkeit begann sie, historische Romane zu schreiben, darunter auch zwei historische Krimis der besonderen Art: «Die Druckerin» und «Gretchen: ein Frankfurter Kriminalfall».

Oliver Bottini, 1965 in Nürnberg geboren, studierte in München Neuere Deutsche Literatur, Italianistik sowie Markt- und Werbepsychologie. Für seine Kriminalromane «Mord im Zeichen des Zen» und «Im

Sommer der Mörder» erhielt er jeweils den Deutschen Krimi Preis. Beide Romane standen monatelang auf der KrimiWelt-Bestenliste und wurden in mehrere Sprachen übersetzt. 2007 wurde Bottini für den Friedrich-Glauser-Preis in der Sparte Roman nominiert. Im Herbst desselben Jahres erschien sein dritter Kriminalroman, «Im Auftrag der Väter».

Horst Eckert, 1959 in Weiden/Oberpfalz geboren, studierte Politikwissenschaft in Erlangen und Berlin. 15 Jahre lang arbeitete er als Fernsehjournalist, u.a. für die «Tagesschau» und das «RTL-Nachtjournal». 1995 erschien sein Krimidebüt «Annas Erbe». Es folgten weitere Romane, die in verschiedene Sprachen übersetzt wurden und zahlreiche Preise erhielten, darunter der Marlowe- und der Friedrich-Glauser-Preis. Zuletzt veröffentlichte der Wahl-Düsseldorfer den Roman «Königsallee».

Elisabeth Herrmann, 1959 in Marburg/Lahn geboren, kam erst auf Umwegen zum Schreiben. Nach einer abgebrochenen Lehre als Bauzeichnerin arbeitete sie zunächst als Betonbauerin und Maurerin, ehe sie auf dem Frankfurter Abendgymnasium das Abitur nachholte und ein Studium absolvierte. Heute arbeitet sie als Fernsehjournalistin für den RBB und lebt in Berlin. In der Reihe um den Anwalt Joachim Vernau erschienen bislang «Das Kindermädchen» und «Die siebte Stunde», im Frühjahr 2009 folgt «Die letzte Instanz» und der erste Teil der Staufer-Trilogie «Konstanze – Der Thron des Falken».

Andree Hesse, Jahrgang 1966, wuchs bei Celle auf und erlernte das Sattlerhandwerk, bevor er sich an der Filmhochschule in München einschrieb. Seit 1998 lebt und arbeitet der gebürtige Braunschweiger in Berlin als freier Autor und Übersetzer. Nach seinem Debüt mit «Der Judaslohn» um den Celler Kommissar Arno Hennings folgten die Kriminalromane «Das andere Blut» und «Die Schwester im Jenseits».

Gisa Klönne, Jahrgang 1964, studierte Anglistik und arbeitete als Journalistin. Heute lebt sie als freie Schriftstellerin in Köln. Ihr Debüt «Der Wald ist Schweigen» mit der Kölner Kommissarin Judith Krieger war 2006 für den Friedrich-Glauser-Krimipreis nominiert. Zuletzt erschien der dritte Teil der Serie: «Nacht ohne Schatten», der nächste folgt 2009. Gisa Klönne veröffentlicht außerdem Kurzgeschichten, war zwei Jahre lang eine der Sprecherinnen des Krimiautoren-Netzwerks DAS SYNDIKAT und ist selbst Herausgeberin eines Krimi-Adventskalenders, «Leise rieselt der Schnee ...».

Alexander Köhl, 1965 in Aschaffenburg geboren, war nach dem Studium der Betriebswirtschaft in einer Frankfurter Werbeagentur tätig. Heute ist er selbständiger Handelsunternehmer und arbeitet als freier Schriftsteller. Nach «Victors Schützling» und «Schatten im Garten Eden» erscheint im Frühjahr 2009 der Kriminalroman «Wundmale».

Werner Köhler, 1956 in Trier geboren, lebt und arbeitet in Köln. Neben seinen Romanen hat er zahlreiche Kochbücher veröffentlicht. Er ist Miterfinder und Geschäftsführer des Internationalen Literaturfests lit. COLOGNE. 2002 entstand Köhlers erster Roman «Cookys». Es folgten der Roman «Eine ganz normale Familie» sowie die Crinelli-Krimis «Das Mädchen vom Wehr» und «Crinellis kalter Schatten».

Volker Kutscher, 1962 in Lindlar geboren, arbeitete nach dem Studium der Germanistik, Philosophie und Geschichte zunächst als Tageszeitungsredakteur, bevor er seinen ersten Kriminalroman schrieb. Heute lebt er als freier Autor in Köln. Kutscher begann mit Regionalkrimis, bevor er sich mit «Der nasse Fisch» – dem Auftakt einer Serie um den Kriminalkommissar Gereon Rath – dem Berlin der endzwanziger und dreißiger Jahre zuwandte. Der nächste Rath-Roman, «Der stumme Tod», spielt im Jahr 1930 und erscheint Februar 2009.

Elke Loewe, 1940 in Celle geboren, arbeitete als Fotografin, schrieb Drehbücher und erfand die Zeichentrickserie «Piggeldy und Frederick». Sie hat bereits vier historische Romane veröffentlicht, die alle im norddeutschen Raum spielen: «Teufelsmoor», «Simon der Ziegler», «Der Salzhändler» und «Sturmflut». Daneben sind von der Autorin, die selbst auf einem Bauernhof in der Ostemarsch lebt, vier Kriminalromane erschienen, in denen Heldin Valerie zwischen Deichen und Obsthöfen ungeklärten Todesfällen nachgeht: «Die Rosenbowle», «Herbstprinz», «Engelstrompete» und «Schneekamelie».

Sandra Lüpkes wurde 1971 in Göttingen geboren und wuchs auf der Nordseeinsel Juist auf. Heute lebt sie in Münster und Ostfriesland, wo sie als Autorin und Sängerin arbeitet. Ihre tatkräftige Kommissarin Wencke Tydmers ermittelt bereits in sechs Kriminalromanen. Zuletzt erschien «Die Blütenfrau». Derzeit arbeitet die Autorin an ihrem ersten historischen Roman, «Die Inselvogtin», der 2009 erscheint.

Felicitas Mayall, 1947 in München geboren, studierte Politikwissenschaften und absolvierte die Deutsche Journalistenschule in München. Sie war als Redakteurin bei der «Süddeutschen Zeitung» tätig und lebt inzwischen als freie Autorin südlich von München. Unter dem Namen Barbara Veit hat sie über 40 Kinder- und Jugendbücher geschrieben. In ihrer Krimiserie um die Münchner Kommissarin Laura Gottberg erschienen bisher fünf Romane, zuletzt «Hundszeiten». Zudem verfasste sie mehrere Reiseberichte über Australien und die Toskana.

Petra Oelker, 1947 in Cloppenburg im Emsland geboren, arbeitete als freie Journalistin und Autorin von Sach- und Kinderbüchern, bevor sie mit dem Schreiben von Krimis begann. «Tod am Zollhaus» war der Auftakt der mittlerweile achtbändigen Reihe, in deren Mittelpunkt die Komödiantin Rosina und das historische Hamburg stehen. Daneben schreibt sie in der Gegenwart angesiedelte Kriminalromane, darunter «Der Klosterwald», «Die kleine Madonna» sowie «Tod auf dem Jakobsweg».

Thomas Raab wurde 1970 in Wien geboren. Schon während seines Mathematik- und Sportstudiums war er als Sänger und Songwriter aktiv. Es folgten zahlreiche Tourneen und CD-Veröffentlichungen. Seit 1997 ist Thomas Raab freischaffender Autor, Komponist und Interpret. Er wurde u. a. mit dem Nachwuchsförderpreis der Hanns-Seidl-Stiftung ausgezeichnet und gewann den Pop-Musik-Förderpreis «Projekt Pop». «Der Metzger muss nachsitzen» wurde für den Friedrich-Glauser-Preis in der Sparte «Debüt» und den LITERAturpreis für Belletristik nominiert.

Roman Rausch, 1961 in Würzburg geboren, arbeitete nach dem Studium der Betriebswirtschaft im Medienbereich und als Journalist. Für seine Trilogie um den Kommissar Johannes Kilian wurde er 2002 auf der Leipziger Buchmesse mit dem Book on Demand Award ausgezeichnet. Im gleichen Jahr gründete Roman Rausch gemeinsam mit Blanka Stipetic die Schreibakademie «storials». Aus der bislang sechsbändigen Reihe um Kommissar Kilian und seinen Kollegen Heinlein erschien zuletzt «Das Mordkreuz». Aus der Reihe um den Profiler Balthasar Levy liegen vor: «Und ewig seid ihr mein», «Code Freebird» sowie «Weiß wie der Tod».

Nicolas Remin, 1948 in Berlin geboren, studierte Allgemeine und Vergleichende Literaturwissenschaft, Philosophie und Kunstgeschichte in Berlin und Santa Barbara, Kalifornien. Seit seiner Rückkehr aus den USA lebt Nicolas Remin in der Lüneburger Heide und arbeitet als Synchronautor und -regisseur. Aus der Serie um Commissario Tron erschienen bereits «Schnee in Venedig», «Venezianische Verlobung», «Gondeln aus Glas» und «Die Masken von San Marco».

Carlo Schäfer, Jahrgang 1964, lebt und arbeitet in seinem Geburtsort Heidelberg. Die dort angesiedelte Reihe um Kommissar Theuer umfasst fünf Bände: «Im falschen Licht, «Der Keltenkreis», «Das Opferlamm», «Silberrücken» und «Schlusslicht».

Wolfgang Schorlau, 1951 geboren, war Manager in der Computerindustrie. Er lebt und arbeitet heute als freier Autor in Stuttgart. Für seine Reihe um den Privatermittler Georg Dengler wurde er 2006 mit dem Deutschen Krimipreis ausgezeichnet. 2008 erschien Denglers vierter Fall, «Brennende Kälte».

Jan Seghers alias Matthias Altenburg wurde 1958 in Fulda geboren. Er studierte Literaturwissenschaft und Kunstgeschichte und lebt heute als Schriftsteller, Reporter, Kritiker und Essayist in Frankfurt am Main. In der Reihe um den Frankfurter Hauptkommissar Robert Marthaler erschienen bisher «Ein allzu schönes Mädchen», «Die Braut im Schnee» und «Partitur des Todes».

Stefan Slupetzky, 1962 in Wien geboren, studierte an der Wiener Kunstakademie und arbeitete als Musiker und Zeichenlehrer, bevor er sich der Schriftstellerei zuwandte. Er schrieb und illustrierte mehr als ein Dutzend Kinder- und Jugendbücher, für die er zahlreiche Preise erhielt. Seit mehreren Jahren verfasst er Bühnenstücke, Kurzgeschichten, Essays und Romane. Stefan Slupetzky lebt und arbeitet in Wien. Der 2004 veröffentlichte Kriminalroman «Der Fall des Lemming» wurde mit dem Friedrich-Glauser-Preis für das beste Krimi-Debüt ausgezeichnet, der Nachfolgeband «Lemmings Himmelfahrt» mit dem Burgdorfer Krimipreis. Der dritte Teil «Das Schweigen des Lemming» wurde 2007 zu einem der 100 Lieblingsbücher der Wiener gekürt. Im April 2009 erscheint «Lemmings Zorn».

Edelgard Spaude, Jahrgang 1949, studierte Germanistik, Soziologie und Psychologie. Die gebürtige Freiburgerin lebt und arbeitet als Lektorin und Autorin in der Nähe von Wien. In ihrer Schwarzwald-Krimireihe um das Ermittlerduo Lorenz und Thile erschienen bislang «Mord im Kurpark» und «Spießgesellen».

Ines Thorn, 1964 in Leipzig geboren, arbeitete nach dem Studium der Germanistik, Slawistik und Kulturphilosophie als Korrektorin, Texterin, Lektorin, Bibliothekarin und Redakteurin. Seit 2003 ist sie freiberufliche Schriftstellerin v. a. historischer Romane und lebt in Frankfurt am Main. Bisher veröffentlichte sie «Die Pelzhändlerin», «Die Silberschmiedin», «Die Wunderheilerin» und «Galgentochter» sowie den Roman «Unter dem Teebaum».

Jan Costin Wagner, 1972 in Langen bei Frankfurt am Main geboren, studierte Germanistik und Geschichte. Sein Romandebüt «Nachtfahrt» wurde 2002 als bester Kriminalroman des Jahres mit dem Marlowe-Preis ausgezeichnet. Es folgten «Eismond», der für den Los Angeles Times Book Prize nominiert wurde, «Schattentag» und «Das Schweigen», für das Wagner den Deutschen Krimi Preis erhielt. Der Autor lebt mit seiner Familie abwechselnd in der Nähe von Frankfurt am Main und in Finnland, der Heimat seiner Frau.